« Il y eut un long grondement et il lui sembla glisser sur une interminable pente. Et, tout au fond, il sombra dans la nuit. Ça, il le sut encore : il avait sombré dans la nuit. Et au moment même où il le sut, il cessa de le savoir. »

JACK LONDON, *Martin Eden*

Prologue

La chambre rose

Le meuble ressemble à ceux que l'on trouve dans la catégorie « rangement » des grandes enseignes d'ameublement, ces caissons en plastique avec deux colonnes et trois tiroirs. Il est posé dans une chambre rose au milieu de gravures animalières, de papillons épinglés sous un cadre et de mobilier Art déco. Je n'ose rien déplacer. Ni les chemises de couleur ni les paquets de lettres ou de photographies qui dépassent. Pas même le disque de *Capri c'est fini* avec la photographie d'Hervé Vilard. J'effleure du bout des doigts les feuilles jaunies de *Douleurs exquises*, son premier recueil de poésie inédit, écrit lorsqu'il avait 20 ans. J'ouvre le cahier d'écolier de sa sœur, au hasard d'une page : « Un jour j'entendrai aux informations la nouvelle de sa mort à Elle et puis la sienne, celle de mon frère. On dira "un grand écrivain a disparu et le jeune homme qui vivait avec Elle". Du jeune homme, on dira quelques mots, qu'il était beau, qu'il avait écrit un livre sur Elle. On ne dira peut-être pas qu'il a été le dernier amour de M.D., que sans lui Elle n'aurait pas écrit ses plus beaux livres. »

J'étais convaincue que Yann Andréa avait définitivement disparu, qu'il avait même tellement bien réussi son coup qu'après sa mort, en 2014, dans la solitude d'un studio de Saint-Germain-des-Prés, il ne restait rien. Seulement les images mythiques d'un jeune homme si jeune, si beau, si mélancolique qui avait traversé l'existence et les derniers livres de Marguerite Duras. Cela faisait des mois que je le cherchais partout. Je l'avais poursuivi dans la mémoire de ceux qui l'avaient aimé, dans ses cafés fétiches et dans son supermarché Proxi favori. J'avais pris des trains. J'avais posé des questions du genre : « Quand l'avez-vous vu pour la dernière fois ? », « Portait-il une cravate avec des coccinelles ? » J'avais ricoché d'un interlocuteur à un autre, collectionnant les souvenirs comme des bouts de dentelle. J'avais traqué la moindre de ses empreintes.

Personne ne sait que Yann Andréa repose ici, dans ce meuble deux colonnes trois tiroirs, qu'il n'a pas été englouti par la nuit. Il a laissé derrière lui une vingtaine de journaux recouverts de son écriture intranquille, des lettres et des manuscrits. Je réalise que Marguerite Duras est là, elle aussi. Ses mots sont tracés sur des feuilles de couleur surmontés de la date. Elle écrit à son « amant de la nuit » quelques jours avant de mourir. Les découvertes les plus extraordinaires se nichent parfois au creux de nos vies. Elles sont au bout d'un couloir dans une pièce toute rose avec vue sur la mer au loin. On y arrive porté par un doux vent, sans même avoir tanné le destin ou livré bataille. Joséphine, chat-foulard, s'enroule autour de mon cou. Elle se fiche de la solennité du moment, elle se fiche des archives inédites et des frissons du trésor. Sur le lit, il y a une machine à écrire, un modèle Olympia gris dont je caresse délicatement les touches. Iris fait du café dans la cuisine, elle m'attend en fumant une cigarette roulée qu'elle tapote dans un cendrier du Café de Flore. Que vais-je faire de toute une vie rangée dans des tiroirs en plastique ?

Première partie

« Et je pense à l'effroi de ma pauvre existence
À la fuite éperdue qui me ramène à moi. »

BENJAMIN FONDANE, *Le Mal des fantômes*

1

Le Départ

Elle agrippe son visage comme si elle voulait le tordre entre ses deux mains en étau. Dans la nuit noire seulement éclairée par la lune derrière la fenêtre, seulement striée par des bruits de voitures, Marguerite appuie plus fort encore. La joue se creuse. Se déforme. Yann ne ressemble plus à un ange, il n'a plus l'air d'un enfant fragile toujours au bord de vivre ou de mourir. Elle ne le lâche pas. Elle le pétrit entre ses doigts d'ordinaire affairés à écrire. Elle le sculpte à sa guise en créature étonnée ou féroce. Pendant que la mort rampe dans la chambre, qu'elle tente de se faufiler sous sa couette et de se glisser entre eux, la vieille Marguerite aux yeux assombris serre davantage. Elle ne veut pas partir seule. Depuis toujours, elle a peur de ces forêts noires qui avalent les gens. Assis près d'elle, Yann murmure qu'il a mal. Les bagues lui écorchent la peau mais il se laisse réinventer pour la dernière fois. De toute façon, elle ne peut pas s'en empêcher, c'est comme ça depuis qu'elle l'a vu marcher vers les Roches noires, cet été 1980, avec son parapluie noir en toile vernissée.

C'est un mois d'août identique à celui qu'ils ont connu quarante ans plus tôt. Un mois de pluie et de vent. Au quatrième étage de l'hôtel Mary's, la carte magnétique ne fonctionne pas. Il faut emprunter à nouveau l'escalier étroit, interrompre le réceptionniste absorbé par une série britannique et remonter les marches glissantes avant que, dans un fracas de valise et de parapluie, dans un couinement de sandales mouillées, la porte s'ouvre enfin. La chambre 409 offre une vue plombante sur la gare de Caen. Des rigoles de pluie dessinent des constellations derrière lesquelles des grappes de touristes se déplacent avec de gros bagages et des gosses trempés. Leurs silhouettes floues s'agitent pour s'abriter sous l'auvent du loueur de voitures – « *discover the landing beaches* » – ou tenter d'attraper l'un des rares taxis disponibles. Tout est gris : le ciel, les murs, la moquette. Selon un mystérieux continuum, le lit est attaché au mur, lui-même relié à la table de chevet encastrée à la penderie.

Comme ces tueurs à gages embusqués dans un hôtel miteux, je déploie lentement mon matériel. Un cahier bleu et un stylo-plume. Entre des rideaux à motifs géométriques, derrière des carreaux sales, je guette un fantôme à l'air un peu dandy qui, il y a très longtemps, est passé par ici. D'ailleurs, sur la première photo que j'ai vue de lui, Yann Andréa se trouvait de l'autre côté d'une fenêtre, dans une maison de campagne. Moustache épaisse et lunettes rondes surmontant son élégante mélancolie, il couvait du regard Marguerite Duras, une octogénaire un peu punk avec un chapeau d'homme en feutre, un foulard léopard et des bagues à chaque doigt. Une lueur espiègle au fond de sa pupille la faisait sourire. L'article de *Paris Match* intitulé « Ces femmes célèbres ont toutes aimé des hommes qui pourraient être leur fils » se terminait ainsi : « Elle avait 81 ans et Yann 43 ans mais c'est lui qui avait l'air de ne plus savoir où il était, de ne plus savoir quoi faire. » Dans la 409, attablée devant un hamburger froid, face au paysage dilué, moi non plus, je ne sais pas très bien où je suis ni quoi faire. Au loin, le haut-parleur s'égosille : « Le train TGV à destination de Paris va entrer en gare voie A. Éloignez-vous de la bordure du quai, s'il vous plaît. »

Je pose sur la table de chevet mon exemplaire de *Cet amour-là*, le livre de Yann Andréa où figure la scène d'adieu, ce moment où la vieille dame allongée dans sa chemise de nuit à fleurs et traquée par la mort le caresse farouchement. Rue Saint-Benoît, dans sa chambre plongée dans l'obscurité, Marguerite relâche lentement son étreinte. Sa main à la peau douce, si douce parce qu'elle a été lavée à l'eau de la mousson, aime-t-elle répéter, parcourt une dernière fois son personnage préféré. Elle passe sur son front, ses tempes, ses joues. Et puis encore ses yeux, sa bouche, ses sourcils. Après avoir terminé sa tournée, après avoir salué celui qu'elle a tant aimé et tant détesté, elle emporte le visage de Yann. Elle a besoin de lui car, même morte, Marguerite écrira encore. Que peut-elle faire d'autre ?

Profitant d'une accalmie, je sors de ma planque aux carreaux mouillés et, couvée par des nuages gris roulés en boule, je commence à sillonner les abords de la gare. À La Consigne, un bar au carrelage terne et au plafond à néons, des voyageurs semblent attendre depuis une éternité. Une correspondance. Un copain. Une amoureuse. Une voiture. Une bonne nouvelle. Ou peut-être simplement le bon moment. C'est un café de gare qui ressemble à tous les cafés de gare avec cette odeur de l'entre-deux, l'envie d'une pause et la trouille de ne pas avoir le temps. Le serveur aux cheveux blancs ne se souvient plus de l'alignement des devantures dans les années 1970. Il ne sait plus si Le Départ était ici ou ailleurs. Ça lui est égal. Je vole une petite cuillère.

Le Fast Market, une épicerie qui a l'air de réchapper d'une nuit de pillage avec ses rayons vides et sa lumière tamisée, ne devait pas exister à l'époque. Pas plus que le kebab ou toutes ces façades, l'hôtel sans âme et le fabricant de burgers sans saveur. Désormais, la tartine coûte 3 euros et le poulet se vend en *wings*. À la place, j'essaie d'imaginer Le Départ au moment de leur toute première rencontre, d'un charme suranné avec des box qui séparent les tables en bois et des miroirs un peu partout. Ou peut-être avec un juke-box et des murs qui pleurent d'usure. J'espérais ramasser un peu de poussière de 1975, comme s'il devait forcément rester quelque chose de l'écrivaine célèbre et de l'étudiant en philosophie à Caen, qui, tard le soir, se sont assis dans l'enseigne prophétique. Au départ d'ailleurs, Yann Andréa aurait sans doute préféré qu'on lui envoie une professionnelle, une vraie durassienne. Mais perdue dans cet été de pluie et de vent, je n'ai rien d'autre à faire que de pister le chagrin des autres. Ou peut-être que je tiens simplement à vérifier que ceux qui disparaissent ne partent pas pour toujours.

2

Un fantôme en cravate coccinelles

Les obsessions sont des créatures futées, elles profitent de la nuit pour se frayer un chemin jusqu'à la cage où on enferme les méninges, elles y demeurent jusqu'au petit matin et, sans que vous y preniez garde, elles sont encore là quand vous commandez une pizza ou quand vous pleurez entre des draps en lin. Surgissant du néant, elles vous ordonnent de les suivre dans des gares de province et des chambres tristes. Quelques jours avant d'acheter un billet de train pour Caen, je ne connaissais pas Yann Andréa. Même la mélodie de son nom m'était étrangère. Je n'avais pas lu *Cet amour-là*, le récit de seize ans de vie avec Marguerite Duras jusqu'à ce qu'elle serre si fort son visage, jusqu'à ce qu'elle meure, en 1996, dans sa chambre de la rue Saint-Benoît. Je flottais à l'horizontale dans un Paris déserté et chaud, sans réelle occupation et sans parvenir à dormir. Je passais des journées immobile sur mon lit, bercée par le souffle d'un ventilateur en position 2 et des nuits aux yeux grands ouverts, sous le tableau d'un oiseau vert acheté dans une brocante en Normandie, avec le ventilateur en position 1. Je dérivais à côté de mon cœur, mes intestins et mes souvenirs posés sur le drap en lin lorsqu'il a surgi sur l'écran de l'ordinateur. Yann Andréa fumait beaucoup. Enfin, ce n'était pas vraiment lui. L'acteur Swann Arlaud qui incarnait Yann fumait beaucoup. « Je voudrais bien parler de Duras… commençait-il, d'une voix hésitante. Et en même temps c'est tellement énorme. Quelque chose de… de fou que je ne sais pas comment l'aborder. »

Dans une vaste pièce avec des poutres apparentes, certainement le grenier d'une maison de campagne, face à une journaliste, il disséquait son histoire. Après avoir rencontré Marguerite Duras en 1975 dans un café près de la gare de Caen, Le Départ, après lui avoir écrit pendant cinq ans avec une insistance frôlant l'acharnement, Yann Andréa avait tout plaqué – on ne savait pas quoi au juste mais les gens qui plaquent plaquent toujours tout – pour la rejoindre, un été de pluie et de vent, aux Roches noires, à Trouville. C'était en 1980. Il faisait moche. Il avait 28 ans. Elle en avait 66. Mais de tout cela, il ne s'est jamais rendu compte. Le corps légèrement avachi sur une méridienne – ou peut-être était-ce un fauteuil ? je ne sais plus – Andréa-Arlaud, cœur sur le billard et scalpel à la main, terrifié et béat, racontait qu'il n'en pouvait plus de l'aimer, d'être son chauffeur, son secrétaire, son infirmier, son scribe, son coursier, son serviteur, son compagnon de virées à Orly, de soupe aux poireaux, d'engueulades, d'écriture, de silences, de rires et de *Capri c'est fini* en boucle. Il n'en pouvait plus mais il ne voulait rien d'autre. Sa voix se perdait dans un espace-temps insondable. Elle s'étirait dans la lumière bleutée du crépuscule et se faisait à peine plus ténue lorsque passait, telle une ombre devant la fenêtre, la silhouette de Marguerite Duras.

Le film de Claire Simon, *Vous ne désirez que moi*, adaptation d'un livre d'entretiens réalisés en 1982 avec la journaliste Michèle Manceaux, était presque un monologue. Les mots m'hypnotisaient, charriant l'amour impossible, l'écriture comme malédiction, le désastre comme horizon. Par curiosité, je commençais à lire des articles de presse, butinant quelques informations sur Yann Andréa, ici et là. Marguerite Duras considérait que cette histoire avec « Y. A. homosexuel » représentait le dernier coup de théâtre de sa vie, c'était ce qui lui était arrivé de plus terrifiant, de plus éreintant aussi, affirmait-elle. Pendant seize ans, ils avaient tout partagé jusqu'à ce que la mort en décide autrement. Dans les articles, on le disait ingénu captif. On le disait écrivain par procuration. On le disait gigolo littéraire. L'intéressé, lui, ne disait rien. Il accompagnait Duras révérée comme une princesse dans les rues de Paris, se tenait à côté d'elle en fumant des cigarettes, lors des interviews et des débats. Sur les photos, ils ressemblaient à un couple de stars, toujours bien habillés, se jouant du temps qui passe et du qu'en-dira-t-on, avec cet air épanoui et ravagé qu'ont parfois ceux qui font des livres.

Un mois après l'enterrement, le 3 mars 1996, « fragile d'apparence, presque diaphane » et vêtu « d'un costume sombre et d'une cravate couverte de coccinelles », Yann Andréa entrait tel un revenant dans le bar désert du Lutetia. Au journaliste Philippe Lançon de *Libération*, il confiait qu'il se sentait « un peu défait ». Les gens lui semblaient ennuyeux. Comprenez-le, Marguerite avait une telle fantaisie. Même dans la mauvaise foi, même dans la méchanceté. Yann Andréa venait d'emménager dans un studio qu'elle lui avait légué rue Saint-Benoît, à quelques mètres à peine de l'appartement où ils avaient si longtemps vécu. Ensuite ? Deux livres : *Cet amour-là*, en 1999, et *Ainsi*, en 2000. Puis le silence. La police avait découvert son corps en juillet 2014 dans ce même studio, comme si dix-huit ans étaient passés en une seconde, comme s'il avait à peine eu le temps d'ouvrir sa valise. Des voisins incommodés par l'odeur avaient donné l'alerte. La même phrase figurait dans tous les comptes rendus : « La cause du décès ne serait pas suspecte. » Qu'y a-t-il, au juste, de plus suspect que de mourir seul chez soi à 61 ans ?

J'aurais voulu apprendre que Yann Andréa avait écrit d'autres récits, à succès ou non, qu'il avait joué dans des films et des pièces de théâtre, qu'il avait encore une fois tout plaqué mais pour vivre à la campagne avec deux chiens et trois chats, qu'il avait ouvert un café-librairie dans une zone sinistrée où il n'y avait rien, pas même une boulangerie et que ça avait été une aubaine pour ce village qu'on croyait perdu, qu'il s'était passionné pour la plongée sous-marine et la calligraphie, qu'il avait aimé à nouveau, une fois, deux fois, même trois fois, qu'il avait récupéré son cœur, ses intestins et ses souvenirs puis s'était remis à fredonner *Blue Moon*. J'aurais voulu lire n'importe quoi. Mais dans la chambre noire, Marguerite avait serré tellement fort qu'il ne restait rien. Elle était partie dans les forêts sombres en emportant l'empreinte de son visage. Au reste du monde, elle avait laissé un fantôme.

Peut-être existe-t-il quelques veilleuses dans les ténèbres, de faibles lueurs qui éclairent les mystères. Je m'étais mise à lire et relire *Cet amour-là*, à taper des mots-clés improbables, à fouiller les confins du Web et décortiquer des revues spécialisées à la recherche du moindre indice. En vain : figé entre les pages des livres de Marguerite Duras comme un insecte entre deux lames de verre, Yann Andréa semblait cantonné à ce qu'elle avait fait de lui : un personnage sorti de nulle part et errant sans but. Il n'avait pas d'enfance, pas d'adolescence, pas de famille. Avant elle, il n'existait pas. Après elle, le désert. Marguerite Duras était morte et il l'avait suivie dans une scène de ralenti éternel. Pire encore, il apparaissait au gré des dates anniversaires. On l'invitait à des tables rondes et des colloques. Il était, comme dans le film de Claire Simon, le conteur de la légende. À tous, il répétait, en automate nostalgique, qu'elle était sa préférée, qu'il était son préféré et qu'ils s'étaient aimés jusqu'à l'insupportable. Ils ne faisaient jamais l'économie de l'insupportable.

Dans le numéro du *Nouvel Obs* du 1er septembre 1999, tout juste apprenait-on que Yann Andréa semblait « bien dans sa peau » et marchait pieds nus sur la moquette du bureau de son éditrice, chez Pauvert. Pour le reste, le journaliste dépité avait jeté l'éponge : « Yann Andréa ne veut ou ne peut parler de lui. » Sa dernière apparition médiatique remontait à 2006 lors d'un dossier spécial du *Magazine littéraire*, dix ans après la mort de Marguerite Duras. Moustache blanchie et cette fois-ci chaussures aux pieds, il entrait au Select, la brasserie chic du 6e arrondissement. D'une voix posée, au rythme presque syncopé comme si elle se jetait vers les silences, décrivait la journaliste Aliette Armel, il s'attelait, une fois encore, à sa tâche de témoin numéro 1.

Je n'arrêtais plus de penser à ce type sur sa méridienne, guère plus flambard que moi. À ses mots lucides et drôles, à son allure éthérée, à sa poésie de la débâcle. À ses prémonitions : « C'est une femme qui va m'emporter quelque part. J'ai senti cette force immédiatement chez elle. Elle va m'emporter ! Je crois que c'est elle qui a tout créé. » Incapable de dormir, prisonnière de la chaleur de cet été pourri, indifférente au reste du monde, au téléphone qui sonnait parfois, au frigo qui avait faim, je regardais encore les photos de l'amoureux aux yeux doux d'un côté de la fenêtre et de la vieille dame un peu punk. Je caressais l'idée comme elle caressait son visage, pour détruire et consoler à la fois. Je fermais les yeux. Et l'idée était encore là au réveil. Puis la nuit suivante. Et celle d'après. Sans que je m'en rende compte, elle s'était transformée en obsession. Et sans que je m'en rende compte non plus, j'étais dans un train pour Caen. Comme dans le poème de Baudelaire, je voulais retrouver cet « être disparu au regard familier », cet inconnu qui, au comble du malheur, s'était un matin d'interview dirigé vers sa penderie et avait choisi, parmi tous ses vêtements sans doute très élégants, une cravate couverte de coccinelles.

3

Les petits cailloux blancs

Sur les indications du réceptionniste de l'hôtel Mary's – « toujours tout droit » – je longe une route de bitume du même gris délavé que la moquette de la chambre 409. Elle serpente depuis la gare de Caen et épouse le tracé de la ligne de tram, s'éloignant de plus en plus des commerces, jusqu'à séparer en deux bandes symétriques des maisons proprettes avec des crépis fraîchement repeints, des haies taillées droit et des bacs de géranium. J'ignore si je suis perdue et ne m'en inquiète pas. Je suis arrivée ici en naufragée de l'été, sans plan de bataille, tout au plus une vague idée de reconstitution historique comme si, en remettant chaque personnage, petit pion sage, à l'endroit où il se trouvait lors de la rencontre, la brume se dissiperait. Le Lux, « cinéma, vidéo-club, boutique, expositions », surgit soudain dans un virage. Il n'est pas franchement moche. Plutôt incongru avec son aspect cubique et sa couleur rouge brique au milieu du décor pavillonnaire. Un peu comme cette photo de Sophie Calle sur laquelle, au milieu de corps de fermes nimbés de brouillard, se détache une bicoque bleu ciel dont le fronton est orné d'un insolent : « Salle des fêtes ». Le genre de monuments qui ressemble à un éclat de rire entre les larmes.

En 1975 sur le parking du Lux, le jeune Yann Lemée, Breton maigre et élégant, s'est pour la première fois adressé à la « femme qui faisait des livres et qui, elle, était vieille et seule comme lui, dans cet été grand à lui seul comme une Europe », écrit Marguerite Duras dans *Yann Andréa Steiner*. Il lui a posé deux questions. Avait-elle des amants ? À combien roulait sa R16 ? Réponses : Plus aucun. À 140 kilomètres/heure. Ce soir-là, elle lui a donné son adresse, 5, rue Saint-Benoît à Paris, et il a commencé à lui envoyer des lettres courtes, « des sortes d'appels criés d'un lieu invivable », à la beauté évidente. Aujourd'hui, il n'y a plus de R16 – modèle pionnier du hayon de plage arrière sur lequel on installera ensuite des petits chiens qui dodelinent de la tête – mais le parking est toujours là, couvert de flaques d'eau, bordé de parapets et d'herbes folles. La pluie donne à l'asphalte une couleur de deuil. À l'intérieur du Lux, entre les affiches de films, sont dispersées les reliques du passé : un vieil ordinateur encastré, des projecteurs et les grandes lettres scintillantes qui jadis décoraient la façade.

Lorsque je l'ai connu, T. était critique de cinéma. Il voyageait dans des villes de bout du monde au gré des festivals, traînant derrière lui une valise noire avec des vêtements bien pliés. Il traversait la vie en nomade dans des Airbnb ou chez des amis en Italie. Avant que nous louions notre appartement à Paris, joli comme dans un catalogue de décoration, il restait quelques jours ici ou là. Et je crois qu'il aimait autant ici que là. Un soir, pour la Mostra de Venise, nous avions visionné un documentaire dont j'ai tout oublié sauf cette scène : Nanni Moretti se tenait à l'entrée du cinéma qu'il dirigeait à Rome et ouvrait lui-même le portail pour accueillir son public. Les spectateurs tendaient leurs billets, ébahis de le rencontrer. J'y repense en voyant arriver André Guéret, l'ancien directeur du Lux, septuagénaire très chic dans son costume anthracite. Il pourrait tenir la porte du bureau tandis que nous entrons les uns après les autres, ravis de faire sa connaissance : Marguerite Duras, Yann Andréa, T. et moi.

Dans la petite pièce du premier étage, en compagnie de l'actuel directeur, Gauthier Labrusse, il extirpe d'un tiroir de vieilles photos en noir et blanc qui racontent l'histoire folle du Lux, cinéma d'art et d'essai sans cesse menacé de fermeture et sans cesse sauvé. En 1975, il n'y avait qu'une seule salle de projection et le guichet était situé de l'autre côté du hall. Une pancarte indiquait : « Amis cinéphiles, attention à nos horaires. » Les fauteuils en bois venaient d'être remplacés par d'autres, beaucoup plus confortables.

Cette année-là, le 14 novembre, sur le parking aux herbes folles, André Guéret, alors jeune bénévole de 35 ans, a rencontré la femme la plus en colère de toute sa vie. Marguerite Duras s'était perdue, elle avait tourné en rond pendant des plombes avant de trouver enfin le cinéma. Elle était crevée, elle en avait ras-le-bol. À peine descendue de la R16, vêtue de son « uniforme M.D. », sa jupe pied-de-poule, son gilet de cuir marron Cerruti et ses bottines, elle s'est mise à hurler : « C'est quoi ça ? On ne va tout de même pas projeter mon film dans ce garage complètement excentré ! Personne ne va jamais venir ici. » La barrière du parking a tremblé. Les herbes folles se sont couchées. Le directeur de l'époque, un petit homme au visage dévoré par de grosses lunettes rectangulaires, a commencé à s'impatienter. Pas du genre à faire des courbettes, il a répliqué au diapason : « Mais vous devriez être contente qu'on le montre, votre film ! » Entre eux, André Guéret, pétrifié à l'idée de passer la soirée avec cette folle furieuse, a bredouillé quelques mots au sujet d'un dîner à l'hôtel Moderne (c'est devenu le Crédit mutuel).

Dans le bureau du premier étage, il parle avec des vibrations dans la voix presque surpris que ses souvenirs resurgissent intacts comme des petits cailloux blancs gardés au fond de sa poche pendant quatre décennies. Il entend à nouveau la voix rauque de son directeur émanant des tréfonds du cinéma : « André, vous allez me faire venir Jacques Tati. » Et puis Langlois, Piccoli ou Foucault. Il en a passé des nuits blanches à se demander comment faire pour appâter les plus grands jusqu'à Caen mais il a toujours réussi. Lors de la projection de *Moi, Pierre Rivière*, la foule qui se bousculait dans l'entrée était si compacte que les vitres du guichet avaient cédé. Pour Duras, c'était autre chose. André Guéret n'avait pas eu besoin de se décarcasser, le distributeur avait lui-même envoyé l'écrivaine en tournée dans les cinémas de province. Certes, *India Song* avait reçu un accueil triomphal au Festival de Cannes mais il fallait maintenant porter vers le public cette histoire d'amour entre le vice-consul de France à Lahore (Michael Lonsdale) et la femme de l'ambassadeur à Calcutta, Anne-Marie Stretter (Delphine

Seyrig), ce film étrange et poétique irrigué par la musique de Carlos d'Alessio que plus personne n'oubliera jamais.

Selon la « feuille de chou » du Lux comme on l'appelait à l'époque, un programme format A4, soigneusement découpé, collé et imprimé à l'offset, il a été joué du 5 au 11 novembre 1975, du mercredi au lundi. On l'a pudiquement placé dans la catégorie « quelques résultats inattendus » : 839 entrées. Rien à voir avec *Vol au-dessus d'un nid de coucou* de Miloš Forman qui avait fait 12 000 entrées. Étrangement, c'est *Son nom de Venise dans Calcutta désert,* le film suivant de Marguerite Duras, qui s'est imprimé dans la mémoire d'André Guéret, une rêverie dans les lieux où elle avait tourné *India Song*, notamment le palais Rothschild à Boulogne, cette grande bâtisse abandonnée qui évoquait un palace de Calcutta avec ses murs majestueux et lépreux. Peut-être est-ce parce que ce soir-là André tournait le dos à l'écran, très concentré sur le débat à venir et sur la centaine de spectateurs en face de lui. « Bon, s'il n'y a pas de questions, je pars », ronchonnait déjà Marguerite Duras. Dans la précipitation, André a tiré sur le micro. Il est encore hanté par ce fil qui zigzaguait sournoisement entre les jambes de l'écrivaine, ce fichu fil qui a fait remonter d'un coup la jupe pied-de-poule. Le regard de Marguerite Duras était tellement noir qu'il en était convaincu : cette fois-ci, c'était bien la fin. Mais les questions ont fusé. Et plus elle répondait, plus elle oubliait d'être en colère.

Dans la grande salle avec ses fauteuils en velours très confortables, parmi la centaine de spectateurs, il y avait cet étudiant de 23 ans dont les yeux brillaient plus fort que les autres. Durassien à une époque où ce n'était pas encore à la mode, Yann Lemée avait déjà vu *India Song*. Il connaissait par cœur l'histoire d'amour vécue aux Indes dans les années 1930, il avait passé des heures avec les voix sans visage d'Anne-Marie Stretter et du vice-consul maudit mais il n'aurait raté ça pour rien au monde. Ce soir-là, il avait songé à prendre des fleurs mais il s'était ravisé, ça risquait de faire godiche. À la place, il avait emporté un exemplaire de *Détruire, dit-elle* pour le faire dédicacer.

Durant le débat, il a levé timidement la main. Comme le vice-consul, il aurait voulu hurler son amour et son désespoir, il aurait voulu hurler qu'il dansait le soir sur la ritournelle belle à en pleurer de Carlos d'Alessio, qu'il voyait dans ses rêves le bouquet de roses posé sur le piano. Mais il a seulement fait remarquer au sujet du plan d'ouverture où la caméra filmait la robe rouge et la perruque d'Anne-Marie Stretter sur le canapé : « Au fond, c'est comme si vous représentiez la légende de cette femme-là puisque vous filmez sa dépouille. Elle est déjà morte quand commence le film. » À la fin de la soirée, Marguerite Duras, réconciliée avec le Lux, a invité la petite troupe d'étudiants en philosophie à boire un pot. André Guéret les a conduits au Départ, le seul bar encore ouvert très tard, près de la gare de Caen. Bien sûr qu'il se souvient des verres de bière et de ce khâgneux un peu craintif qui la buvait des yeux !

Je ressens aussitôt un soulagement, un soulagement ridicule à en faire glisser mon stylo-plume par terre. Marguerite Duras et Yann Andréa se sont bien rencontrés le 14 novembre 1975 au Lux. « Lu et approuvé », vient de parapher mon premier témoin au bas de *Yann Andréa*

Steiner et de *Cet amour-là*, les récits de la genèse. Je peux désormais contempler le cube rouge avec émotion, m'adosser à la barrière du parking. Elle est solide, fiable, inébranlable. Dire qu'on soupçonne les écrivains d'enjoliver, de travestir ou de rajouter des herbes folles là où il n'y a que des gravillons. Non vraiment, eux, ils mentaient vrai, comme disait Aragon. André Guéret n'a conservé aucune photo de la soirée mais, sur un coin du bureau, il dépose son dernier petit caillou blanc. D'une voix émue, il se souvient que, sur le parking du Lux plongé dans la nuit, Marguerite Duras lui a lancé en baissant la vitre de sa R16 : « Jeune homme, vous avez à Caen le meilleur public de France. »

Quelques jours plus tard, quand il me répond au téléphone, Hughes Labrusse, l'ancien professeur de philosophie de Yann Andréa – qui est, drôle de coïncidence, le père de Gauthier Labrusse, le patron du Lux –, est en villégiature dans sa maison du Gers où il pleut à torrent. Le vent a fendu un figuier en deux dans le jardin. Pendant les vacances de Pâques, en 1999, Yann a lui aussi séjourné dans la grande maison. Déboussolé et sous Prozac, il est resté une dizaine de jours devant le feu de cheminée. C'était après « l'effondrement » de 1996, les deux ans de claustration qui ont suivi la mort de Marguerite Duras, se souvient Hughes Labrusse. « Ensuite, Yann a encore disparu pendant de longues périodes. Même sa mère ignorait où il se trouvait. » Nous avons affaire, selon le professeur, à un double fantôme : celui qu'il a volontairement créé dans une première vie et celui qu'il est devenu, malgré lui, dans une seconde vie. Grâce aux liens qui perdurent encore entre eux, je ricoche d'un ancien ami de classe à un autre. Patrick, Christine, Élisabeth, Daniel, Thierry se souviennent des salles de cours à l'atmosphère enfumée, des destins d'artistes qui se créent, du dandy du lycée Malherbe qui déambule dans les rues de Caen avec sa grande écharpe et son air à la Helmut Berger.

Dans cette première vie, Yann Andréa s'appelle Yann Lemée. Il fait des études de philosophie en khâgne et la bringue au Piloris ou Chez Mona. Il boit du gin-tonic, fredonne *Tombe la neige* et lit *Le Monde* et *Les Cahiers du cinéma*. Il distribue des tracts pour le groupe Foudre, une petite troupe d'action maoïste qui intervient à coups de sabotage et de happening dans le monde de l'art, et puis pour le GLH, le Groupe de libération homosexuelle. Après l'internat, il a emménagé avec ses amies Christine et Bénédicte dans un grand appartement de la rue Eugène-Boudin, au septième étage d'une barre d'immeuble dont les fenêtres donnent sur la marée grise d'un cimetière. Les pièces sont meublées de façon spartiate, un peu comme dans *La Maman et la putain*, avec des matelas au sol, des disques partout, des lampes qui éclairent mal et des affiches qui se décollent du mur. Bénédicte couche avec Yann. Christine couche avec Bénédicte. Yann couche avec Catherine, sa prof de lettres. Il y a de grandes fêtes chez Hughes Labrusse, des week-ends à Paris pour voir la dernière pièce de Patrice Chéreau ou l'exposition Magritte et des nuits entières à discuter du livre de Barthes *Sade, Fourier, Loyola*.

Un soir, dans le fouillis du salon, au-dessus d'une pile de livres, Yann tombe sur l'exemplaire des *Petits Chevaux de Tarquinia* appartenant à Bénédicte qui prépare une maîtrise sur Duras. Affalé sur le canapé en coton gris-bleu, il plonge dans ce récit de chaleur écrasante en Italie, de couples qui se font et se défont imperceptiblement. Certes, il a déjà connu des passions littéraires à en oublier que le soleil se lève, certes, il a déjà aimé follement Proust ou Stendhal mais, cette fois-ci, c'est différent. Il est obligé de s'arrêter au bout de deux pages. Il pleure. Il répète en boucle cette même phrase : « Il n'y a pas de vacances à l'amour. » Les mots imprègnent le corps, alors il a envie de ressentir l'été italien. Dans les bars de Caen, il se met à commander, comme les personnages, un Bitter Campari. « Un quoi ? » répondent les serveurs.

Lettre à F.
Tiroir 1, colonne de droite

Caen, le 15 septembre 1976,

F. mon chéri,

*J'étais sur mon lit, enroulé dans des couvertures, lisant une critique de Duras à propos des voix d'*India Song *et cette déclaration de Marguerite : « Je fais des films pour occuper mon temps. Si j'avais la force de ne rien faire, je ne ferais rien. C'est parce que je n'ai pas la force de m'occuper à rien que je fais des films. Pour aucune autre raison. C'est là le plus vrai de tout ce que je peux dire sur mon entreprise. » Donc je lisais quand ta lettre express est arrivée. Vu la longueur des courriers France/Italie je ne m'attendais pas si vite à recevoir cette missive. Enfin, je lis et relis, un peu bref… mais on en veut toujours plus ! Et je t'écris immédiatement comme pour être avec toi dans un même temps. Il est en effet difficile d'écrire, sur ce point nous sommes d'accord. Ce que je pense maintenant ? Mais simplement être avec toi, que nous nous « aimions follement » sur ce fond de lucidité dont nous avons parlé. Tu comprends ? Il ne faut pas s'inquiéter pour moi, je ne suis pas quelqu'un qui sombre dans des positions, des états extrêmes. Ou tout au moins, je suis capable de les surmonter. Je ne suis jamais « héroïque » (cf. Barthes).*

Doucement, je t'embrasse tendrement,

Yann

4

Douleurs exquises

Dans sa chambre, Yann a disposé plusieurs vases contenant des fleurs séchées. Au mur trône une immense affiche du *Guépard* récupérée au Lux où il va tout le temps, à pied ou en stop. Parfois, il enchaîne deux films dans la même soirée, *Cría cuervos* et *Les Damnés*, *Casanova* et *La Dolce Vita*, suivant les recommandations d'Édouard, le professeur d'espagnol vêtu de son éternel costume en velours mauve, ou celles d'Henri, l'intendant du lycée, toujours entouré d'une cohorte de jeunes admirateurs homosexuels. Dans l'appartement de la rue Eugène-Boudin, les fêtes durent jusque tard dans la nuit. Les conversations sur la littérature, l'intertextualité ou le militantisme se perdent dans un épais brouillard de fumée. Dès qu'il se réveille, Yann écarte les cendriers pleins à ras bord. Il se fraye un chemin jusqu'au poste de radio et allume France Musique. Une bouteille de whisky à moitié entamée au pied du lit, il s'enivre de Verdi et la Callas. Sous la grande affiche de cinéma, il a épinglé la photo en noir et blanc d'un homme brun âgé d'une quarantaine d'années, regard en coin et sourire mystérieux. F. est professeur de sociologie en Italie mais il parle un français impeccable. Ils se sont rencontrés au mois d'août 1976 dans un restaurant de Rome et, depuis son retour à Caen, Yann ne pense plus qu'à son corps nu dans un lit défait.

Le soir, à la lueur des bougies, il prend son stylo-plume et lui écrit qu'il rêve d'écouter Schubert blotti dans ses bras, d'aller avec lui au festival d'Avignon ou de Salzbourg, de visiter la cathédrale de Spoleto, de manger des spaghettis aux fruits de mer et de lui murmurer les choses « nécessaires ». « Avec toi, j'ai envie de vivre un désespoir d'une tendresse absolue, traversé par des instants d'amour fou. C'est une simple hypothèse. Tu m'écris ? J'écoute avec toi *Norma.* » F. est marié, il a des enfants. Mais Yann s'en fiche. Tout comme il se fiche de Normale Sup, de Merleau-Ponty et du cours sur les institutions. Parfois, il songe au mémoire qu'il est censé rédiger sur « La Dialectique et la mort » mais il se réveille dans un rayon de soleil sur l'oreiller blanc et il demande à F. : « Puis-je t'aimer tel que tu es ? » En province, les chances de devenir normalien sont minimes, certains de ses copains sont partis dans des prépas parisiennes. Pas lui. Quand il rate le concours pour la deuxième fois, il n'est pas déçu, simplement ennuyé. Comment faire pour payer le loyer ? Il accepte un poste de pion dans un lycée de Vire, à quelques kilomètres de Caen. Dans la salle de permanence pleine de graffitis, il joue à l'autorité auprès de lycéens aux cheveux longs et jeans délavés. Dès qu'il le peut, il s'éclipse dans le café d'à côté, avec ses banquettes en cuir rouge et son gros juke-box cassé, pour poster une lettre à F.

La vie, la vraie, commence le soir à la lumière des bougies tandis que l'ombre des fleurs séchées danse sur le mur. Depuis que Marguerite Duras lui a donné son adresse lors de la projection au Lux, il envoie des dizaines de lettres au 5, rue Saint-Benoît, des mots qu'il jette sans se relire. Elle ne répond pas. Peu importe, il n'attend rien. En écoutant le disque d'*India Song*, il se laisse emporter par le blues de Carlos d'Alessio, par la voix envoûtante de Jeanne Moreau qui murmure à son oreille le désir mort et les corps effacés, la mélodie de *Cet amour-là.* Même le nom de Duras l'enchante, il le prononce à haute voix, le fait tinter dans les airs et reproduit sa signature sur des feuilles blanches. Chez Sébire, en face de l'église Saint-Pierre, il demande à Huguette, sa vieille amie libraire, tous les livres de l'écrivaine dans la collection Blanche de chez Gallimard. Sur la page de garde, il note son nom et la date. Ensuite, il range *Abahn Sabana David*, *Nathalie Granger*, *La Femme du Gange*, *Le Square*, bien serrés les uns contre les autres. « Je relis M. Duras encore et toujours dans une totale passion, s'enthousiasme-t-il auprès de F. C'est vraiment cela qu'il faut écrire. En ce moment, j'essaie moi-même d'écrire quelques textes, mais M.D. me désespère d'écrire ! Écrire quoi d'autre ? »

Dans la bande aux amours entremêlés et foutraques, l'avenir n'existe pas. Les nuits tombent dans les volutes de fumée. Sur sa table de chevet, entre *La Chartreuse de Parme* et *La Maladie infantile du communisme* de Lénine, Yann a posé une photo de Verlaine assis dans un bar avec sa longue barbe blanche et son crâne dégarni. Quand il sera vieux, il aimerait lui ressembler. En 1977, Bénédicte, qui a un nouveau petit copain, décide de mettre fin à leur colocation et à leur histoire. Il se désole de quitter la fille aux cheveux noirs qui a lu Duras avant lui. Il entasse ses livres dans des cantines militaires en fer et emménage dans une chambre meublée du centre-ville. La bâtisse de trois étages est située entre un cabinet d'expertise et un magasin d'antiquités. Un escalier impressionnant fabriqué avec un tronc d'arbre noueux mène jusqu'à sa porte. Au loin, on aperçoit le beffroi. Sur la machine à écrire grise qu'il n'a jamais rendue à Bénédicte, il poursuit ses premiers textes, des poèmes autour du rien, du whisky ou de F. Il a trouvé un titre épatant : *Douleurs exquises*. Dans le jargon médical, il s'agit du point précis qui détermine une fracture.

Pendant une semaine entière, il écoute les entretiens de Roland Barthes sur France Culture, fasciné par ce mélange d'élégance et de légèreté. « J'aime R.B. et je vous aime, glisse-t-il à F. Décidément, il y a une ressemblance de plus en plus profonde entre vous deux. » Juste après avoir terminé les *Fragments du discours amoureux*, il envoie une lettre au sémiologue qui vient d'entrer au Collège de France. C'est ainsi : depuis qu'il est petit, Yann écrit à ceux qu'il aime. Non seulement Roland Barthes lui répond, mais il lui donne même un rendez-vous à Paris. Au cours du déjeuner au Café de Flore, Yann est hypnotisé par le sexagénaire à la voix veloutée qui fume des havanes et sort, de temps à autre, un cahier à spirale sur lequel il prend des notes avant de regarder sa montre en tremblant car il pense à sa vieille mère, seule chez lui, dans la chambre au bout du couloir. Devant son escalope de poulet qu'il touche à peine, Yann lui parle de son amour romain. Quand il est à bout de mots, il se laisse bercer par la voix légèrement nasale, le souffle si serein. À la fin du déjeuner, il emporte la serviette du Flore comme un fétiche.

À Caen, plus rien n'a d'intérêt. Au chômage, il boit du whisky, mange des pâtes quasiment tous les soirs et se répète que la seule issue, c'est de savoir qu'il n'y en a pas. Pour appâter le sommeil, il prend des comprimés de Mandrax. Grâce à l'argent récolté en donnant des cours particuliers ou en faisant brièvement le secrétariat dans un cabinet médical, il s'échappe à Paris dès qu'il le peut. À Saint-Germain-des-Prés, il aime tout : les lettres orange qui se détachent de la devanture de la brasserie Lipp, les serveurs dans leur tenue impeccable et même les gigolos qui arpentent le trottoir devant le drugstore en hélant les passants. En terrasse du Flore, il console Roland Barthes ravagé par la mort de sa mère ou serre dans la sienne la main de F., de passage dans la capitale. Il longe ensuite la rue Saint-Benoît et passe devant chez Marguerite Duras. Adossé au mur d'en face, il guette son ombre à travers les fenêtres du troisième étage. Il se demande quel livre est posé sur sa table de chevet, quel plat mijote dans la cuisine, si le cendrier est plein et si elle boit du whisky. Pendant de longues minutes, il fantasme une vie intérieure avant de rentrer chez les amis qui l'hébergent.

Après avoir vu *Le Navire Night*, en mars 1979, au Théâtre Édouard-VII, il se promène longtemps dans la nuit, encore habité par la mélopée obsédante de cet homme et de cette femme dont les voix se sont rencontrées au hasard d'une ligne téléphonique non attribuée. Il recopie pour F. le passage où la femme se dit prête à tout quitter pour rejoindre celui qu'elle entend au bout du fil. Elle pourrait abandonner sa famille et sa maison de Neuilly. Oui, elle pourrait tout abandonner sans même le voir. Sans même le rejoindre d'ailleurs. « Quitter à cause de lui et justement ne rejoindre rien. Personne. Inventer cette géniale fidélité à leur histoire. »

Lettre à Marguerite Duras (non envoyée)
Tiroir 2, colonne de droite

Le 6 août 1980,

Avec les chroniques dans Libération, *vous allez accroître votre isolement. J'entends déjà les esprits forts, les esprits à la vue courte dire : Marguerite Duras fait de l'anticommunisme primaire. À quoi je réponds : oui. Et alors ? L'URSS se gêne-t-elle pour être primaire ? Les camps ne sont-ils pas primaires ? Et l'exécution des homosexuels en Iran n'est-elle pas primaire ? M. Duras est primaire et elle a raison. Face à l'immense bêtise, l'insondable horreur du politique, il convient d'opposer la primarité du NON et de parler de la pluie et du soleil ! Du petit David, de tout ce que vous voulez : vous en avez le droit absolu. Continuez, je vous embrasse.*

Yann

5

L'été de pluie et de vent

Dans l'ancien hôtel des Roches noires, il pleut et Marguerite s'ennuie. Elle contemple les enfants des colonies de vacances, les inconnus, les locataires saisonniers, toute « la brocante de Trouville » comme elle dit, avec son marchand de gaufres et ses jeux dans le sable. Elle a accepté la proposition de Serge July, le patron de *Libération*, de tenir une chronique hebdomadaire de l'été 1980 qui ne traiterait pas de l'actualité politique mais « d'une sorte d'actualité parallèle à celle-ci ». Depuis son belvédère, elle entremêle les petits événements et les bouleversements du monde, elle tisse un récit avec tout ce qui défile dans sa tête et devant sa fenêtre : les aventures de David, l'enfant aux yeux gris, de sa monitrice folle amoureuse, du requin Ratéketaboum et puis la famine en Ouganda, le pétrodollar qui flambe, les ouvriers en grève sur les chantiers de Gdansk. Elle entrelace les tourments fictionnels et la déroute de l'actualité. La jeune monitrice donne rendez-vous à l'enfant aux yeux gris à sa majorité, « le 30 juillet à minuit ». Pendant ce temps, le monde retient son souffle, suspendu au sort des ouvriers polonais.

Dans sa solitude, parfois, elle envoie des lettres à des inconnus ou elle téléphone au hasard, comme dans *Le Navire Night*. Elle a 66 ans, elle se sent vieille et elle boit. Elle trouve que la pire des choses, c'est de ne pas aimer. Marguerite de Trouville contemple l'immensité bleue et tranquille pour faire taire son cerveau qui n'en finit pas de clapoter, toujours en train de bouillir de mille pensées, à faire mal ou à faire peur, à sombrer dans le « malheur merveilleux du livre ». Elle confie à son amie Madeleine Chapsal qu'elle tourne en rond dans sa tête, qu'elle arpente les mêmes corridors. Elle a acheté un petit bout des Roches noires, ce palace vendu à la découpe, en 1963. Son appartement, au premier étage de l'aile du Havre, donne sur la baie de la Seine et le quartier de la digue. Chaque jour, elle traverse le grand hall décoré par Mallet-Stevens avec les toiles de Gir, un affichiste des années 1920, qui forment une frise de femmes en train de danser. C'est le hall de Proust, de Monet, de Zola ou de la reine d'Espagne. Ça lui plaît. Elle va déjeuner au Central, où elle commande invariablement des langoustines et un mont-blanc, et au Moulin Saint-Georges, à Pennedepie. Elle n'a pas envie de retourner dans sa maison de Neauphle dans les Yvelines, auprès des poules, des canards et des confitures maison. Dans ces quatorze pièces où on pourrait vivre à dix, ses pas résonnent encore davantage. Elle n'a pas envie non plus de rentrer rue Saint-Benoît à Paris, entre les peintures jaunies et les meubles dépareillés. Alors elle reste échouée dans cet été de pluie et de vent avec l'enfant aux yeux gris et la monitrice folle amoureuse, dans ce trois-pièces où elle flotte au-dessus de la mer à regarder les touristes et tout le festival de l'été.

Elle reçoit des lettres d'admirateurs à qui elle ne répond pas. Elle n'attend plus rien. Elle boit et prend des antidépresseurs. Sur son petit téléviseur, elle regarde encore les actualités qui se bousculent, les Jeux olympiques de Moscou, la répression en Iran, l'attentat des Brigades rouges à Bologne. Un jour, quand Serge July l'appelle pour lui demander sa chronique, elle répond qu'elle n'a rien écrit. Elle est paralysée à cause de Gdansk, du soulèvement calme sur le chantier naval. Elle ressent ce qu'elle appelle une « solitude politique », le bonheur d'une révolution qui n'aboutira probablement pas. Elle voudrait en discuter avec des amis. Personne ne décroche. Par la fenêtre, la pluie tombe sans discontinuer et les nuages sont si bas qu'ils semblent dériver sur l'eau. La sonnerie du téléphone la fait sursauter. Au bout du fil, une voix qu'elle ne connaît pas prononce : « C'est Yann. »

6

Les garnements des Roches noires

L'agent immobilier s'apprête à raccrocher quand il ajoute sur le ton de l'évidence :

« N'oubliez pas les plinthes.

— Les plinthes ?

— Oui, pour l'état des lieux, n'oubliez pas de nettoyer les plinthes. »

À mon retour de Caen, tout a commencé à se déglinguer doucement. D'abord un joint dans les toilettes puis des moucherons qui ont débarqué en escadrille au-dessus des casseroles de la cuisine. L'appartement joli comme dans un catalogue de décoration avec cuisine ouverte, poutres apparentes, moulures au plafond et rayon de soleil sur la table en bois à 10 heures pile, s'est transformé en zone humide, en terre d'accueil pour espèces plus ou moins domestiques. Depuis plusieurs jours, le chat noir de la voisine se faufile par la porte et se couche au milieu de ce qui ressemble à un bayou. Il feule à la moindre approche. Un tube de mastic gît sur le sol des toilettes. En fait, c'est depuis que T. est parti, quelques semaines plus tôt, que tout a commencé à se déglinguer doucement.

Le 30 juillet, dans une sorte de travelling très lent, il a traîné sa valise à roulettes le long du couloir et il est rentré à Rome. Nous avions déjà laissé filer l'avion qui devait nous emmener vers un bord de mer. À la place, nous étions restés longtemps alanguis sur notre canapé gris-bleu à contempler le drame en apesanteur, à sourire et à pleurer de la lassitude d'une même conversation, égaux à nous-mêmes comme les vacanciers des *Petits Chevaux de Tarquinia*, englués dans la chaleur du matin au soir. Quand T. a refermé la porte, il y a eu le bruit sourd de la valise dans la cage d'escalier, il y a eu le miaulement du chat de la voisine. Puis plus rien. Je me suis couchée dans la chambre sous le tableau de l'oiseau vert. J'y serais peut-être encore si je n'avais pas découvert Yann Andréa étendu sur sa méridienne. Comme T., il était auréolé de cette délicatesse des tendres, frappé de cette fragilité des paumés. Yann Andréa qui essayait de savoir comment aimer.

Dans les ruines de notre deux-pièces, vêtue d'un tee-shirt noir qui ne m'appartient pas, je murmure « la salle des fêtes, la salle défaite, la sale défaite », comme elle écrivait « l'amante anglaise, la menthe en glaise ». Je tente de colmater les fuites. Je relis *Yann Andréa Steiner* et *Cet amour-là* en boucle. J'habite avec l'étudiant romantique et l'écrivaine solitaire. Penchée au balcon, Marguerite contemple la silhouette maigre et élégante du jeune Breton s'avançant vers elle avec son bagage noir et son parapluie en toile vernissée alors que, pour une fois, il fait beau. Yann n'est pas encore entré dans le hall des Roches noires qu'elle l'a déjà reconnu : il est Jean Marc de H, ex-vice-consul de France à Lahore, homme vierge et tueur de lépreux. Il est l'enfant aux yeux gris qui se tait. Il est Paul, le petit frère mort à la guerre. Il est la voix du *Navire Night* à qui elle ordonne de venir même si c'est de la folie. Encore plus impossible que tous les amours qu'elle a déjà racontés, encore plus désespéré que tous les personnages qu'elle a déjà créés, il est celui qu'elle n'attendait plus.

Comme il ne faut pas oublier les plinthes, je fais le tour de l'appartement avec une éponge. Je longe le serpentin immaculé, je parcours la bibliothèque en bois blanc, je passe devant la penderie où T. rangeait ses chemises – pour ne pas que tinte l'absence, j'ai suspendu mes robes –, j'erre dans la chambre où son tee-shirt noir a disparu du creux de l'oreiller. Avec une méticulosité confinant à l'absurde, je remplis ma mission. « La salle des fêtes, la salle défaite, la sale défaite. » Yann prend l'ascenseur jusqu'au premier étage. Il traverse un couloir ressemblant à celui d'*India Song*, décoré de tapis rouges et de miroirs. Sur le seuil de l'appartement, Marguerite l'accueille en lui faisant la bise. Intimidée, elle s'exprime comme une conférencière : « Savez-vous que Proust venait ici ? Il vivait chambre 111. Mais moi, je préfère le côté cour. Venez sur le balcon, c'est plus beau que tout, surtout la nuit, les lumières du Havre, le port pétrolier… »

Pendant ce temps-là, éponge à la main, je continue le road-trip retraçant le périmètre de notre vie à deux. Ils ont, chacun, tellement raconté cette rencontre que je sais que ce soir-là, comme elle n'a rien dans son frigo, moi non plus, d'ailleurs, elle l'envoie dîner sur le front de mer.

Yann n'ose pas entrer dans la brasserie chic ; il zone dans les rues désertes de Trouville avant de rentrer aux Roches noires, le ventre vide. Elle lui sert un reste de poulet froid et de la crème de marrons. Ils boivent une bouteille de côtes-du-rhône. Absolument dégueulasse. Et sans que l'on sache pourquoi, ils évoquent immédiatement Roland Barthes. Le « faux de l'écrit », s'exclame Marguerite, avec une moue dégoûtée. Tard dans la nuit, elle lui montre l'ancienne chambre de son fils, Jean Mascolo dit Outa, et lui propose de rester dormir. Inutile de chercher un hôtel, tout est complet en cette saison. Le lendemain, ils font l'amour. Yann retournera une seule fois dans son meublé de Caen, avec vue sur le beffroi, pour faire son paquetage. Il emportera quelques chemises, du savon, des mouchoirs et le disque de *Norma* chanté par Maria Callas, comme s'il n'avait que ça au monde.

Dans le huis clos au-dessus des flots, Marguerite écrit tandis qu'il se promène entre les meubles en rotin avec son air de pas y toucher, de pas savoir quoi faire, de pas vouloir déranger. Au niveau de la cuisine, je suspends ma randonnée. Il y a un je-ne-sais-quoi qui ne colle pas. D'ordinaire, je ne prête pas attention aux chiffres, ils incarnent un monde où je ne vis pas : les factures, l'examen raté à cause de la date du bûcher de Jeanne d'Arc, le temps d'attente du bus, les anniversaires en retard, les prix excessifs, les ristournes dérisoires, l'addition à partager, la loi Carrez, les articles de loi, les lois des séries… Pourtant, je n'arrête pas d'y penser, à ce petit truc qui cloche. Je retourne dans leur résidence de bord de mer où ils vivent indifférents au temps et aux jours. Elle, enfermée dans sa chambre pour écrire. Lui, allongé sur le divan à fixer les rideaux rosés et à envisager l'éternité ainsi, paisible comme une plage vide au petit matin, ouatée comme les nuages. Pendant longtemps encore, Yann aurait pu se contenter de passer du lit au fauteuil, de la gigantesque baignoire au canapé, si elle n'avait pas tout à coup prononcé : « Écoutez, vous n'allez pas rester là sans rien faire. » Il se retrouve à la table du salon, à taper à deux doigts les dernières chroniques de *L'Été 80* avec les ouvriers de Gdansk, la plage mouillée de Trouville et le requin Ratekétaboum. Marguerite dicte des phrases dans lesquelles il apparaît soudain entre les coussins du canapé.

Sauf que ça ne va pas. Je rouvre *Yann Andréa Steiner*, plus précisément le passage où l'écrivaine contemple depuis le balcon « une sorte de Breton grand et maigre » s'avançant dans la cour des Roches noires. C'était le 30 juillet, écrit-elle. J'attrape *Cet amour-là*. Page 19. Yann Andréa arrive de Caen, « le 29 juillet 1980 » par l'autocar. Allons bon. Dans *M.D.*, publié en 1983, il soupire : « Depuis le 30 août, nous buvons. Depuis le premier regard quand la porte s'est ouverte, depuis le premier sourire, depuis le premier baiser. » Dans une interview à *L'Événement du jeudi*, il affirme : le 28 août, il a traversé pour la première fois le hall des Roches noires. Je continue de les traquer comme deux garnements qui jouent de leur mythe, qui courent au milieu de la pluie, du vent et des marées de cet été 1980. Ils se fichent vraiment du monde. À peine se sont-ils embrassés qu'ils entremêlent déjà le réel et la fiction. À peine ont-ils jeté un regard en direction des lumières lointaines du Havre que ça commence les histoires. Bien sûr, ce n'est qu'une date. Mais s'ils falsifient un détail aussi insignifiant, comment leur faire confiance pour le reste ?

Je parcours désormais *L'Été 80* comme un polar, guettant l'arrivée du « vous » de Yann Lemée. La huitième chronique, évoquant les accords de Gdansk tout juste signés, a été écrite vers le 31 août. Dans la neuvième, il apparaît soudain derrière la porte. Marguerite lui dit : « Vous devriez venir avec moi dans la chambre noire et déserte et ne plus avoir peur. » La critique littéraire Joëlle Pages-Pindon, spécialiste de Duras, qui a dû également se faire des nœuds au cerveau, a consulté les agendas de l'écrivaine pour trancher le débat : c'est bien le samedi 30 août. À cette date, Marguerite Duras a même noté : « Tempête et soleil. Yann est arrivé. » Est-ce pour reproduire le légendaire rendez-vous entre la monitrice et l'enfant aux yeux gris, le 30 juillet à minuit, qu'elle a ensuite modifié la date dans *Yann Andréa Steiner* ? Quant à Yann Andréa, fidèle aide de camp, que cherchait-il sinon à brouiller les pistes ?

Je suis sur les traces de deux experts de la fausse confession, deux as du passé recomposé qui sont même parvenus à duper certaines biographes. C'est comme le décor d'*India Song* : on imagine un grand palais à Calcutta et puis on se retrouve devant une ruine, certes majestueuse, du bois de Boulogne. L'illusion marche parfaitement. Le Gange coule sous des viaducs de la Seine-et-Oise. Personne n'oserait prétendre le contraire.

Assise par terre, le corps contre la plinthe la plus étincelante du quartier, dans ce couloir où T. a tiré sa valise dans un bruit de déluge, je réalise que ça ne va pas être de la tarte. Je peux soit jouer aux redresseurs de torts, vérifier qu'il a bien pris le car de 10 h 30, les horaires d'ouverture du Monoprix et le goût du côtes-du-rhône, soit me laisser bercer. Je peux tenter de faire la part entre la fiction et le réel ou accepter que Yann Andréa soit le passager de deux mondes aussi vrais l'un que l'autre. Le chercher en juillet et en août, dans une chambre meublée de Caen et entre les pages d'un livre, Yann Lemée, Yann Andréa et Yann Andréa Steiner. Il n'y a qu'une seule chose à faire, une seule chose qui vaille comme dans *Le Navire Night* : « Inventer cette géniale fidélité à leur histoire. » Dans la douce ignorance de ce qui m'attend, 400 euros de caution retenue à cause d'un panier à salade non restitué, j'envoie valdinguer l'éponge. Ne parlons plus de chiffres, ils sont désespérants. Tempête et soleil, Yann est arrivé !

7

À la folie

Claquemurés aux Roches noires, Marguerite et Yann font le tour de l'impossible à deux (c'est tellement vaste l'impossible qu'il vaut mieux s'y mettre à plusieurs). Elle flambe, pétarade, virevolte et s'emballe. Il la suit, toujours un peu en retard, avec l'aisance d'une vieille bécane sortie du garage après des années de sommeil. Elle chérit la vie concrète : boire, manger, se moquer, faire l'amour, les olives vertes en bocaux et la soupe aux poireaux. Il vit dans l'abstraction. Elle brûle d'une urgence absolue. Il n'a absolument aucun projet. Elle aime les hommes. Il est à qui veut de lui, peu importe le sexe. Mais dans la chambre noire, la chambre de la création, quand elle lui dicte ses textes, ils se transforment en monades, l'unité parfaite. Deux solitudes qui se ressemblent. Deux âmes éperdues. Elle peut tout dire et il peut tout entendre.

À Trouville, le buveur de Campari et la vieille dame qui ne l'attendait plus vivent reclus derrière les rideaux roses brûlés par le soleil. Pendant des heures, ils arpentent les pages blanches et les territoires de la passion. Ils boivent du whisky jusqu'à sombrer dans l'extase. Marguerite invente à chaque seconde des histoires, des balades, des menus. Elle invente le monde entier. Yann a l'impression d'avoir 100 ans à côté d'elle. Dès que les toutes dernières chroniques de *L'Été 80* sont prêtes, il court les porter au train comme, plus tard, il traversera Paris pour délivrer les manuscrits chez les éditeurs. Après la journée de travail, ils vont se promener sur les planches et admirent la lumière crépusculaire ou bien ils conduisent jusqu'à Honfleur en chantant Édith Piaf et *Blue Moon*. La brocante de Trouville a disparu, les touristes aussi. Ne reste que cette masse d'eau imperturbable que Marguerite appelle *The Thing*.

Depuis l'arrivée de Yann, elle est devenue coquette, elle met du rouge à lèvres et mouille ses cheveux gris pour les foncer. Devant les miroirs de l'appartement, elle s'arrête un peu plus longtemps, feignant les outragées : « Mais Yann, qu'est-ce que vous faites avec une bonne femme comme moi, laide, moche, vieille. Je sais, c'est pour le fric ! » Allongé entre les coussins du canapé, il lui sourit. Il y a encore quelques semaines, Duras, c'était la beauté de l'imaginaire, c'était les mots du *Navire Night* à en perdre le souffle, les livres à en perdre la tête. Désormais, Duras c'est une femme aux lèvres trop rouges qui l'attend nue dans le lit et exige d'être aimée. En novembre 1980, quand ils finissent par rentrer à Paris, rue Saint-Benoît, dans ce quartier chéri de Saint-Germain-des-Prés, elle le présente à ses amis et aux serveurs de chez Lipp comme s'il était un phénomène cosmique, une présence aussi naturelle que la lune ou le soleil. Elle prononce simplement, paraphrasant la voix du téléphone : « C'est Yann. » Yann qui ne brigue rien, ne demande rien, ne cherche rien. Yann qui quittera le monde, un jour d'été, de printemps ou d'hiver 2014, sans que personne s'en rende compte.

8

Rien

Le cimetière du Montparnasse présente de grandes perspectives linéaires et monotones serties de barres d'immeubles. Des générations d'anonymes et de célébrités sont enterrées ici, veillées par le petit peuple des fenêtres alentour dont la vue plonge sur la marée grise. Les morts dorment en ville, au cœur des bruits de moteur, de la vie qui grouille, des gens en retard, des carambolages et des devantures rabattues dans un bruit sourd. Pourtant, comme par magie, au-delà du mur d'enceinte, on n'entend rien d'autre que le bruissement des feuilles. Sur le site du cimetière, la tombe de Marguerite Duras, « activité principale : écrivaine », se situe tout de suite à gauche, « division 21 », après le porche d'entrée du boulevard Edgar-Quinet. La dernière fois que je suis venue ici, j'étais avec mon ami Raoul qui m'avait proposé une balade, un dimanche d'ennui et d'hiver. J'aime beaucoup Raoul parce qu'il récite des dialogues de films à toute allure, qu'il bat souvent une cadence imaginaire avec sa main droite, qu'il a des expressions désuètes comme « pétard ! » et marche avec une dégaine légèrement nonchalante. Il m'avait raconté que lorsqu'il était lycéen, il avait collecté ses mégots de cigarettes dans une bouteille de vodka et l'avait cérémonieusement déposée sur la tombe de Serge Gainsbourg. Trois jours plus tard, l'offrande avait disparu. Dépité, Raoul avait tout de même continué de fumer.

Sur la tombe de Robert Desnos, ses admirateurs ont déposé une bouée ainsi qu'il le demandait dans un poème, une bouée pour ne pas sombrer dans l'oubli. Parce qu'« on ne sait jamais ». Un peu plus loin dans l'allée principale dont les graviers crissent sous les pas, elle surgit soudain d'un M.D. impérial. Deux lettres gravées sur la tranche de la pierre qui en disent davantage que la chantilly de stuc d'à côté, que l'immense oiseau de métal conçu par Niki de Saint Phalle ou encore que cette délicieuse épitaphe « Non concerné mais pas indifférent » (Man Ray, « activité principale : peintre, photographe, designer, créateur de bijoux, graveur, cinéaste, sculpteur », division 7). La pierre a pris une couleur gris-vieux sur laquelle la mousse, régulièrement arrachée, laisse de petites auréoles vertes. Marguerite Duras repose sans faste ni encouragements vers l'au-delà. Allongée entre Georges Cravenne, le créateur des César et la famille Salze-Lhuillier, qui a peut-être créé quelque chose mais que la postérité a oublié, elle se prélasse sous son fourbi posthume, un mélange guilleret de fleurs synthétiques, de coquillages et de cailloux blancs. Son truc à elle, ce sont les stylos. En guise de stèle, un énorme pot en grès est décoré d'autocollants en forme de cœur et piqué de dizaines de stylos. L'ensemble forme une pagaille enfantine évoquant une kermesse de fin d'année.

Je me représente sa silhouette assise sur le sol d'une dépendance de sa maison de campagne à Neauphle, en train de contempler, comme dans *Écrire*, le spectacle d'une agonie. Pendant de longues minutes, sous ses yeux, la plus ordinaire des mouches rend l'âme. Elle tourbillonne dans les airs puis s'affaisse, convulsant sur le mur, tentant de ses dernières forces d'échapper au destin d'une trop brève vie de mouche. Penchée au-dessus du point noir à demi éteint, Marguerite observe la lutte finale. Elle acte le décès à 15 h 20. Écrire, c'est assister à la mort d'une mouche, la plus inoffensive des mouches, et ne rien oublier de ce drame existentiel. « Écrire, c'est tenter de savoir ce que l'on écrirait si l'on écrivait. » C'est se perdre « dans un ciel inconnu et de rien ». Sous la pierre gris-vieux, Marguerite attrape, de temps à autre, l'un des stylos dans le pot en grès pour compter les mouches qui passent de vol à trépas. À ses côtés, Yann arpente la moquette de l'éternité de la pointe de ses pieds nus.

Ils se souviennent de l'ambassade de France à Lisbonne, en novembre 1980, de leur première sortie mondaine. Les serviettes blanches pliées au centre des assiettes scintillaient sous les grands lustres. À la table principale, un vieil ambassadeur au bord de la retraite tentait de consulter discrètement ses fiches tandis que son épouse en robe rouge assurait une conversation de circonstance. Yann ne disait pas un mot. « Que faites-vous dans la vie ? » lui a soudain demandé un convive. « Rien », a-t-il murmuré, gêné. Il aurait voulu disparaître dans les replis de la serviette, derrière les rideaux en velours, sous l'immense piano. Mais Marguerite le regardait avec fierté, le félicitant d'une voix beaucoup trop forte : « Yann, c'est cela qu'il faut dire, c'est magnifique. Vous n'avez pas à répondre à cette question, soyez toujours comme cela. » Sans transition, elle avait complimenté la femme de l'ambassadeur pour son magret de canard, comme si elle l'avait cuisiné elle-même et, à 5 heures du matin, après avoir fait la tournée des bars, après avoir déambulé dans les rues mal éclairées en vidant des verres de whisky et en ratant des marches, ils étaient tombés sur le lit de l'hôtel. Yann était raide de bonheur.

On pense à tort que rien, c'est simple, que c'est une paresse, que c'est rester couché à attendre que la vie passe. Un café, l'addition et le cimetière. Qu'il suffit d'être dénué d'ambition, d'étouffer toute velléité. Mais des tas de gens qui ne voulaient rien sont devenus quelque chose. D'autres, des moins que rien. Yann Andréa, quant à lui, est devenu le personnage des *Yeux bleus cheveux noirs*, « cet homme qui ne fait rien et dont l'état de ne rien faire occupe la totalité du temps ». Voulait-il déjà être écrivain avant sa rencontre avec Duras ? l'avait questionné un journaliste. « Non pas du tout, je ne voulais rien. » Dans les biographies consacrées à l'écrivaine, il apparaît en filigrane. Il ouvre la porte à des visiteurs, apporte le café, décroche le téléphone, « non elle n'est pas disponible », tape ses textes à deux doigts sur la machine à écrire et fume des cigarettes. Au fil des pages, il ne vieillit pas. Il est simplement là sans avenir ni passé, planté au milieu du décor avec un air d'éternelle évidence. Marguerite Duras vit avec l'enfant aux yeux gris de *L'Été 80*, cet enfant taciturne qui se tait pendant des heures. Elle lui raconte des histoires et, dans la chambre noire, ils en écrivent d'autres. Nul ne songerait à questionner cela. Après tout, il est normal que, de temps à autre, les personnages sortent des livres pour se dégourdir les jambes, qu'ils se pointent au cœur de l'été, surtout s'il est pourri, et décident de squatter pendant seize ans. Yann Andréa a donné son corps à la littérature comme d'autres le donnent à la science, voilà tout.

Certes, il ne voulait rien mais il est tout de même devenu écrivain, ce sont des choses qui arrivent. Ses quatre livres – *M.D.* (1983), *Cet amour-là* (1999), *Ainsi* (2000) et *Dieu commence chaque matin* (2001) – sont répartis selon une impeccable symétrie. Les deux premiers furent un succès : ils parlent de Marguerite Duras. Les deux seconds tombèrent dans l'oubli : ils ne parlent pas d'elle. *Ainsi* commence par des mots en forme de mur, les mêmes que j'aurais pu prononcer en foulant la moquette de l'hôtel Mary's à Caen : « Tout pourrait s'arrêter ici. » Dans une maison de campagne, Yann Andréa regarde le paysage à travers de hautes fenêtres donnant sur la Seine. Chaque jour, cloué à sa chaise, il tente de décrire un ciel inconnu et de rien. L'incipit sonne comme une fatalité ou une promesse non exaucée. Marti94, son unique lecteur sur le site Babelio, n'a pas été convaincu : « Yann Andréa utilise le style de Marguerite Duras mais c'est normal car il a beaucoup écrit sous sa dictée. Le début est très bien mais c'est assez vite lassant car on a l'impression qu'il est en boucle, peut-être à cause des répétitions (avec Marguerite Duras qui répète beaucoup je n'ai jamais eu cette impression). Heureusement, il y a quelques belles phrases à propos de l'amour éternel comme, par exemple, "Et tandis que je vous oublie je pense encore à vous". » Marti94 a mis deux étoiles et demie sur cinq.

Yann Andréa est un Bartleby au glorieux désœuvrement qui dit à la fois oui et non, qui écrit mais pas complètement, qui avance quasi immobile. Je poursuis comme Melville « le scribe le plus étrange » de tous les scribes, sans assez d'éléments pour rédiger « une biographie satisfaisante et complète de cet homme ». Et tandis que je l'oublie, je pense encore à lui. Tiens, où est-il d'ailleurs ? Sur la pierre grise, entre les stylos et les cadeaux, il n'y a rien d'autre que le nom de Duras. Croyant à une erreur, je m'apprête à rebrousser chemin quand je redresse un bouquet de jonquilles avachies, un peu comme on écarterait une mèche de cheveux du visage. Il apparaît soudain avec ses lettres effacées par le temps. « Yann Andréa 1952-2014. » J'ai l'impression de l'avoir réveillé. Tandis qu'il présente au ciel sa candidature à l'anonymat, tandis qu'il a même disparu de sa propre tombe, dans un mouvement contre nature, luttant contre la pluie et le vent, l'érosion et le temps, je lance des bouées contre l'oubli. Parce qu'on ne sait jamais. « Vous êtes rien et vous êtes tout », lui murmure Marguerite. Et sous leur capharnaüm posthume, ils se resservent un whisky.

9

Takotsubo

Dans une boîte grise, posée sur ma table de nuit, se trouvent deux Polaroid : la première photo et la dernière photo. J'ignore d'où vient ce rituel de figer chaque amour, d'en imprimer les extrémités sur une pellicule qui finira oubliée. Entre les deux Polaroid, il y a eu toute une histoire avec des matins d'hiver à traîner au lit, des dîners au restaurant indien du bout de la rue, des textos qui disent j'arrive et d'autres je reviens, des virées en Toscane, des promesses à Vérone, des chaussettes égarées, des expressions à cheval entre le français et l'italien, des « je te pense » et des « fortunettement », une série télévisée où deux chercheurs de métaux traquent l'or dans la campagne anglaise, un dégât des eaux, un confinement, des listes de courses échouées sur la table du salon, des livres commencés, des festivals lointains, des anniversaires avec des bougies qui ne s'éteignent pas, des plats ratés, d'autres répétés, des déclarations d'amour sur des peaux de clémentine, la chanson *Bocca di rosa*, des promenades, des engueulades et des sourires à travers la fenêtre. La première photo est celle d'un lit défait dans une maison de campagne en Italie. Un drap blanc est à moitié replié dans la chaleur de l'été. Les oreillers portent encore l'empreinte des visages. C'était au réveil, chez T., dans une chambre suspendue au-dessus d'un champ d'oliviers, quelques semaines après notre rencontre. Lors d'une soirée dans le sud de la France, il avait surgi sur la terrasse au moment où je tentais d'allumer un barbecue avec un sèche-cheveux. Je soufflais sur des braises tandis qu'il avançait vers moi, avec sa longue silhouette, ses traits fins, ses boucles noires et son visage d'ange échappé d'un tableau de la Renaissance italienne. Plus tard, il me racontera notre première conversation évaporée dans les vapeurs de l'alcool : dans un anglais approximatif, je lui avais expliqué que j'étais journaliste, chroniqueuse judiciaire dans un quotidien. Il m'avait demandé ce que j'aimais faire à part écrire. J'avais répondu : « Rien. »

T. s'était sûrement dit qu'il ne fallait pas laisser passer une fille qui n'aimait rien parce qu'il m'avait invitée à le rejoindre dans cette maison près de Rome, au milieu des champs d'oliviers. De la fenêtre, on voyait le cimetière où reposaient ses ancêtres. La dernière photo représente la table de notre salon, trois ans plus tard, le 30 juillet, après le départ de T. pour Rome, traînant sa valise noire au ventre rond dans un bruit de grabuge. Des amis avaient traversé la ville avec des ravitaillements, de la vodka et mes sandwichs turcs préférés. À 2 heures du matin, juste après leur départ, les fenêtres ouvertes sur une nuit sans étoiles, la tête qui tournait, le chagrin qui battait dans les tempes, j'avais appuyé sur l'objectif du téléphone. La fin était figée ainsi : une boule d'aluminium, des cadavres de bouteilles, des verres en vrac et une tablette de chocolat éventrée. La nappe vert d'eau était froissée. La tache de vin se mélangeait à celle de graisse. On aurait dit l'une de ces natures mortes néerlandaises, celles qui parviennent à saisir cette extraordinaire capacité qu'ont les objets à prendre le pli de la vie. La fin avait une gueule de chaos.

Pour obtenir un certificat de décès, il suffit de se présenter à la mairie de l'arrondissement du défunt, est-il indiqué sur Service-public.fr. C'est aussi simple que ça, même si le défunt est un double fantôme, même s'il ne reste rien d'autre que quelques lettres effacées sur une tombe. Après avoir bu un café au bistrot en face de l'église Saint-Sulpice et glissé la petite cuillère dans mon sac à main, j'entre au service de l'état civil. Un long couloir en lino dessert une série de guichets fermés, excepté celui où se tient une dame à l'air tellement jovial avec ses pommettes saupoudrées de blush rose que j'hésite à lui exposer la raison de ma visite. « Vous êtes de la famille ? » Non. Elle ne semble pas étonnée. À croire qu'il n'y a rien de plus banal que de venir chercher le certificat de décès d'un inconnu, un mardi d'octobre à 10 h 30. Dans les cases du formulaire, il faut inscrire un nom, une date de naissance et une date de mort. Je n'ose pas avouer à la gentille dame qu'en dépit d'éléments très factuels que j'ai commencé à collecter dans un cahier bleu, ma seule certitude au sujet de mon fantôme en cravate coccinelles est que si on lui demandait, comme dans le film *Loulou* de Pialat : « Admettons que tout soit possible, qu'est-ce que vous aimeriez faire dans la vie ? », il répondrait lui aussi : « Rien. »

Admettons tout de même qu'il soit né le jour de Noël 1952 dans une maternité de Guingamp pressé par un médecin qui ne voulait pas manquer la messe de minuit, dois-je écrire Yann Lemée ou Yann Andréa ? Dès son arrivée aux Roches noires, Marguerite Duras l'a rebaptisé, procédant au même rite initiatique que pour elle, née Marguerite, Germaine, Marie Donnadieu, le 4 avril 1914, à Gia Dinh, dans la banlieue nord de Saïgon. Elle a ôté le nom du père, bazardant ce Raymond Lemée, cheminot alcoolique que Yann a à peine connu, pour y substituer le prénom de sa mère. Ainsi est né Yann Andréa, créature douce comme un ange ou hirsute devant son café du matin. Il est le « vous » de *L'Été 80*, assis entre les coussins du canapé, et celui d'*Emily L.* au bar de la Marine, face à une femme qui a l'impression d'être la seule à aimer. Il est la silhouette porteuse de *La Maladie de la mort* qui ne sait rien d'elle-même ni des autres. Il est immobile dans *L'Homme atlantique* à écouter la voix qui lui intime d'oublier, de tout oublier, qui il est, ce qu'il est, la caméra. Il est l'homme errant de collines en collines à la recherche de beaux barmen dans *La Pute de la côte normande*, celui qui crie pour dire qu'il ne sait pas ce qu'il veut, qui drague des hommes dans des bars de palace et des hôtels, qui tape comme un forcené le livre à venir sur la machine à écrire. Il est ce corps allongé et nu dans *Les Yeux bleus cheveux noirs*, n'osant pas s'approcher de l'écrivaine qui le trouve beau comme rien d'autre dans l'univers, aucune plante, aucun animal, et qui a envie d'embrasser ses yeux, son sexe, ses mains. « Venez », lui ordonne-t-elle mais il ne peut la pénétrer. Il est pour toujours l'étudiant breton maigre et élégant de *Yann Andréa Steiner* qui entre avec son parapluie noir en toile vernissée, alors qu'il fait beau, dans le hall des Roches noires. Yann Andréa initie et boucle le « cycle atlantique », près de quinze ans de littérature, de 1980 à 1993, qu'il traverse de son impossibilité à être et à faire, de sa langueur innocente et sa pâleur de minuit. L'amant évanescent, l'esquiveur de toute une vie. Le héros de ces histoires où tout est abandonné. Tout est pardonné. Tout est à recommencer. Peut-être même se cache-t-il derrière cet arbre du jardin de Vitry dans *La Pluie d'été*, avec son tronc aussi droit qu'un trait sur une page nue, cet arbre sans âge, indifférent à tout, aux saisons et aux latitudes, « dans une solitude sans recours » ? Pressentant quelques rigidités de l'administration, j'inscris « Yann Lemée » sur le formulaire.

Pour la date de décès, c'est tout aussi compliqué. Selon la dépêche AFP : « Le jeudi 10 juillet 2014, le corps sans vie de l'écrivain Yann Andréa, de son vrai nom Yann Lemée, dernier compagnon de Marguerite Duras qui vécut avec elle jusqu'à sa mort, a été retrouvé dans son appartement parisien. » Ce jour-là, Météo France annonçait, à l'est de la ligne Lyon-Paris-Lille, un temps très nuageux avec de la pluie. À l'ouest, il y avait un risque d'averses. Les températures étaient apparemment fraîches pour la saison. Trois explosions violentes avaient secoué Jérusalem, les députés avaient voté un projet de loi sur l'agriculture, la SNCM avait repris le trafic à 80 %, le typhon Neoguri avait atteint les îles principales du Japon, le taux du Livret A était descendu à 1 %, le ministre allemand des Finances avait qualifié de « tellement idiot » l'espionnage américain, une unité d'oncologie avait fermé à Garches, un directeur d'hôpital avait été licencié en Pologne après avoir refusé un avortement, le chikungunya faisait des ravages dans les Antilles, un petit garçon de 8 ans était mort en colonie de vacances dans l'Ariège, l'UE avait compté 100 millions d'habitants de plus qu'en 1960 et un pirate informatique avait bloqué les inscriptions d'électeurs en Tunisie.

Dans le studio de la rue Saint-Benoît, depuis quand Yann Andréa avait-il fermé les yeux ? Se trouvait-il comme en 1996, après la mort de Marguerite Duras, étendu sur son lit, les bras le long du corps, les paupières closes ? Défait, complètement défait. La mort l'avait-elle saisi par surprise comme une morsure ? Ou avait-elle fini par l'exaucer tant il l'avait implorée ? Thierry Soulard, l'un de ses amis du lycée Malherbe devenu juge d'instruction et auteur de polars, m'a dit qu'il avait toujours eu cette satanée manie de s'éclipser sans prévenir, que ce soit pour quelques instants, pour quelques années ou pour l'éternité. Quand il l'a croisé pour la dernière fois, un soir de l'hiver 2007, sur un trottoir de Saint-Germain-des-Prés, Yann Andréa était compressé dans l'un de ces vieux costumes qu'on penserait sorti d'une armoire pleine de naphtaline. Il avait grossi, sa peau était terne, ses yeux sans lumière. Cela faisait des mois qu'il ne décrochait plus le téléphone. Pour lui laisser le temps de s'arranger un peu, Thierry lui avait proposé un rendez-vous une heure plus tard au Flore. Sous le grand miroir dans lequel se reflétaient les plateaux d'argent, il l'avait attendu longtemps avant de se résigner à partir. « C'est pas possible, il nous fait du Blaise Pascal, avait-il pensé. Il veut demeurer au repos dans une chambre pour éprouver tout le malheur des hommes. »

À en croire une équipe d'experts internationaux réunis sous l'égide de l'European Society of Cardiology, il est tout à fait possible de mourir de chagrin. Le syndrome de takotsubo, également appelé syndrome du cœur brisé, peut apparaître après un stress physique ou psychologique intense et se traduit par « des signes évocateurs d'un infarctus du myocarde ». Sur les schémas en coupes figure un tissu musculaire avec des annexes nommées « endocarde et péricarde » ainsi que des cellules qui ne ressemblent à aucune autre, « les cardiomyocytes ». Les artères coronaires convoient le sang jusqu'au cœur. En cas d'obstruction, c'est l'infarctus. Yann Andréa est peut-être mort de chagrin, d'un lent chagrin qui a commencé en 1996 par grignoter ses muscles puis est remonté par les coronaires jusqu'à atteindre le myocarde, exactement au moment où le typhon Neoguri atteignait les îles principales du Japon. Je note la date du 10 juillet et rends le formulaire à la dame.

Même les bruits de sa recherche sont primesautiers. Les clic clic clic de la souris. Les tac tac tac des touches. Combien d'exemplaires ? Un seul. En rangeant la feuille au grain épais dans mon sac, j'espère une explication alternative au takotsubo, quelque chose qui n'engagerait pas mon propre pronostic vital. L'hypothèse du suicide ne tient pas la route. On aurait forcément trouvé un indice, une lettre, une corde, des médicaments, une fiole de poison. Yann Andréa était certes redoutable mais de là à se donner la mort sans laisser de traces… Sur un banc, en face de la grande fontaine où chahutent des enfants, je ressors le papier. La dernière fois que je suis venue ici, j'étais étudiante et je distribuais des tracts pour l'Institut finlandais qui tenait un stand au Marché de la poésie. Sur cette place, j'ai appris que le *f* n'existe pas en finnois, que « Kittos » veut dire merci et qu'Arto Paasilinna, bûcheron, journaliste et poète, écrivait de très beaux livres. Dont celui-ci : un homme malheureux avec un début d'ulcère à l'estomac plaque tout, sa femme, son travail de journaliste et la civilisation pour suivre un lièvre blessé au fond de la forêt. Ensemble, ils parcourent la Finlande, rencontrent tout un tas de personnages – un aigle, un ours malveillant, un frère perdu de longue date, quelques ivrognes –

et réalisent que n'importe qui peut mener ce genre de vie « à condition de savoir renoncer d'abord à son autre vie ». Tandis que Yann Andréa se transforme en lièvre blessé, le cœur battant, je lis : « Le 10 juillet 2014, nous avons constaté le décès dont la date n'a pu être établie de Yann, Raymond Lemée, domicilié à Paris 6e arrondissement, 26, rue Saint-Benoît, né à Guingamp (Côtes-d'Armor) le 24 décembre 1952, écrivain, fils de Raymond, André Lemée, retraité, et de Andréa M., retraitée, domiciliée à Agen (Lot-et-Garonne). Célibataire. Le corps a été retrouvé en son domicile. Dressé le 11 juillet 2014, à 15 heures 30 minutes, sur la déclaration de A.M., âgée de 34 ans, gardien de la paix exerçant à Paris, 6e arrondissement, qui, lecture faite invitée à lire l'acte, a signé avec nous, G.R, fonctionnaire municipal délégué dans les fonctions d'état civil par le maire du 6e arrondissement de Paris.

Acte notarié établi le 15 octobre 2014, par Maître P.M., notaire à Paris, 8e arrondissement.

Signé Amélie d'Hardemare »

L'administration française ne précise pas si on peut ou non mourir d'amour. Ellè se borne à indiquer que Yann Raymond Lemée – il porte aussi le prénom de son père – s'est éteint un jour « non établi » de juillet 2014. Et que ce jour-là, au-dessus de son corps inerte, dans un petit appartement du 6e arrondissement, était penchée une jeune femme de 34 ans. Pendant quelques instants, Yann Raymond Lemée a été veillé par un gardien de la paix tandis qu'au cimetière du Montparnasse, Marguerite, Germaine, Marie Donnadieu l'attendait en comptant les mouches.

10

L'errant moderne

Dans le hall des Roches noires dont les immenses fenêtres arrondies ouvrent sur la mer, Yann passe et repasse. La voix le guide. Elle dit « non », elle dit « oui », elle dit que c'est elle la caméra, que c'est bien ou que ce n'est pas bien. Il s'est glissé dans sa nouvelle vie avec le même naturel qu'entre les coussins du canapé, savourant un délassement de l'âme. Ça n'arrive pas souvent de ne plus avoir de questions à se poser. Ne plus se demander ce qui lui plaît, s'il va réussir Normale Sup, s'il a reçu une lettre de F., si F. boude, si F. l'aime. Seulement mettre un pied devant l'autre. Duras existe tellement fort qu'à côté d'elle le reste du monde est en sourdine. Depuis des mois, il ne fait rien d'autre que de la suivre à toute berzingue. Le Havre la nuit, *Blue Moon* à tue-tête dans la voiture, vin, huîtres, sorties au Café de Flore, mini-sandwichs au saumon dans le parc de Versailles. Elle ne songerait pas à lui demander où il veut aller. Elle dit simplement : « Tournez à gauche, tournez à droite. » Il n'aime pas les huîtres. « Mais Yann, vous allez aimer ! »

C'est comme pour la soupe aux poireaux. Elle coupe les poireaux, elle ajoute trois pommes de terre puis elle les fait cuire. Elle passe ensuite la préparation au chinois. Un peu de crème fraîche, c'est prêt. Et ce n'est pas qu'elle va être bonne sa soupe aux poireaux, non, ce sera la meilleure du monde. Aucune soupe aux poireaux n'aura existé avant. Aucune n'existera après. Ce ne sera pas possible de ne pas aimer les poireaux. Et puis, tout recommence. La nouvelle soupe aux poireaux, le nouveau livre, le nouveau film, la nouvelle dispute. Marguerite est jalouse. Elle ne supporte pas ses amis de Caen, elle ne supporte pas sa mère, Andréa, si jeune, elle ne supporte pas le passé sans elle ou la tasse à café qu'il serre fort. Yann a fait poser un téléphone dans sa chambre. Dès qu'elle entend la sonnerie, elle se précipite pour écouter dans l'autre combiné. Quelques minutes plus tard, elle débarque en trombe : « Vraiment, vos amis sont des imbéciles. » Excédé, il a fini par rendre l'appareil.

Elle l'a rhabillé de pied en cap. Fini ce look d'étudiant proustien, il porte des chemises ouvertes et des jeans à la mode, des vestes de chez Saint Laurent et des chaussures en cuir. Il est beau comme tout, tellement beau que, quand Marguerite va dîner chez son ami Maurice Blanchot, elle ne l'emmène pas, il pourrait ne plus vouloir repartir. Parfois, Yann se cabre, il s'en va pendant plusieurs jours. Avant qu'il ne franchisse le seuil de la rue Saint-Benoît, sentant venir le vent mauvais de la solitude, elle fait barricade : « Yann, écrivez : "Je n'aime plus Marguerite Duras." » Hors de question. Réfugié dans son hôtel miteux vers la gare d'Austerlitz, il reste immobile sur le lit à compter les heures qui ne valent pas d'être vécues. Sans elle, il s'ennuie. Le soir, il va rejoindre des hommes qu'il étreint furtivement dans la nuit. Pendant ce temps, Marguerite fulmine sous sa couverture. Elle fantasme des backrooms et des portes cochères. Elle l'insulte dans son sommeil. Elle l'insulte les yeux grands ouverts. Quand elle ne tient plus, elle part en virée pour le retrouver. À 3 heures du matin, elle compose des numéros – « Venez, Yann a disparu » – et embarque qui veut bien décrocher, la réalisatrice Michelle Porte, la journaliste Luce Perrot, sa biographe Laure Adler ou alors son dentiste, Jean-Pierre I., pour écumer les hôtels de passe. Dans les rues sombres, elle traque comme un limier l'ombre de son amant envolé. D'autres fois, elle se résout à l'attendre. Elle se fait un sang d'encre. Tellement d'encre que ça deviendra un livre, puis deux, puis trois, *L'Homme atlantique*, *Agatha et les lectures illimitées*, *L'Amant*… Elle tente de se ressaisir, ramasse les miettes de son cœur et les éclats de colère, elle conspue les arbres et la rue indifférents à son chagrin puis elle fait le ménage de l'appartement jusqu'à l'épuisement. Elle range comme si une vie nouvelle se préparait, comme si elle allait guérir de cet amour. Elle se croit sevrée mais voilà qu'elle pose sur la table du lait et des fruits pour son retour. On ne sait jamais, s'il a faim.

Dans le hall des Roches noires, Yann passe et repasse, sa cigarette collée à ses lèvres trop sèches. La voix de Marguerite lui ordonne de regarder encore davantage, plus longtemps, de regarder ailleurs, de se détacher de la caméra. Elle claque dans les airs des « encore, encore ». Au troisième étage de la bibliothèque du Centre Pompidou, j'appuie sur le bouton pause et il reste figé entre les deux fenêtres, dans une posture un peu burlesque. Le documentaire *Duras filme* a été tourné en février 1981 par Jérôme Beaujour et Jean Mascolo dit Outa (ce surnom lui vient de vacances d'été dans la Nièvre où sa peau de bébé faisait le miel des aoûtats, ces petits moustiques impitoyables). Les deux amis ont capturé les coulisses d'*Agatha et les lectures illimitées*, premier texte écrit par Marguerite Duras depuis l'arrivée de Yann Andréa aux Roches noires, six mois plus tôt. Ce dernier joue le frère d'Agatha (Bulle Ogier) dans une histoire d'amour incestueuse. Les rushs d'*Agatha* deviendront ensuite *L'Homme atlantique* avec ces plans rapprochés sur son visage et une voix qui scande son destin d'homme sorti des eaux.

J'appuie à nouveau sur le bouton et Yann Andréa se remet à fumer comme si de rien n'était. Marguerite Duras, elle, se remet à l'engueuler. Ça fait des heures que ça dure, qu'elle le filme à contre-jour en train d'essayer de mettre un pied devant l'autre. Son corps est trop lourd, ses jambes rigides. Même quand il fume, on a l'impression que c'est du chiqué. Elle hurle « non », elle hurle qu'il ne doit faire que ce qu'elle lui dit. Quinze jours plus tôt, elle lui a lancé que c'était fini, qu'elle n'en pouvait plus, qu'il fallait qu'il se tire et rentre à Caen. Merci au revoir. Penchée au balcon, elle lui a jeté le 45-tours de *Capri c'est fini* d'Hervé Vilard qu'ils écoutaient en boucle et chantaient partout dans Trouville. Sur la pochette, elle avait écrit : « Adieu Yann, pour toujours. Marguerite. » Il était revenu quarante-huit heures plus tard.

Sans doute voudrait-elle qu'il marche comme au premier jour avec son grand parapluie noir en toile vernissée et son sac noir. Elle lui ordonne de « vraiment » regarder. Le visage tourné vers la plage immense, Yann se concentre. Marguerite répète qu'il doit regarder la mer et ne jamais faire semblant, jamais, jamais, jamais, pas même une seconde. Voilà, oui, comme ça, c'est très beau. Un pied devant l'autre. Ne pas se prendre pour un héros. Fixer l'immensité et disparaître. Et puis elle s'agace encore : non, là il pense à sa marche, il ne fait pas ce qu'elle dit. Ce n'est pas possible, il faut qu'il regarde « vraiment », sans ça on le met dans un fauteuil et on le photographie. Yann écoute les phrases qui ricochent face à la mer, qui disent qu'il est trop raide mais très beau en tout cas. Il pense que si elle le pouvait, elle le ferait mourir ici, dans ce hall des Roches noires avec ses portes à hublots, ses grandes colonnes et sa fresque de danseuses. Elle filmerait sa dépouille comme celle d'Anne-Marie Stretter. Mais il résiste.

« Pourquoi j'ai pris Yann Lemée ? » réfléchit Marguerite Duras à haute voix dans une séquence d'interview du documentaire. Parce que c'est l'homme d'Agatha. Elle poursuit : si en septembre 1980 [ndla : décidément, elle ne peut pas s'en empêcher], il ne s'était pas amené ici, dans son appartement à Trouville, elle ne l'aurait sans doute pas pris pour faire l'amant d'Agatha. « Et si je n'avais pas rencontré cette espèce de, comment dirais-je, d'errant, cet homme en proie à l'errance moderne comme ça, du jour au lendemain à rester chez moi, à plaquer son travail, son appartement, ses amis, il est probable que je n'aurais pas écrit *Agatha.* » À l'écran, la petite silhouette aux cheveux gris coupés court trottine sur la jetée, attrapant le paysage d'un regard gourmand et lançant à un technicien : « Tout ça, je veux l'avoir. » Marguerite de Trouville et son cortège. Elle a des phrases définitives, des idées arrêtées et une joie enfantine tandis qu'elle mène son monde à la baguette. La revoici dans le hall, son script à la main. Elle répète que c'est bien, que c'est très bien, qu'il doit regarder davantage. Encore, encore.

Yann passe et repasse devant la grande fenêtre comme un condamné qui n'en finit plus d'aller à l'échafaud. Jusqu'à ce qu'elle mette sa menace à exécution : il se retrouve assis dans un fauteuil club en cuir. La caméra scrute son visage, essayant de saisir quelque chose. Peut-être, veut-elle comprendre, elle aussi, comment il est possible d'être autant à côté de sa vie qu'on préfère celle des autres. Ce n'est pas la jeunesse de Yann Andréa qui frappe mais un mélange de grâce et de désinvolture, une façon toute particulière de trimballer sa dévastation sous des traits de douceur. Entre deux prises, la voix de Duras, devenue caressante, lui demande :

« Ça te semble difficile le cinéma ?

— Oui.

— C'est une indécence. Tu comprends, le grand secret des comédiens c'est qu'ils s'en foutent complètement. »

Dans le casque de prêt de la bibliothèque du Centre Pompidou, dans un silence de recueillement, j'entends alors le plus gros bobard de la terre. Marguerite Duras le prononce d'un ton assuré, avec un toupet monstrueux : « Moi j'écris des livres et je m'en fous complètement. »

Lettre à sa sœur Pascale
Tiroir 3, colonne de gauche

Le 10 octobre 1981

Ma chère Pascale,

Je suis bien content de savoir que tu as bien reçu les livres. J'avais peur de m'être trompé de numéro de rue. Et maman me dit que tu aimes la cassette (tu as bien raison parce que moi aussi j'en suis très content). Tu sais peut-être que M. Duras vient de terminer deux films : Agatha *(sorti à Paris cette semaine) dans lequel je lis un texte avec M.D. en voix off. Le film est superbe. S'il passe à Saint-Brieuc ne le rate pas ! Et puis un moyen-métrage de 41 minutes,* L'Homme atlantique *avec 20 minutes de noir et des plans fixes de ton frère… Le film sortira à la fin du mois à Paris. Mais nous avons présenté les deux films au festival d'Hyères où le succès a été total (oui, oui c'est vrai) (...) Nous partons à la fin du mois présenter les deux films à Montréal, attention aux foules en délire !*

Maman dit que tu veux faire l'école des comédiens de Strasbourg (...) de toute façon passe ton bac d'abord (comme dirait l'autre). Je suis ici depuis deux jours, je repars dimanche, c'est très gai et l'ambiance est excellente. Maman est en super forme. (...) Tu sais que je suis au régime (je mange moins et surtout, je bois moins) et M.D. aussi. On se sent beaucoup mieux. Je pense bien fort à toi et je parle de toi avec M.D. Elle était très contente que je t'envoie ses livres.

À Noël peut-être chez maman,

Je t'embrasse très tendrement,

Yann

11

De spleen et de nuages

Au milieu des cartons de chips Lay's, goût poulet rôti récupérés au supermarché d'en bas, contenant désormais mes affaires et peut-être le chat de la voisine, au milieu des « ploc ploc ploc » de la fuite d'eau, du nuage de moucherons et des cris – « Où est le diable ? » – lancés par des déménageurs en collant acrylique, mon cahier bleu, posé sur la table du salon, ressemble à un rescapé. Il est recouvert de notes dans tous les sens, des pages et des pages que traverse Yann Andréa, amoureux des hommes, des femmes, de F., des livres, de Duras, de *Norma*, du silence ou de l'inaccessible. Ceux qui l'ont connu ont perdu sa trace bien avant sa mort, il semble s'être évanoui vers 2006 à Saint-Germain-des-Prés après avoir bu un dernier Pimm's champagne à sa table préférée du Flore. Nul ne sait ce qu'il est devenu ensuite. Dans mon esprit, il danse toujours sur l'air de blues de Carlos d'Alessio, il passe et repasse, parfois dépenaillé, parfois beau comme un prince, dans son costume de lin blanc. J'ai beau m'appliquer, je ne parviens pas à le projeter dans la matérialité de l'existence, dans ce monde où les tableaux étouffent dans du papier bulle et où le canapé gris-bleu ne passe pas par la porte. Ni à l'imaginer parmi les Parisiens du lundi matin, une sacoche à la main, faisant la queue devant la borne de renouvellement du passe Navigo. Ou en voyageur plus estival avec des lunettes de soleil remontées sur le front, en train de commander un steak-frites sur une aire d'autoroute. Ou encore l'air affairé dans les rayons trop éclairés d'un supermarché. Tandis que je m'enlise dans tout un tas de tracas matériels, Yann Andréa, lui, ne franchit pas le mur du réel. Il ne sort pas les poubelles, ne pleure pas, ne colmate pas de fuites avec du mastic. M'attrapant par la manche, il m'emmène dans ces palais décatis qu'il foule clope au bec, ne sachant que faire de son corps et hanté par la peur que cela se voie.

Il est l'étudiant en philosophie qui pense comme Adamov que le rêve de la nuit nous venge du désespoir des jours. Il est l'aquoiboniste du 26, rue Saint Benoît, disparu un jour « non établi » de 2014. Il est le héros d'une autre vie que la sienne. Un être de spleen et de nuage. Évidemment qu'il ne reste aucune preuve tangible de son existence, c'est à peine s'il a habité le monde. Des professionnels en collant acrylique sont sans doute venus vider son studio de la rue Saint-Benoît après sa mort. Il existe plusieurs entreprises spécialisées dans ce genre de tâches. « Aquitroc, notre société de déménagement après décès, déménage les meubles, déménage les encombrants, déménage les déchets. Bref ! Aquitroc déménage tout ! » vante un site Internet. Dans la chaleur de l'été, des employés ont transporté les reliques d'une existence qu'ils ne connaissaient pas, ils ont fermé des sacs-poubelles, ils ont déplacé des meubles, ils ont jeté des documents. Et quelques heures plus tard, c'était terminé : Aquitroc avait rendu Yann Andréa au néant. J'aurais beau le lester de tous les boulets de réalité, appeler tous ceux qu'il avait connus, cela n'y changerait rien.

Le diable est dans l'escalier. Le chat de la voisine, aussi. Sur la page ouverte du cahier bleu, une phrase d'Élisabeth, l'une de ses amies caennaise, me saute aux yeux : « Il disait à tout le monde qu'il passerait sa vie avec un écrivain, Barthes ou Duras. » Comme s'il ne s'agissait que d'un dilemme à trancher entre deux monstres sacrés, la petite dame de la rue Saint-Benoît ou le professeur de la rue de Tournon. Entrerait-il dans la chambre noire de l'écriture, le livre-maison aux portes fermées où il n'y a d'autre choix que l'absolu ? Ou traverserait-il la chambre claire où l'on avance à découvert ? A-t-il vraiment eu à choisir d'ailleurs ? Le 26 ou peut-être le 27 mars 1980, vers midi – car il se lève tard –, Yann trébuche sur un cendrier plein posé au pied du lit et allume sa radio. Étendu sur l'édredon, les yeux mi-clos tandis qu'un rayon de soleil dessine une ligne droite sur son visage comme sur la table de ma cuisine, il entend le présentateur annoncer : « la Pitié-Salpêtrière », « les complications pulmonaires », « la mort ». Sur le sol de sa chambre, au milieu des vieux exemplaires du *Monde*, se trouve encore *La Chambre claire* que Roland Barthes vient de lui dédicacer. Ce jour-là, Yann Lemée est frappé par la violence, la sale violence du hasard.

Le sémiologue vient de succomber à ses blessures après avoir été renversé, un mois plus tôt, par un utilitaire de blanchisserie, rue des Écoles, dans le 5e arrondissement.

Il sortait d'un déjeuner avec François Mitterrand, candidat à la présidentielle, pour se rendre au Collège de France. Dans mes souvenirs, la mort de Barthes est associée à un article de *Libération* paru en 2015 et signé par Stewart Lindh, professeur de littérature américaine. Lorsqu'il était jeune, ce dernier suivait le fameux séminaire hebdomadaire de Barthes pour préparer sa thèse, une réflexion sur le langage et la mort. Pendant cinq ans, il n'a jamais manqué un cours dans l'immeuble de la rue de Tournon, remplissant des cartons et des cartons de bristols. La nuit, il travaillait comme videur dans un club. Le reste du temps, il n'écrivait pas. Impossible. Son psychanalyste estimait que c'était à cause de ce père qu'il n'avait jamais connu, désormais incarné par Barthes. Toujours est-il qu'en juin 1979 Stewart Lindh est rentré chez lui à San Francisco avec son tas de feuilles blanches. En octobre, une lettre de Barthes lui annonçait son départ prochain de l'École des hautes études. S'il voulait toujours soutenir sa thèse, il fallait l'envoyer, au plus tard, le 15 décembre. « À vous de jouer », concluait la lettre. Plus le choix, Stewart Lindh avait baissé les stores de sa chambre et repris son carton de bristols. Pendant huit semaines, il s'était mis à écrire non-stop. Le 13 décembre à 4 heures du matin, il terminait in extremis pour passer devant le jury au printemps. C'était compter sans la camionnette blanche rue des Écoles. Stewart Lindh a finalement soutenu sa thèse un an plus tard devant des professeurs et une chaise vide. Il s'est longuement adressé à cette chaise vide et a obtenu la mention très bien. Mais ce n'est pas pour cette raison que j'aime cette histoire. Des années plus tard, Stewart Lindh est tombé sur un article : « J'ai appris que, ce jour-là, Barthes serrait sous son bras une thèse sur le langage et la mort, explique-t-il dans *Libération*. Voilà pourquoi je conseille à mes étudiants de ne pas écouter quelqu'un qui leur dit qu'il n'est jamais trop tard. Il est toujours trop tard mais il faut essayer quand même. »

La mort de Barthes, c'est le « trop tard » et le « quand même », toutes les vies minuscules qui basculent dans le hors-champ tandis que les feuilles d'une thèse volent sur la chaussée. Dans ce hors-champ, il y avait aussi Yann Lemée, étudiant en philosophie et poète un peu mystique qui mangeait des pâtes tous les jours, prenait du Mandrax et ne savait plus qui aimer. Il avait écouté toutes les leçons de Barthes sur France Culture, avait déjeuné avec lui au Flore et le trouvait merveilleux. Une fois seulement, au cours d'une interview, il mentionnera, presque négligemment : « Je connaissais un peu Roland Barthes, je l'aimais bien. » Je m'en serais tenue à ces quelques mots, à la camionnette blanche qui avait torpillé le cours de l'histoire littéraire, si au cours d'une nouvelle nuit d'insomnie, en fouillant Internet comme s'il s'agissait d'un garde-meuble poussiéreux, je n'avais déniché de nouveaux indices. Les mots-clés « Yann Andréa Roland Barthes » – que l'ordinateur têtu convertissait en « Yann Barthès », le présentateur de l'émission *Quotidien* – conduisaient jusqu'au site d'une librairie spécialisée dans les livres anciens. Quatre lettres dont certaines surmontées d'un en-tête du Collège de France étaient proposées à la vente – entre 400 à 450 euros pièce – et signées « R.B. ».

Le 4 juillet 1977, au stylo bleu sur un support « 14,8 × 21 cm », ce R.B. écrivait : « Yann, Tu as à mes yeux la plus belle des qualités : la justesse, et je t'aime pour cela. J'ai beaucoup de choses à faire avant de partir (le 11). J'espère te revoir bientôt dans le pays, n'oublie pas. Je t'embrasse tendrement. R.B. » Sur l'enveloppe était inscrite l'adresse de la chambre meublée de Caen, celle avec l'escalier en bois noueux et la vue sur le beffroi. La deuxième lettre, « circa 1978 », était composée de « huit lignes à l'encre noire » sur un rectangle de « 14,8 × 10,5 cm » : « Mon petit Yann, Je suis bien touché de ce que tu ne m'oublies pas – malgré mes silences et mes apathies de surface. Si tu viens à Paris, n'oublie pas de me le dire à l'avance pour que l'on se voie. Je t'embrasse moi aussi bien tendrement. R.B. » Roland Barthes avait encore envoyé d'autres mots doux en 1978 comme ces « sept lignes à l'encre bleue portant en tête la mention "lundi" ». Il trouvait Yann « adorable » et lui murmurait « je suis si bien avec toi ». Enfin, dans la dernière lettre mise en vente, il écrivait : « Je ne peux laisser sans réponse ton mot, toi qui réussis toujours à être en même temps délicat et impulsif. Je t'embrasse moi aussi, très tendrement. R.B. Je ne vais pas si bien : dispersion, surcharge de tâches ingrates, de demandes, depuis la mort de ma mère accroissent ma tristesse. »

Quelques mois avant d'arriver chez Marguerite Duras à Trouville, Yann Lemée était donc le « petit Yann » qu'on « embrasse tendrement », si « délicat et impulsif en même temps ». On espérait le revoir. On le trouvait adorable. Sur une page du cahier bleu, posé sur la table du salon tandis que passent diables et cartons, Pauline, libraire dans le 6e arrondissement, à quelques pas de la place Saint-Sulpice, s'exclame : « Je pense que Roland Barthes était amoureux ! » Quand j'étais allée la voir dans la librairie aux étagères en bois clair, elle avait farfouillé un long moment dans l'arrière-boutique avant de revenir, transportant sur un plateau en velours rouge comme sur un tapis magique la dernière lettre. La seule qui n'avait pas été vendue. La missive du « silence » et des « apathies de surface » dont l'enveloppe du 24 septembre 1977 ne correspondait pas à la date du 4 septembre. Penchée sur le bristol qui avait atterri dans la boîte aux lettres de l'appartement de Caen, que Yann Lemée avait sans doute ouvert fébrilement et que Yann Andréa avait peut-être revendu, penchée au-dessus de ces phrases dont les *r* ressemblaient aux oiseaux des dessins d'enfants, Pauline était catégorique : « C'est sûr, il était amoureux. »

Le « petit Yann », épris de F. et révérant Duras comme une idole, entretenait donc en même temps une passion littéraire avec le sémiologue. Soudain, il devenait l'improbable trait d'union entre deux auteurs se vouant une détestation notoire. Barthes avait écrit sur les plus grands de ses contemporains, sur Philippe Sollers, sur Maurice Blanchot, sur Alain Robbe-Grillet… Pas un mot sur Marguerite Duras. Elle se vengeait à la moindre occasion. L'arrivée concomitante dans *Yann Andréa Steiner,* du jeune Breton avec son parapluie noir et de Roland Barthes « le faux de l'écrit » devenait plus claire. Marguerite Duras, jalouse, plantait ses banderilles comme s'il s'agissait de pailles dans un cocktail. Dans *La Vie matérielle,* entre deux recettes de cuisine, elle conspuera encore sa rigidité, sa « démarche professorale, très surveillée, rigoureusement partisane ». Il n'y aurait, selon elle, rien à sauver, pas même *Fragments d'un discours amoureux* plombé par cette « écriture immobile, régulière ». À croire que Barthes avait grandi trop vite, qu'il était devenu adulte juste après l'enfance sans vivre le péril de l'adolescence.

Quelques pages plus loin, dans mon cahier bleu, Éric Marty, professeur de littérature contemporaine, très grand ami et éditeur des œuvres complètes de Barthes, confirme : « Oui, c'était son petit ami. » Chaque année, les plus grandes personnalités du monde intellectuel se réunissaient à Cerisy, cet immense château en Normandie, pour participer à des échanges littéraires. Après s'être fait prier pendant longtemps, Roland Barthes avait fini par accepter d'être au cœur du colloque « Prétexte : Roland Barthes ». En juin 1977, la communauté des barthésiens avait vu débouler au bras du maître un jeune Caennais de 25 ans, timide et discret, qui ressemblait un peu à Peter Handke. Éric Marty avait tout de suite apprécié ce garçon sympathique du même âge que lui. Ils s'étaient revus quelques fois à Paris au Café de Flore, notamment après que Roland Barthes avait enterré sa mère au Pays basque. Yann lui parlait de son admiration pour Duras et des premiers textes intitulés *Douleurs exquises* qu'il avait écrits dans sa chambre meublée. Il rêvait de les voir publier.

Pourtant, dans les archives du colloque de Cerisy, il ne restait pas la moindre trace de son passage. Son nom ne figurait pas dans la liste dactylographiée des participants. Il n'avait pas réservé la pension complète qui coûtait 100 francs, ni la formule en dortoir de 3 ou 5 lits pour 55 francs. Il résidait probablement avec Roland Barthes dans l'une des grandes chambres du château. Je l'imaginais déambulant parmi la foule hétéroclite d'étudiants et d'intellectuels, assistant à la table ronde de Contardo Calligaris sur « Tout dire », d'Antoine Compagnon sur « L'imposture », de Jacques-Alain Miller sur « Pseudo-Barthes » ou d'Alain Robbe-Grillet sur « Pourquoi j'aime Barthes ». Yann traversait la double salle à manger avec sa cheminée en granit et prenait place à la grande tablée. Trop peureux de commettre un impair, il n'osait prendre part aux conversations, promenant autour de lui son regard de gagnant du Loto qui ne sait quoi faire de tout ce pognon. Après son départ du château, Roland Barthes avait adressé un mot de remerciement à l'une des fondatrices du colloque. Il se terminait ainsi : « Merci de garder le sac oublié jusqu'à la rentrée. » Le maître distrait et son jeune amant invisible.

En octobre 1977, après la mort de sa mère, Roland Barthes s'était mis à tenir un journal de deuil, consignant toutes ses pensées. Ces centaines de fiches, désormais conservées à la Bibliothèque nationale de France, étaient inaccessibles au public mais Éric Marty avait gentiment recherché pour moi : Yann y apparaissait une seule fois, le 1er février 1980, juste après la publication de *La Chambre claire* et juste avant la traversée fatale de la rue des Écoles. Roland Barthes s'inquiétait alors de l'accueil réservé à ce livre dans lequel il tentait de trouver l'essence de la photographie. L'absente absolue – sa mère – existait à travers une image, la seule qu'on ne voyait pas. Les premiers échos le mettent en rogne. « Ne sais pas pourquoi depuis la sortie de *La Chambre claire*, bien qu'encore très peu d'indices d'aucune sorte, certitude croissante que ce livre ne sera pas accueilli (indices absolument ténus, Yann disant qu'il ne comprend pas). »

Si la camionnette blanche faucheuse de thèses, faucheuse de rêves n'était pas arrivée à toute allure, ce dernier aurait-il mis, cinq mois plus tard, une pièce dans une cabine téléphonique et prononcé « C'est Yann » ? Renonçant à triturer les arcanes du destin, j'emporte mon cahier bleu tandis que les derniers cartons goût poulet rôti disparaissent dans la cage d'escalier. Je quitte définitivement l'appartement joli comme dans un catalogue de décoration, avec Yann mi-Barthes, mi-Duras, « Yann disant qu'il ne comprend pas ». Sur la dernière page du cahier bleu, Éric Marty trouve qu'il ressemble à ces héros mythologiques au sort tragique, ceux qui avancent bravement vers leur mort : « Face aux deux monstres, il n'avait aucune chance. »

Lettre à Outa (photocopie)
Tiroir 2, colonne de droite

Le 29 août 2004

Outa,

Dans le dernier tiroir de la commode du salon aux Roches noires, j'ai laissé des papiers personnels – notamment des lettres de Roland Barthes que je voudrais vendre – et, dans les deux tables de nuit de ta chambre, des livres – notamment certains livres de Duras – que je voudrais récupérer. Est-ce possible ? Et selon quelles modalités ? C'est à toi de voir puisque moi je ne peux rien faire puisque depuis l'été je ne suis jamais revenu et je n'ai jamais revu l'appartement des Roches noires.

Voilà.

Yann

12

Les sacs Uniprix

De retour à Caen, juste devant l'hôtel Mary's, j'embarque dans une navette. Elle quitte les rues bordées de magasins pour s'enfoncer dans un paysage de champs de blé, elle trace sa route au son des présentations timides de chercheurs : « Je prépare un colloque sur l'écrivain Jean Follain, je vais rester une semaine », « Vous n'êtes jamais venue ? Vous allez voir, c'est très beau ». Le chauffeur rompu à sa mission sait sans doute qu'au prochain virage des « oh ! » retentiront. L'abbaye d'Ardenne fait son petit effet. Ce jour gris de novembre, avec son couvre-chef de nuages posé sur la pierre ocre, elle se dessine au loin comme un château de conte de fées, une grande bâtisse plantée dans une lande solitaire qui refuse obstinément de choisir son camp entre la terre et le ciel. La brochure célèbre une « bulle verte posée à l'orée de Caen », « un lieu chargé d'histoire et désormais pleinement inscrit dans le temps présent ». J'ai réservé pour une semaine entière. Pension complète. Ma chambre se trouve au premier étage d'une annexe en pierre. De vieilles fenêtres encastrées donnent sur un somptueux jardin clos d'où jaillissent des fleurs colorées qui bataillent pour attirer l'aumône du soleil. C'est effectivement une pièce inscrite dans le temps présent : deux lits simples, un sol en lino gris, un dressing et une salle de bains. Tout est propre et fonctionnel, un peu comme une résidence universitaire.

Des centaines de chercheurs se sont assis à ce bureau face au mur et ont sans doute grelotté de froid, le corps collé au radiateur en fonte. J'ignore ce qui les a amenés ici, quant à moi, c'est une toute petite phrase : « Elle les a conservées je ne sais pas où. » C'est ce qu'avait répondu Yann Andréa à un journaliste curieux du destin de ses lettres envoyées pendant cinq ans à Marguerite Duras. Très précisément, il avait expliqué que l'écrivaine s'en était servie pour *Yann Andréa Steiner* et qu'elle les avait ensuite gardées. Je rêve de lire ces « appels criés d'un lieu invivable et d'une évidente beauté » rédigés par Yann Lemée dans sa chambre d'étudiant, le visage éclairé à la bougie, indifférent aux bruits des autres dans l'appartement, de Béatrice qui allumait la radio, de Christine qui faisait tinter les casseroles du dîner. Yann qui écrivait comme on espère. Sans même s'en rendre compte. Ces lettres représentent le ciment du mythe. Elles charrient des mots magiques qui peuvent changer le cours d'une vie. Elles susurrent la petite mélodie, « ouvre-moi la porte ». Elles sont peut-être tout ce qui reste du jeune homme à la longue écharpe déambulant dans les rues de Caen pour acheter le dernier livre de Marguerite Duras.

« Je ne sais pas où », c'est forcément l'IMEC, l'Institut Mémoires de l'édition contemporaine, situé dans l'abbaye d'Ardenne, ce lieu où les livres reposent en paix, à bonne température, dans leur état primitif de feuilles volantes.

Malgré ce qu'a pu prétendre Marguerite Duras dans des accès de frime, elle n'a rien déchiré de ses manuscrits avant de mourir. Au contraire, elle s'est assurée qu'ils lui survivent, orchestrant dès 1995 leur transfert vers le fonds d'archives alors situé à quelques pas de chez elle, rue de Lille, dans le 7ᵉ arrondissement. À l'époque, la ruche autour de la reine Duras était devenue silencieuse. On la disait malade. Au 5, rue Saint-Benoît, Yann Andréa faisait barrage, tenant les visiteurs sur le palier. Plus personne n'avait le droit d'entrer. Les biographes trépignaient. Certains criaient au scandale. Même pour retourner le contrat signé, Albert Dichy, le directeur littéraire de l'IMEC, un homme très élégant, avec autant d'érudition que d'anecdotes, était cantonné à la cage d'escalier. « Déposez-le sur le paillasson », lui avait ordonné l'écrivaine au téléphone, de sa voix éraillée depuis qu'elle avait subi une trachéotomie. Sauf qu'au troisième étage de la rue Saint-Benoît, Albert Dichy s'était trouvé face à deux paillassons. Panique. Collant son oreille contre l'une des portes, il avait entendu une musique assez forte. Une musique familière qu'il n'était pas parvenu à identifier immédiatement. Ah si, c'était bien ça : le générique d'*Alerte à Malibu*. Il était reparti à pas de loup après avoir glissé les documents sous le paillasson opposé. Quelques heures plus tard, la voix éraillée l'avait houspillé : « Mais enfin où sont les contrats ? »

Les jours suivants, Yann avait rempli des sacs Uniprix – ceux du magasin de la rue de Rennes, l'ancêtre du Monoprix – avec des piles et des piles de feuilles. Albert patientait sur le palier. Ensemble, ils les transportaient jusqu'à la rue de Lille, chapeaux sur la tête et corps arqués sous le poids des sacs pendant que, dans son salon, Marguerite regardait à la télévision l'eau ruisseler sur des peaux parfaitement bronzées et du sable floridéen qui se coinçait entre les orteils. Il avait fallu quatre ou cinq allers-retours dans les rues de Saint-Germain-des-Prés pour déplacer toutes les archives. Certains manuscrits étaient rangés dans des dossiers reliés par des ficelles, d'autres dans des enveloppes en kraft ou dans des chemises. Après sa mort, en mars 1996, les sacs Uniprix furent baptisés « fonds Marguerite Duras » (ça faisait plus sérieux). L'IMEC a ensuite déménagé à Caen comme si le couple avait décidé de se partager la postérité en garde alternée.

On entre dans l'abbaye après tout un cérémonial. Il faut se dépouiller de son téléphone et de ses vieux réflexes, pas de photographies ou de photocopies. Il faut déposer le superflu dans un casier. Une fois assis dans le chœur, seul le bruit du vent soufflant dans la toiture vient déranger le calme. Les murs sont tapissés de livres du sol au plafond. Les vitraux de la rosace laissent entrevoir un défilé de nuages au-dessus des silhouettes de chercheurs en rang d'oignon, têtes penchées vers le bas, presque statufiés. Une armée silencieuse en manteaux d'hiver, auto-missionnée pour entretenir le lien entre les morts et les vivants. Il y a celui qui scrute des croquis préparatoires à la machine à voyager dans le temps du film *Je t'aime, je t'aime* d'Alain Resnais. Celle qui tente de sauver la mémoire d'Hélène Rytmann, tuée par son mari, le philosophe Louis Althusser. Celui qui veut monter *Juste la fin du monde* et vient présenter ses hommages à Jean-Luc Lagarce. À peine quelques chuchotements s'échappent du bureau de la documentaliste au bout de l'allée, affairée à peser les chemises avant et après la consultation afin de vérifier qu'il ne manque pas une feuille.

Le midi, à la table du déjeuner devenu un banquet de chercheurs, nos fantômes se mêlent dans des conversations improbables, ils devisent au-dessus des tiramisus. Nous parlons d'eux comme des nounous assises au parc, attendries par une progéniture chahutante, fascinées par ses petites lubies et ses merveilles enfouies. Une plasticienne qui écrit une thèse sur le lieu disparu de son enfance, une ruine de l'Oise, s'est souvenue qu'une fois il lui est arrivé de rendre une pochette plus lourde. Elle a beaucoup réfléchi avant de conclure qu'il s'agissait d'une goutte de sueur. Peut-être y a-t-il, un peu partout dans les archives, des gouttes de ceux lancés à la poursuite d'autres vies. Une imperceptible empreinte. Un pli dans le papier. Une feuille déplacée. Un malencontreux trait de crayon. Malgré nos mille précautions, nous bouleversons forcément l'ordre établi, nous altérons légèrement ce qui nous est offert. Pourquoi Yann Andréa s'en serait-il mieux sorti ? C'est bien la preuve qu'on ne peut pas disparaître de son studio, disparaître de sa pierre tombale, disparaître de la surface du monde, sans laisser de trace. Même par inadvertance.

Dans le gros catalogue détaillant le contenu des archives versées par Marguerite Duras – devenue « DRS » – je dissèque l'inventaire, je passe en revue les 422 dossiers classés par ordre chronologique. Ils contiennent des brouillons, des manuscrits, des dactylogrammes, des notes préparatoires et des courriers. Et puis tous ces textes que Marguerite a dictés à Yann au milieu des scènes épouvantables, au milieu de crises à cause de l'alcool ou alors dans un état d'hypnose. Assis à côté d'elle, au plus proche de l'écriture, il assistait, éberlué, au big-bang, à l'apparition de l'eau, de la terre, des autruches et des élans, des hommes impuissants et des femmes impossibles. Dans les entrailles du monstre comme Jonas dans celles de la baleine, il sentait les eaux qui l'assaillaient jusqu'à l'âme. L'abîme le cernait. Les algues enveloppaient sa tête. Mais dans le catalogue, je ne trouve aucune mention de ses lettres. Je suis sur le point de le refermer quand son nom surgit sur la dernière page comme d'entre les jonquilles du cimetière du Montparnasse. À l'IMEC, il y a seize dossiers « Yann Andréa » dont la plupart sont estampillés de la mention « non consultable ». Il y a un agenda avec, entre les pages, « une carte "en cas d'accident", un bon de garantie, une ordonnance médicale, deux cartes de visite, une feuille de notation, une épreuve pratique du permis B, C et D, une note de conseils préparatoires à une émission ». Il y a une œuvre inédite, intitulée *Molto Adagio,* un « recueil de poèmes de 167 feuillets manuscrits et dactylographiés avec corrections ». Il y a aussi le manuscrit de son premier livre, *M.D.*, publié en 1983. La vie matérielle, aussi ténue soit-elle, serait donc cachée ici, au sous-sol de l'abbaye.

Néanmoins, impossible d'accéder à ces boîtes, il faut une autorisation spéciale de Jean Mascolo, le déposant du fonds, confirme la documentaliste. C'est lui qui a versé les archives qui se trouvaient alors dans la maison de Neauphle, il en dispose. En dépit de leur inimitié, Outa est donc devenu le gardien – ou le geôlier ? – de Yann Andréa. À la mort de Marguerite Duras, en 1996, les deux hommes, quasiment du même âge, s'étaient écharpés sur la succession littéraire, chacun se revendiquant comme le continuateur de l'œuvre. Désigné par sa mère comme légataire universel, Outa avait fait publier un ouvrage compilant ses recettes de cuisine fétiches assorties de photographies. En tant qu'exécuteur littéraire, Yann Andréa s'était empressé de le faire interdire, répétant à qui voulait l'entendre qu'il s'agissait d'un « non-livre », « pas vrai, pas juste, pas beau ». Le tribunal avait décidé du retrait de l'exploitation. Sans mettre fin à la guerre. « Mascolo a le pognon et les maisons ; et moi j'ai ça à faire, veiller sur Duras », fulminait Yann Andréa dans une tribune à *Libération*. « La parole dangereuse de Yann Andréa, qui s'érige en censeur tyrannique, me révolte », répliquait Jean Mascolo dans une autre. L'écrivaine avait laissé derrière elle deux orphelins que tout opposait, une fratrie aux chagrins irréconciliables.

Dans l'abbaye, Yann Andréa est devenu un nom sans répertoire propre. Un fantôme un peu plus fantôme que les autres. Il est le dernier chapitre de la vie de Marguerite Duras, enfermé à double tour dans son œuvre et dans ses boîtes grises. Le peu qui lui appartient, ces quelques bribes éparpillées, est désormais siglé DRS. Même son recueil de poèmes inédits. Même le manuscrit de *M.D.* Il est un « compagnon de », avalé comme tant d'autres par une aura plus célèbre. J'étais convaincue de le trouver au cimetière des livres allongé auprès de l'écrivaine comme dans celui du Montparnasse. Je me suis trompée. Après Yann, la nuit, toujours la nuit.

13

La famille d'inconnus

Imaginons tout de même qu'une de ses lettres soit passée sous les radars. Déjouant l'attention de l'archiviste chevronnée, elle aurait atterri ni vu ni connu dans cette chemise au ventre bombé où se trouvent les centaines de déclarations d'amour que Marguerite Duras a reçues entre 1975 et 1980. Ce serait une lettre courte, romantique et un peu ampoulée. Une lettre similaire à celles évoquées par Jean Vallier dans sa biographie très documentée *C'était Marguerite Duras* et signée d'une formule aux airs d'épitaphe : « Tendresse désespérée. » Le 11 février 1977, Yann Lemée se délectait de leur proximité, de « la douceur de deux singularités qui se touchent, se frôlent, se tiennent ensemble dans leur solitude extérieure ». En gage de ferveur, il offrait à Marguerite Duras une compréhension à toute épreuve, il lui décrivait les bouleversements intérieurs provoqués par ses textes, il se posait en protecteur face aux idiots et aux censeurs. Dans ses autres lettres dont figurent de courts extraits, il était son lecteur dévoué, toujours près d'elle « légèrement, avec insistance », à lire encore et encore *Le Navire Night* qui l'emportait dans « l'exil de vous, de moi ». Il l'appelait Madame mais n'hésitait pas à accoler le mot « amour ». « Permettez-moi de vous embrasser », osait-il parfois. Cette lettre oubliée, perdue au milieu des autres, je la reconnaîtrais immédiatement. En haut, je lirais l'heure ou le temps : « Soleil » ou « Pluie ». Ou « Froid ». Ou « Seul ». En bas, « tendresse désespérée ».

Je passe en revue la montagne d'amour, je me blottis pendant des heures, sans plus relever la tête, entre les mots de ceux qui vénèrent la littérature. On écrit à Marguerite Duras sur du papier fuchsia : « Je vous aime terriblement. Je lisais *L'Été 80*, je pleurais, je chantais. » Ou grands carreaux : « Je vous aime d'affirmer à votre manière si singulière l'étrange violence qu'il y a à vivre de l'autre côté de la fenêtre. » On lui rappelle un autographe offert dans la rue, une conférence à Trouville, une caresse sur la joue à la fin d'un débat en Belgique. On lui dessine des symboles chinois ou une flûte indienne. Certains admirateurs ont réussi à dégoter l'adresse de la rue Saint-Benoît tandis que d'autres tentent leur chance aux Éditions de Minuit. « Je préférerais chez vous mais il n'y a qu'une Duras dans l'annuaire et elle s'appelle Catherine », soupire Évelyne. Dans les pochettes au ventre gonflé, je découvre l'Aventureux. Parvenu à se faufiler au 5, rue Saint-Benoît, il n'en revient pas de sa bonne fortune et voudrait se souvenir de chaque détail : la porte « verte », l'escalier « rouge », le drôle d'ascenseur, le nom apposé « à gauche ». Au troisième étage, il appuie sur la sonnette juste pour entendre le bruit, juste pour savoir ce que ça fait de sonner chez Marguerite Duras. Je découvre le Désespéré :

« J'ai besoin de vous voir, d'être dans votre sillage. » L'Agacé : « Mais répondez, mon Dieu, au moins une fois à quelqu'un. » L'Indécis : il s'est ravisé en raturant le « tu » pour le remplacer par un « vous ».

Les lecteurs de *L'Homme assis dans le couloir* et de *L'Amante anglaise* se bousculent. Ils s'emparent du moindre lieu commun : « Je vous ai vue sortir de chez un opticien, j'ai dit à mon amie, "tiens, c'est Madame Marguerite Duras". Enfin, peut-être que je n'ai pas dit le "Madame". » Ils s'enflamment : « Je vous ai vue en terrasse à Trouville, vous cousiez, tranquille. » Je partage les affres d'un homme perdu dans un été trop long et d'un autre, amoureux d'une femme mariée. Pendant toute une nuit, il est resté allongé à côté d'elle dans une chambre d'hôtel de Deauville sans oser la toucher. Dans sa lettre écrite sur une feuille d'écolière, une jeune fille a joint une photo d'identité. Elle a des cheveux noirs coupés au carré, une longue frange et un regard de défi. Son visage me semble familier. « Je suis Brigitte Fontaine, écrit-elle. C'est mon vrai nom. Je voudrais venir vous voir à Neauphle-le-Château. Acceptez-vous ? Mon esprit est prisonnier, il s'évade quelquefois. Je suis bouchée mais il y a des trous. » Sur un coin de la page, elle a ajouté une phrase un peu de traviole : « Je voulais vous dire surtout : vous ne travaillez pas pour des murs. Ou alors ils ont des oreilles et même une bouche, vous voyez ? »

La France qui aime Duras a tous les âges et toutes les audaces. Un médecin se confie sur des ordonnances. Une diplômée de la faculté de Tolbiac postule pour devenir sa secrétaire. Une inconnue veut savoir : « J'ai pensé à vous, je me suis demandé si vous étiez malheureuse quand vous parliez, comme ça, sur une scène. Si vous étiez un peu moins malheureuse, comme moi, au soleil face à la mer. » Sur son bureau, Marguerite Duras avait disposé deux corbeilles, l'une pour les courriers voués à disparition, l'autre pour ceux qui retenaient son attention. Je joue à faire le tri. Je relègue Martine avec ses lettres expédiées du Grand Hôtel de Cabourg ou de l'hôpital psychiatrique – « Imaginez que je sois écrivain et que j'aie besoin qu'on me le dise – urgent » – dans la funeste panière. De même que cet homme qui s'essaye au pastiche : « Je vous écris en l'absence de tout, en l'absence de l'écrit. » Carine commençait bien : « Je vous envoie quelques-unes de mes nuits blanches. » Mais la malheureuse cite Roland Barthes au détour d'une phrase. En haut d'une lettre, Marguerite Duras a noté comme un mémo : « Ne pas répondre, attention !!! Caramel ! » Sûrement une admiratrice un peu trop collante. Je sauve sans hésiter Renée, professeure de sciences passionnée par Marie Curie qui, pour se moquer de sa timidité et de ses circonvolutions, raconte cette anecdote : un jour, un jeune médecin a écrit à Freud un courrier lesté de mille précautions afin de solliciter un entretien. Pour toute réponse, il a reçu : « Je vous remercie de la délicate attention que vous avez de ne pas vouloir me déranger. »

Comment ne pas aimer Marie-Germaine qui a « tout raté », ses études, sa jeunesse, sa vie et son mariage ? « Chère Marguerite Duras, je vous écris parce que je ne crois à rien, je n'ai jamais cru à rien, il n'y a aucun espoir. J'ai 35 ans, je n'existe pas, je fais semblant depuis toujours. Je crois que je fais semblant d'être vivante. » En vacances, Marie-Germaine trouve le temps interminable.

Elle a essayé de se tuer. Mais ça aussi, elle a raté. Au même moment, Hélène, professeure de lettres à Bordeaux, sautille comme une folle dans son salon. Elle a reçu une réponse de Marguerite Duras, elle ressent « la joie formidable de l'enfant qui reçoit une lettre du Père Noël, du gamin qui lit un mot d'Eddy Merckx ou de la midinette qui a eu la photo dédicacée du chanteur à la mode ». Hélène adore quand, dans les couloirs de sa fac ou dans les dîners en ville, elle croise des membres de la « famille d'inconnus », ceux qui peuvent évoquer l'écrivaine pendant des heures et s'émerveillent de chaque nouveau livre.

Par-dessus tout, je reste fascinée par Jeanine, extraordinaire Jeanine qui vit à Gentilly et a rempli cinq pages blanches de son écriture bien droite : « Madame, un jour je me suis résumée à moi-même et j'ai transformé cela en une lettre à vous. (...) J'ai 40 ans, une identité très incertaine et un fils dont j'ai quitté le père peu avant sa naissance. Je suis passionnément amoureuse de quelqu'un – une femme – dont j'ai partagé la vie quotidienne plusieurs années et qui est maintenant détachée de moi. Je suis donc en train de vivre quelque chose de très banal et courant, "un chagrin d'amour", ce qui s'avère pour moi ni banal ni courant mais très violent et destructeur. » Jeanine a essayé toutes sortes de choses pour atténuer sa peine : l'alcool, la psychanalyse, travailler beaucoup, les somnifères et les amants. Rien n'a fonctionné. Elle se sent plutôt inutile dans la vie. Elle a fait plusieurs métiers avec conviction comme à la recherche d'une vérité qu'elle n'a jamais trouvée. Elle a horreur de la mort. C'est plus fort qu'elle, elle n'arrive pas à l'affronter. Elle espère tout de même qu'elle réussira à faire face à celle de son père.

Sinon, elle aime caresser, toucher, construire, être caressée, la chaleur du lit et celle du soleil, la jouissance du corps, la tendresse. Elle ne se trouve pas belle mais elle se sent belle quand elle est amoureuse. Ses héros sont Corto Maltese et Adèle Blanc-Sec. Depuis qu'elle a 12 ans, Jeanine rêve de devenir écrivaine. Elle n'a jamais osé.

Je pourrais me promener encore longtemps parmi eux, les timides qui n'osent imaginer être lus et les fanfarons qui prétendent que ce n'est pas grave si Duras ne leur répond pas. Il n'y a aucune lettre du jeune Yann Lemée à la tendresse désespérée. Pourtant il est ici, il fait partie de cette « famille d'inconnus », les épris et prêts à tout qui croient dur comme fer au pouvoir d'une lettre sur une vie. Il aurait pu écrire celle-ci : « Chère Madame, pourquoi suis-je si bouleversé à la lecture de *Moderato Cantabile* ? » Il aurait pu lui donner rendez-vous au Pré aux Clercs dans une demi-heure. Il aurait pu lui demander : « Mais pourquoi "tout plaquer" pour arriver à vous ? Tout est déjà plaqué puisque rien n'a vraiment d'importance. » Il aurait pu encore griffonner comme ces deux lycéens de Bordeaux, sur une feuille toute simple, toute blanche : « Vous vous demandez peut-être pourquoi nous écrivons à un écrivain de renom. C'est simple, il n'y a pas trente-six mille personnes à qui écrire pour recevoir une réponse intelligente. »

14
L'Amant, les rillettes et le porte-jarretelles

Pluie. Novembre. Seule. Un froid passe-muraille s'engouffre dans l'abbaye impossible à chauffer et se fraie un chemin sous les épaisseurs des pulls. En serrant entre mes doigts engourdis une feuille rose, je réprime une envie de rire. *L'Amant*, le best-seller aux deux millions de ventes, le prix Goncourt où figure la si belle phrase « je n'ai jamais aimé, croyant aimer, je n'ai rien fait qu'attendre devant la porte fermée », commence au dos d'un « virement à votre compte bancaire ». Certes, il s'agit d'un virement émanant de la Société des gens de lettres. Certes, Marguerite Duras n'allait pas utiliser du papier vélin en guise de brouillon mais tout de même, le verso de cette feuille raboutée à une autre – une présentation de la Revue parlée au Centre Pompidou datant de juin 1984 et intitulée « Le destin de l'homme dans le théâtre hongrois » – n'a pas fière allure. Visiblement, Duras se fichait bien du destin de l'homme dans le théâtre hongrois. J'ai décidé d'entrer chez DRS – en DRS ? – en ouvrant la boîte d'archives de *L'Amant*, paru en novembre 1984, car je sais que Yann Andréa a été déterminant dans son écriture.

À l'époque, l'écrivaine de 70 ans n'est pas en forme. Elle sort d'une cure de désintoxication à Neuilly et, pour l'aider à se remettre doucement au travail, son fils Outa lui a soumis un projet de textes-légendes à partir de photos de son enfance en Indochine, retrouvées dans une armoire bleue de la maison de Neauphle. Marguerite se perd dans la contemplation d'une autre image, l'image manquante, celle qui aurait pu exister si seulement on avait su l'importance du moment : une jeune fille de 15 ans sur le pont du bac traverse le fleuve dans sa robe de soie sans manches avec une ceinture de cuir. Elle porte un chapeau d'homme en feutre couleur bois de rose, surmonté d'un large ruban noir, et des talons hauts en lamé or. Assis sur une chaise, les épaules voûtées, Yann tape à la machine à écrire et corrige les brouillons qui sortent de la chambre noire. Jusqu'au moment où il suspend le mouvement de ses doigts, relève la tête et prononce : « Écoutez, je pense qu'il faut continuer ce texte séparément. » L'ami Hervé Le Masson, vendeur à la librairie La Hune, acquiesce : c'est un roman, un roman magnifique. Les Lindon, éditeurs chez Minuit, sont tout aussi enthousiastes. Marguerite annule le projet de beau livre et, même si Outa fait sacrément la gueule, elle continue à voguer sur le bac. Au lieu des légendes, elle n'en écrit qu'une seule que les lecteurs se plairont à appeler autobiographie. Jour après jour, Yann retranscrit les aventures de la jeune fille accoudée au bastingage, du Chinois richissime qui descend de sa Léon Bollée six cylindres noir corbeau et lui propose une cigarette, de la mendiante Hélène Lagonelle

– dont il ne se lasse pas de répéter le nom – et de la mère au désespoir si profond qu'aucun bonheur, même infime, ne parvient à l'en distraire. À deux voix, ils inventent la suite des chapitres, la jeune fille qui répond qu'elle ne fume pas, non merci, les tremblements du Chinois devant son corps nu, les nuits passées au son des chiens de campagne. Ils se délectent de trouvailles enchanteresses qu'ils répètent à tue-tête : « Il la regarde. Les yeux fermés, il la regarde encore. » Le soir, épuisés, ils sortent pour admirer la Seine et Notre-Dame, mais tout ce qu'ils voient en traversant Paris, c'est le Mékong impassible, la « fabuleuse et soyeuse platitude » du delta.

Face aux feuillets rapiécés du manuscrit, je songe à Marguerite Duras en train de recoudre sa jupe trouée avant de s'envoler pour les États-Unis avec François Mitterrand ou d'assembler ses improbables patchworks de tissus dans le jardin de Neauphle. Dire qu'au début je la trouvais snob. Quand j'avais 16 ou 17 ans, *Le Ravissement de Lol V. Stein* était resté longtemps dans un tiroir de ma table de nuit. Je me souviens encore de cet exemplaire d'occasion à la couverture jaunie illustrée par un tableau de Rothko. Il ne m'avait pas ébloui plus que ça. Sauf peut-être la scène du bal. Anne-Marie Stretter traversait le casino de T. Beach avec sa « marche de prairie ». J'avais aimé cette expression comme, plus tard, j'aimerais le « teint de Pologne » de *La Pluie d'été*. Ma frénésie de lecture avait duré plus d'une décennie, de mes 12 à mes 25 ans, et durant ces années, plus que dans tout le reste de ma vie, j'avais vécu dans les livres. J'étais une lectrice sous édredon, un passager clandestin qui embarquait le soir tombé avec sa loupiote frontale, bravant l'extinction des feux pour quelques mots de plus. Je m'endormais enroulée dans les pages de Yourcenar, Gide, Stendhal, Balzac, Zweig, Dostoïevski. Je me réveillais dans des matins trop pâles comparés à la nuit. J'écoutais Nostalgie, je tenais un journal intime au passé simple, j'aimais des garçons qui regardaient ailleurs. Sans merci et sans déférence, je cornais les livres. Mais dans le même mouvement, je les révérais plus que tout. J'étais persuadée que tout est bien qui finit bien.

La bibliothèque de mon père courait sur tous les murs de la maison, elle grimpait du salon du rez-de-chaussée au couloir du premier étage. Juste avant d'aller dormir, on se postait dans un coin, au hasard, et j'attendais qu'il pioche. Je repartais avec mon butin nocturne, passant de *Zazie dans le métro* à *Si par une nuit d'hiver un voyageur*, je rigolais – Doukipudonktan – et je n'en revenais pas que Calvino me parle comme si j'étais à côté de lui. Il me recommandait de me détendre, d'allonger mes jambes, de bien régler la lumière et de vérifier que les cigarettes étaient à portée de main (je faisais l'impasse). Il voulait que son livre soit lu dans de bonnes conditions. Alors seulement, il me glissait à l'oreille : « Tu es quelqu'un qui par principe n'attend plus rien de rien. Il y a tant de gens, plus jeunes et moins jeunes que toi, qui passent leur vie à attendre des expériences extraordinaires ; qu'elles viennent des livres, des personnes, des voyages, des événements ou de ce que les lendemains réservent. Toi non. Tu sais que ce qu'on peut espérer de mieux, c'est d'éviter le pire. » Je déambulais dans cette gare semblable à des centaines de gares, avec une odeur de buffet, des sifflets de locomotives et des jets de vapeur. Le narrateur cherchait quelque chose qui n'existait plus. Il se tenait debout, la main sur sa valise, face à une ville de province qui n'avait pas encore de nom.

Depuis ce livre, je m'étais mise à adorer les incipit de gare. Comme dans *Brûlant Secret* avec la locomotive au sifflement rauque, la lumière faiblement argentée du ciel et le petit peuple de voyageurs sous le grand hall. Chez Zweig, les nuages étaient blancs et turbulents et il fallait prendre un fiacre pour aller à l'hôtel. Le héros se posait exactement la même question que tout visiteur foulant la moquette de l'hôtel Mary's : « Pourquoi suis-je ici ? » Si un jour j'écrivais un livre, c'était décidé, il commencerait dans une gare ou près d'une gare. À cette époque, je trouvais que Ludmilla était le plus beau prénom du monde. Alors que Yann, c'était ce pauvre Yann, le marin breton de *Pêcheur d'Islande* qui finissait englouti dans des eaux noires et glacées. Durant cette période de lecture absolue, je n'avais jamais vénéré la Duras nationale. Elle m'effrayait avec ses personnages ouverts aux quatre vents, ses dialogues qui prétendaient tout dire de la douleur de vivre. Je l'avais négligée comme on contourne un monument trop imposant, en se promettant qu'on le visiterait plus tard. Mais je n'étais jamais revenue avant de rencontrer Andréa-Arlaud qui fumait des clopes dans le grenier d'une maison de campagne et se demandait comment aimer.

Maintenant qu'elle est devant moi dans cette abbaye, emmitouflée dans ses brouillons troués, elle commence à me plaire, la Duras graphomane. *L'Amant* court encore au dos de la lettre signée par une certaine Jeanne Lafitte sur un papier beige velouté – « Chère Madame, j'ai le plaisir de vous inviter à dîner, le vendredi 25 mai, à l'issue du spectacle en compagnie de M. Gaston Defferre et son épouse » – et puis sur un récapitulatif du colloque « Écrivain et pouvoir » à Athènes, sur le bulletin d'adhésion à la Cinémathèque française, sur une invitation nécessitant « un petit mot de confirmation » et sur le papier jaune fluo du « Congrès pour la paix » organisé à Berlin. La vie matérielle se mêle à la fiction. Tandis que Marguerite Duras consigne d'un côté ses idées pour le roman à venir : « départ en bateau, départ de l'enfant, la mort du petit frère », de l'autre, elle tient le registre des choses à faire : « Laver gilet blanc, veste rose, mouchoirs », « payer EDF », « rentrer 2CV, rentrer table, rentrer 2 fauteuils blancs ». Ne pas oublier : « 4 œufs, rillettes, pain, fromage. » Ne surtout pas oublier : « Descendre boîtes chutes film, filmothèque de Bois-d'Arcy. » Ne surtout, surtout pas oublier : « Finir confiture », « ranger photo », « finir corriger manuscrit ». La jeune bachelière aux chaussettes d'or et le banquier chinois vivent une passion torride, ils s'étreignent dans cette petite pièce meublée à la va-vite où il la déshabille en lui murmurant tout bas qu'il est fou d'amour. Mais Duras l'interrompt : « lessive, balai, papier hyg. » Elle lève les yeux au ciel et réfléchit : ne devrait-elle pas renouveler ses sous-vêtements ? Oui, passer à quelque chose de plus audacieux, de plus féminin (« porte-jarretelles ? »). Ou prendre rendez-vous chez le coiffeur, ça ne va pas du tout en ce moment (« coiffeur »). Parfois, elle se félicite : « Fait. »

Les boîtes DRS ont déjà été ouvertes par des quantités de chercheurs et de spécialistes de son œuvre, elles ont fait l'objet d'analyses brillantes, de livres et d'une exposition. Pourtant, je ressens de l'impudeur à déambuler ainsi sans invitation. J'ai l'impression de la surprendre en train de danser dans sa cuisine avec un chapeau couleur bois de rose et tous ses placards ouverts pendant que Yann, le Chinois si élégant, fume des cigarettes anglaises. Elle attrape une boîte de crevettes de la pêcherie « Savannah » et se réjouit en pensant à l'un de ses livres à venir, « bingo », ce sera *Savannah Bay* ! L'écriture courante, ce flot qui la traverse, ce n'est pas juste une posture. Marguerite Duras se nourrit de tout, des petits riens qu'elle place au même rang que les grands mouvements de l'âme. Ses brouillons colorés, biffés, rapiécés dévoilent qu'il n'y a pas de séparation entre le prosaïsme de l'existence et le sacré de la littérature. On peut tomber sur un pot de rillettes entre les lignes d'un prix Goncourt. Et il semble aussi grandiose que le reste, ce pot de rillettes.

Finalement, en transportant ses manuscrits dans des sacs Uniprix, Yann Andréa ne pouvait lui rendre plus bel hommage. « Moi j'écris des livres et je m'en fous complètement », fanfaronnait-elle. Ben voyons. Les autres manuscrits du « cycle atlantique », publiés à partir de *L'Été 80*, que j'exhume des boîtes DRS sont saisissants de réécriture méticuleuse. Chaque texte porte la matrice du suivant et les reliques du précédent. Les chutes d'*Agatha et les lectures illimitées* deviennent *L'Homme atlantique*. *La Pute de la côte normande* représente l'ébauche de *Yann Andréa Steiner*. *Les Coréens* se transforme en *Emily L.* Duras revient au même, elle poursuit, sans se lasser, un même livre. Comme Anne-Marie Stretter traverse le casino de T. Beach avec sa « marche de prairie », Yann

Andréa traverse les textes, de page en page, avec son sac en toile et son parapluie noir alors qu'il fait beau. Incapable d'aimer. Toujours au bord du précipice du désir inassouvi. Il est cet homme à la passivité souveraine qui ne fait rien, ne peut rien.

Le brouillon de *Yann Andréa Steiner*, paru en 1992, a l'air d'un grand blessé avec des feuilles rangées dans des pochettes transparentes, d'autres rapiécées avec du scotch. Constellé d'annotations, de bleu et de vert, de ratures, de « oui », de « bon », de « GOOD », il porte les stigmates de la bataille amoureuse. Il est un chaos et une épopée. Le nom de Lemée qui figurait initialement dans le texte a été rayé. À la place, Duras a écrit : « Le livre, si je le fais, portera son nom sur la couverture, il s'appellera *Yann Andréa Steiner.* » Elle a ajouté : « Juif, il sera juif. » L'étudiant en philosophie qui est arrivé aux Roches noires un été de pluie et de vent s'est métamorphosé en Yann Andréa Steiner, cet être illisible qui disparaît pendant des jours, qui sillonne la campagne à la recherche de beaux barmen argentins et dort sur les canapés d'hôtel. Elle l'attend jusque tard dans la nuit dans un désespoir total. Il revient au petit matin, hirsute, cherchant son café noir. En haut d'une page, à l'encre turquoise, Marguerite Duras a noté : « Bien réunir les deux histoires », celle de l'errant moderne et celle de l'enfant aux yeux gris resurgi de *L'Été 80*.

Une mouche tombe soudain sur la table dans un bruit mat. Plutôt dodue, les élytres dépliés, elle gît sur une feuille déchirée en quatre morceaux qui a été recollée. Une lettre de rupture écrite par Marguerite Duras qui commence par ces mots : « Partez. Ne vous retournez pas sur la rue Saint-Benoît. » C'est « fini », poursuit-elle, Yann peut bien en parler « comme d'une circonstance malencontreuse », il peut évoquer une erreur, « en rigoler avec [ses] amis de la province », mais un beau jour, il sera rattrapé par la nostalgie. Et alors, il comprendra qu'il est « invivable, ridicule ». « Je regrette que vous n'en sachiez rien à ce point-là. Rien. » Signé Marguerite. Elle l'a versée au manuscrit de *Yann Andréa Steiner* – mais pas au texte définitif – avec la rigueur d'un juge qui verserait des pièces à la procédure. Une seconde lettre de mai 1981 est, elle aussi, rafistolée : « J'aurais été jalouse de tout ce qui vous entoure, de vos lectures, de votre mère, de vos amis, de votre sommeil, de moi-même. C'est fini. » Avec des mots rageurs, elle conspue sa « pédérastie », cette « double trahison, celle du désir et celle de la personne ». Et assène : « Je ne reviendrai jamais de cette horreur. »

Il y en a une troisième encore, plus longue encore, plus féroce. Elle a été rédigée en juillet 1981, un an après leur rencontre, juste avant le départ de l'écrivaine pour le festival de cinéma de Taormina où l'on projetait *Agatha* dans un théâtre antique. À 5 heures du matin, Marguerite trépigne dans son lit. Elle se sent niée au plus profond d'elle-même, elle est prisonnière de cette « nuit infranchissable dressée par la pédérastie ». Rien de plus terrible n'aurait pu lui arriver, elle qui aimait fanfaronner : « Beckett et moi, on peut baiser jusqu'à 80 ans... » Elle qui, comme ses personnages, n'envisage pas de vivre autrement qu'« exténuée d'amour ». De colère, elle devient vulgaire : « Rien ne fera que j'aie une bite, rien. » Puis se ravise. Elle remplace « bite » par « sexe exorbité », c'est plus élégant. Finalement, elle raye toute la phrase : « No. » Dans une autre lettre, non datée, elle se radoucit. La solitude la terrifie, alors, avec des intonations de petite fille, elle chuchote : « Yann, restons encore ensemble. Je ne peux pas supporter notre séparation. » Elle veut qu'il sache qu'elle a dormi près de lui la nuit dernière « sans le moindre désir », que « c'est donc possible ». « Je te demande pardon, je t'aime. »

Une autre mouche vient de choir à quelques centimètres de la première. Leurs deux cadavres sont allongés tête-bêche au bout de la table. J'entends Marguerite constater : « La mort d'une mouche, c'est la mort. » À la fin du manuscrit se trouve une dernière lettre au stylo noir sur une feuille blanche. Cette fois-ci, l'écriture est plus serrée, presque indéchiffrable. Le 16 novembre 1981, jour de la Sainte-Marguerite, Yann Lemée, Yann Andréa ou Yann Andréa Steiner, je ne sais plus exactement, répond à Marguerite Duras. Je n'en reviens pas de tenir enfin quelque chose de lui. Même cette feuille A4 recouverte d'une déclaration tellement alambiquée qu'elle en devient comique. Tandis qu'elle hurle à la trahison, qu'elle fulmine de ne pas être aimée comme elle le voudrait, il disserte sur la création littéraire. « Je dois vous dire que le texte de *L'Homme atlantique* est tout simplement génial – pas un seul mot, pas une virgule, rien ne doit être changé (sans ajouts éventuels). Ce texte est d'une nécessité absolue. »

Il lui confesse que c'est seulement à travers elle qu'il vivra « l'aventure tragique de l'écriture ». « Non que vous en soyez la cause directe, non que vous m'aidiez en quoi que ce soit puisqu'aussi bien cette aventure sans fin se fait absolument solitairement. Non, vous ne pouvez rien pour moi. Vous avez raison. Et je le comprends et je pleure. Mais vous pouvez tout en ne faisant rien pour moi. Ainsi, loin de m'empêcher d'écrire, vous me mettez dans la position terrible d'être sur le point d'écrire. » Marguerite brûle qu'il désire son corps. Yann répond qu'il ne peut vivre sans ses livres.

Dans l'abbaye d'Ardenne, il se met soudain à pleuvoir des mouches mortes. Elles tourbillonnent dans les airs avant de s'échouer sur *Yann Andréa Steiner* comme de gros points noirs. Les chercheurs lèvent les yeux au ciel. La documentaliste aussi. Personne ne comprend d'où vient cette nuée d'insectes. Mais Marguerite, imperturbable et suprême, orchestre sa tempête. Elle s'en fout de plaire, de déplaire, de paraître ceci ou cela. Elle s'en fout d'avoir l'air d'une midinette, d'une tragédienne ou qu'on la voie en train de se tordre de chagrin parce qu'un homme se refuse à elle. Elle s'en fout de laisser le mot « bite » à la postérité. On n'est pas là pour « se croire », comme elle dit. Elle jaillit d'entre ses brouillons rapiécés plus vivante que jamais, rageuse et radine, géniale et drôle, pot de rillettes et porte-jarretelles. Depuis l'au-delà, elle fait valser les mouches mortes en guise de salut. Il en a fallu du temps mais dans cette abbaye en pleine oraison funèbre, j'ai enfin rencontré la Duras nationale.

15

Le camélia

À Neauphle-le-Château, dans les Yvelines, la fenêtre de sa chambre donne plein pot sur une verrue, il n'y a pas d'autre mot, à la couleur incertaine. Le château d'eau dénote salement avec le reste du décor au charme campagnard, avec les maisons en pierres colonisées de lierre. Mais de ce léger tracas comme de tant d'autres, Marguerite a su triompher : il suffit de ne pas en parler. Le visiteur est donc prié de la boucler et de s'extasier au sujet du géranium Rosa qu'elle appelle « menthe anglaise », planté devant la fenêtre de la cuisine. Elle a acheté la vieille bâtisse tout en longueur, rue du Docteur-Grellière, à la fin des années 1950 grâce à la vente des droits d'*Un barrage contre le Pacifique* pour le cinéma. C'est une maison avec d'innombrables bouquets de fleurs séchées, des abat-jour en tissus anciens et des meubles en bois repeints. Les assiettes sont dépareillées et les coussins délavés. Comme la menthe anglaise ne meurt pas, même si on l'arrose peu, Marguerite en fait souvent des boutures qu'elle donne à ses amis. Elle préfère dire « le parc » pour désigner le jardin et « l'étang » pour la mare. Elle ne dit rien pour désigner le château d'eau.

La journaliste Michèle Manceaux et Marguerite Duras sont voisines. Il faut à peine quelques minutes pour rallier les deux parties du village, Neauphle d'en haut et Neauphle d'en bas. On peut dévaler la sente du Vieux-Moulin à pied ou suivre la route en voiture. Quand Michèle va dîner chez Marguerite, elle apporte des douceurs, des huîtres, du vin, un dessert… Quand Marguerite se rend chez Michèle, elle n'apporte rien. « Je m'apporte moi-même », lui dit-elle. Tandis que le vent souffle dans l'abbaye, je me balade dans un champ de petits cahiers. Un Clairefontaine vert pas très épais avec des pages lignées dont la première porte la mention DURAS. Un deuxième Clairefontaine rose, bien plus charnu, avec écrit MARGOT. Un autre, bleu, décoré de fleurs beiges. Enfin, le dernier, de la marque Quaderni Linus, ressemble à l'agenda d'une collégienne. Avant sa mort des suites d'une infection pulmonaire en 2015, Michèle Manceaux les a déposés à l'IMEC. Ils contiennent les notes qui ont servi à l'écriture de *L'Amie*, un très beau récit sur sa voisine de Neauphle d'en haut si occupée à faire des chefs-d'œuvre.

Je suis la première à ouvrir ces boîtes d'archives, m'a indiqué la documentaliste. Alors dans le champ de petits cahiers, j'avance précautionneusement, osant à peine déplacer une feuille. De Michèle Manceaux, je ne connais que ce qui figure sur Internet. Elle a passé sa carrière à *L'Express*, au *Nouvel Observateur* et chez *Marie Claire,* elle a baroudé un peu partout, en Amérique latine, en Afrique, en Europe centrale, en Inde ou au Vietnam. Elle a signé le « Manifeste des 343 » en faveur de la légalisation de l'avortement, s'est enthousiasmée pour Mai 68, a plaidé en faveur de la reconnaissance par Israël d'un État palestinien et a écrit vingt-quatre livres. Sur les photos en ligne, elle a des cheveux courts légèrement permanentés et porte un col Claudine qui lui donne un air sage que son regard trahit aussitôt. Elle semble drôle et délicate. À mes yeux, elle reste surtout la silhouette dans le grenier de la maison de Neauphle, relançant Yann Andréa d'une voix douce : « Là, je peux te poser une question ? » Assise en face de lui, dans un brouillard de fumée, elle est celle qui, la première, entendra la légende de la vieille dame qui faisait des livres et de l'étudiant en philosophie qui ne faisait rien.

C'était à l'automne 1982, mais jusqu'à sa mort, Michèle Manceaux a conservé les cassettes des entretiens sans jamais les divulguer, fidèle à la parole qu'elle avait donnée. Pascale Lemée, la sœur de Yann, décidera en 2016, d'en faire un livre posthume, *Je voudrais parler de Duras*, ensuite adapté par Claire Simon au cinéma. Dans la préface qu'elle signe d'un discret « P.L. », elle évoque ces bandes où résonne le « souffle épuisé et heureux » de son frère, son rire et le cliquetis de son briquet. Ces bandes que je rêve de découvrir et dont il reste peut-être une copie dans les boîtes MNC jamais ouvertes. Dans la marge d'un numéro des *Cahiers du cinéma* d'avril 1996 (« Marguerite Duras, la fiancée du cinéma »), Michèle Manceaux a noté de sa jolie écriture : « Margot, je l'aimais comme phare, comme maîtresse à écrire et comme *alarm-clock* quand je commençais à m'endormir, comme promesse de rires, d'inattendu surtout. » En 1982, à Neauphle, elle est persuadée de vivre son dernier été auprès de son amie qui se consume dans l'alcool. Par peur d'oublier, elle se met à tout garder, les phrases, les souvenirs et même un camélia qu'elle fait sécher et colle sur la première page du cahier. La vaillante petite fleur désormais sans couleur, cueillie par Marguerite Duras trois décennies plus tôt dans le jardin – enfin le parc – de Neauphle, est toujours là. Plus émouvante que tous les récits.

Dans son cahier, Michèle Manceaux a noté les conversations au Café des Sports, les marottes de Duras qui appelle tous les épiciers du coin pour trouver du citron vert afin de faire son curry, son émerveillement devant les buis bien taillés de l'allée et les poissons de la mare. Je découvre la reine Margot avec son rôti de porc cramé entre les mains et ses mêmes anecdotes. Vingt fois qu'elle raconte la guerre avec Mitterrand. Quinze fois qu'elle déroule la recette de la vichyssoise et du poulet pékinois. Lors des dîners sur la terrasse, elle aime égrener ses auteurs préférés : Shakespeare, Musil et Melville. Ailleurs dans les cahiers, on l'entend acclamer Yann revenant victorieux de l'examen du permis de conduire. « C'est Robert Hinault ! » Et l'intéressé de rectifier : « Bernard. » « Oui bon, Bernard Hinault. » En juillet, Duras est en pétard après l'élimination de l'Algérie du Mondial de foot par un faux match nul contre l'Allemagne. Elle ressasse l'histoire des Coquelin, ce couple qui s'est couché sur les rails du TGV avec ses deux enfants et le chien parce qu'EDF a coupé l'eau à cause d'impayés. À table mais seule au monde, elle engueule Yann parce qu'il n'a d'avis sur rien, c'est « Monsieur ça dépend ». Ou alors elle lui tombe dessus, entre la soupe aux poireaux et le dessert, dénonçant les « pédés, les insipides, les stériles, les Barthes et les Yann ». Les incapables d'aimer. Il fallait que ça lui arrive à elle, une chose aussi épouvantable alors que tout ce qu'elle écrit baigne dans la sexualité, soupire-t-elle. « Monsieur ça dépend » ne répond pas. Il pose un châle sur ses épaules parce qu'elle frissonne. Il l'aide à marcher quand elle titube. Il revient quand elle le fiche dehors. Parfois, c'est lui qui part parce qu'il en a assez, qu'il aimerait bien choisir ce qu'il mange et où il va. Il disparaît pendant des jours. À son retour, ils s'embrassent comme des gosses. « Lui fasciné, persuadé qu'il vit un moment unique. Elle sachant que ça ferait au moins un livre », décrit Michèle Manceaux avec tendresse, sans jamais être dupe.

Un jour de cet été 1982, Yann décide que c'est fini, il arrête de boire. Il faut que ça cesse. Le corps de Marguerite a tellement gonflé qu'elle porte toujours le même pull beige, plus rien d'autre ne lui va. Il doit se baisser pour attacher la bride de ses sandales. La nuit, elle se relève pour se servir un verre. Dès le matin, avant le café noir, elle attrape un autre verre. « Oui je suis alcoolique », admet-elle. Seule la soupe apaise son estomac brûlé. Mais hors de question d'entrer en cure de désintoxication, elle veut terminer *La Maladie de la mort.* Dans la grande salle à manger avec des nids d'hirondelles et des toiles d'araignées au plafond, le visage déformé, les yeux bouffis, elle lui dicte l'histoire d'un homme inapte à l'amour. Dans un état second, une sorte de transe, elle se venge de tous ces mois de désir inassouvi, elle affirme que l'homosexualité – qu'elle ne nomme jamais dans son livre – est égale à la mort. Elle crache son texte jusqu'à ne plus pouvoir parler. Elle s'arrête quelques instants, errant dans la pièce, hagarde. Puis elle repart, plus furieuse que jamais. Plus extraordinaire que jamais. Plus impitoyable que jamais.

Comme il n'y a aucun brouillon, Yann doit taper le plus vite possible. Il faut suivre la cadence infernale pour que ne se perdent pas dans le cosmos des bribes de haine. Fasciné par le moment, pétrifié par l'enjeu, il n'est plus que deux doigts affolés à la poursuite des mots. Quand enfin cesse le bruit de mitraillette, elle lui demande : « Yann, vous pouvez relire à haute voix ? » Alors il répète que la fusion impossible des corps est une fatalité. Une malédiction. Une désolation. Il répète la tragédie de cet homme qui paye une jeune femme pour avoir des relations sexuelles. Le bruit de la mer. La lumière sombre. Le linceul de draps blancs. Il répète l'abominable faiblesse de celui qui a gâché sa dernière chance d'aimer. Bien sûr qu'il sait qu'elle parle de lui, qu'il est cet être sans épiphanie, condamné à la solitude. Un pédé. Un Barthes. Un zéro. Comme absente à elle-même, Marguerite ajoute encore d'autres mots qu'il frappe sur la vieille machine à écrire. Dans la chambre noire de l'écriture, dans une transparence totale, dans l'amour absolu du livre, ils finissent par s'endormir. Un matin, radieuse, elle lui annonce le titre. « Ah non, je ne peux pas », s'écrie-t-il. Elle continue à dicter. Et lui à pleurer.

Fin septembre, lors d'un dîner, Yann se lève soudain de sa chaise. Les mots se bousculent. Pour la première fois, il parle fort. « Vous ne supportez que votre avis, ce contre quoi vous n'avez pas de prise vous le niez, ça n'existe pas. Vous voulez me tuer, c'est ça ? » Il en a assez qu'elle l'empêche de parler à sa mère, à ses sœurs, à ses amis de Caen, à n'importe qui d'autre qu'elle. Il veut s'exprimer sans être interrompu, pouvoir s'écouter s'il le désire. Le repas s'est arrêté. Les couverts ont suspendu leur vol. D'un coup, Marguerite lance, presque joviale : mais oui, bonne idée, bien sûr, que Michèle l'enregistre ! Rendez-vous est pris pour le 2 octobre à 15 heures au premier étage de la maison. Michèle Manceaux l'attend dans un fauteuil, elle a posé son micro sur la table. Yann prononce : « Je voudrais bien parler de Duras… » Il rit, légèrement embarrassé.

J'ai passé en revue toutes les boîtes MNC. La dernière est posée sur le comptoir de la documentaliste avec, à l'intérieur, des dizaines d'interviews de Marguerite Duras à la radio, la retransmission de ses pièces de théâtre, des interviews découpées et des magazines qui font leur une sur l'écrivaine jusqu'à sa mort en 1996. La dernière boîte témoigne de ce que peut-être personne n'a jamais su : malgré leur brouille en 1984, l'année du prix Goncourt pour *L'Amant* – car Duras superstar n'aurait pas pardonné à la journaliste d'avoir donné son âge, pourtant connu, dans un de ses livres –, Michèle Manceaux a aimé Margot jusqu'au bout du silence. Mais il n'y a aucune copie des bandes. Aucune trace du souffle épuisé et heureux de Yann, de son rire et du cliquetis de son briquet. Il a encore disparu. Peu importe car, dans le champ de petits carnets et dans la retranscription des entretiens de 1982, Michèle Manceaux a sauvé l'éclat de sa voix et de celle de Marguerite. Je les fais tinter ces voix, je les entrecroise, j'agence des dialogues. Je les entends, oui, je les entends distinctement.

16

« Je suis sûre de ce que je dis parce que je le pense »

Marguerite : Tu ne peux pas comprendre. Je suis géniale en ce moment. Il faut que j'écrive, je ne m'en sortirai que comme ça.

Yann : Elle est dans une sorte de liberté totale. C'est cela qui est impressionnant parce qu'elle peut commencer à écrire n'importe où, à n'importe quel moment de la journée et me dire : « Prenez cela en note. »

M : Depuis deux jours, je l'insulte, il ne veut pas partir. Dès qu'on se sépare, ça recommence, la passion.

Y : C'est-à-dire qu'elle peut me dicter n'importe quoi, elle peut me dire n'importe quoi, elle sait que je l'accepterai.

M : Je suis moche, vieille. Il est adorable, il fait mon lit. Il lave mon linge. Je vous adore, je vous adore totalement. Je meurs sans vous et vous mourez sans moi. Mais c'est invivable. Foutez le camp.

Y : Il n'y a pas de secret et je crois effectivement que c'est une preuve d'amour absolu, c'est-à-dire de me faire partager complètement le processus d'écriture.

M : Vous m'adorez, Yann. Oui. Il a peur de me quitter, maintenant, je le panique.

Y : Elle n'opère aucune censure. Et cela, bon, effectivement moi je trouve que c'est fantastique de pouvoir le faire parce que je crois que cette liberté-là, on la retrouve aussi dans ses textes.

M : Il aurait dû rester avec cette jeune fille, une agrégée de philo. Je la rechercherai, je veux lui parler.

Y : J'ai l'impression de vivre à une vitesse absolument folle, de vivre la vérité de moi-même. Je lui en suis reconnaissant et en même temps je trouve qu'il y a quelque chose d'inhumain là-dedans, quelque chose de presque monstrueux parce qu'elle ne mesure pas l'effet que cela peut faire sur moi.

M : Moi qui ai la force de tout, je n'ai pas la force de m'arrêter de boire. Je suis en manque d'alcool la nuit. Je ne sais pas comment cesser.

Y : Il y a une espèce de mise à mort de tout ce qui ne la concerne pas, de tout ce qui n'est pas elle. Elle ne veut entendre parler de rien, rien d'autre. Et c'est dans cette espèce de désert, je veux dire autour d'elle, qu'elle peut écrire.

M : Combien j'ai gagné, Yann, avec *L'Amante anglaise* ?

Y : Je crois que ce qu'elle fait vivre aux gens, ce qu'elle me fait vivre, cette espèce de destruction, elle le vit elle-même. C'est pour cela que je ne peux pas dire que c'est quelqu'un de méchant. C'est quelque chose qui lui est très étranger, la méchanceté, parce que justement elle est dans une innocence, elle est dans une innocence affolante.

M : Le 1er septembre [ndla : no comment], Yann s'est présenté. Le choc émotif était si fort que pour le supporter, je lui ai demandé d'aller dans le centre-ville chercher une bouteille de vin. À partir de ce jour-là, j'ai bu de nouveau, de plus en plus.

Y : Je l'ai vue de très près écrire et je crois que ce qui se passe là, quand elle écrit, c'est qu'elle est débordée par elle-même. Complètement.

M : Yann est au code. Il fait de plus en plus de fautes tous les jours. Ça m'ennuie. C'est dans trois jours. Ça coûte quand même 300 francs.

Y : Ce qui est fabuleux et effrayant, c'est qu'elle est toujours dans le passage à l'acte.

M : Il n'y a pas d'amour dans l'homosexualité, juste de la consommation. Demain, il va avec Sagan si elle lui paye son costard. Mais je l'aime. C'est lui qui ne m'aime pas. Il pense que je suis vieille, que j'ai besoin de lui. Il me dit : « Accommodez-vous. » Mais je ne m'accommoderai jamais. Allez-vous-en. Tirez-vous. J'ai vécu quatorze ans seule, ça ne me fait pas peur. Les relations commodes, je n'en veux pas.

Y : Elle peut se rappeler d'une phrase qu'on lui a dite il y a vingt ans ou de la couleur d'un tableau.

M : J'ai engueulé Yann pendant deux jours mais il n'est pas vraiment pédé. Et puis j'en suis sûre, il m'aime. Hein, Yann ? Quand j'aurai fini *La Maladie de la mort*, je boirai moins.

Y : Elle a mis un point final à *La Maladie de la mort* et elle voudrait bien le retravailler un peu pour pouvoir l'avoir encore. Là, elle est très malheureuse parce qu'elle va le quitter et c'est fini.

M : Tu vois, Yann, je l'emmerde toute la journée, je suis quelqu'un qui parle tout le temps, qui réfléchit, qui l'emmerde. Mais le pauvre lapin, s'il ne m'a pas, il s'ennuie.

Y : Ce qui l'agace chez moi, c'est qu'effectivement moi je suis plutôt dans la retenue, je suis plutôt dans le discours. Je dis que je vais faire ça mais finalement je ne le fais pas.

M : Si je n'écrivais pas, je ne supporterais pas de me regarder, de m'intéresser à moi. Écrire est une manière de se disculper.

Y : Après qu'elle a fini *La Maladie de la mort*, elle a dit : « Vous savez ce que c'est un écrivain ? C'est les pompes funèbres, il constate la mort. » Je trouve cela très beau.

M : Il ne parle plus. Je veux qu'il me parle de l'homosexualité. Il dit que je déteste trop.

Y : Je n'y ai pas pensé avant mais je crois que dans un premier temps, elle a essayé de me faire mourir. En tout cas que je n'existe pas. Et puis bon, j'ai résisté finalement tu vois, avec les moyens du bord, comme ça je me suis dit : « Bon, j'existe aussi. »

M : Yann me voit parfois au bord de la fenêtre. Il aime rire. Parfois, je le fais rire aux larmes. Il passe et m'envoie un baiser. Le mérite de Yann, c'est de s'être arrêté de boire.

Y : Quand elle dit : « Je ne sais pas qui écrit, je ne sais pas ce que je fais et, quand je relis mes textes, je suis dans une sorte d'épouvante parce que je me dis qui est-ce qui a pu écrire cela ? », je l'ai vécu complètement. Parce qu'effectivement, elle ne savait plus ce qu'elle faisait là. Ce n'était plus de l'ordre de l'intelligence, tout avait disparu, c'était comme quelque chose qui arrivait sur elle.

M : Qui c'était à *Apostrophe* ? Saul Bellow ? Moi, on ne me met même pas dans le « À paraître ».

Y : Elle dit : « J'ai raté ma vie, j'ai raté ma vie. » Je crois qu'elle a la nostalgie de ne pas être une femme comme tout le monde.

M : Je suis sûre de ce que je dis parce que je le pense.

Y : C'est complètement extraordinaire parce que j'étais au plus proche, tu vois, du phénomène, du processus de l'écriture qui est en train de se faire.

M : Je lui ai demandé ce matin : « Est-ce que vous aimeriez mieux être dans mon état et écrire ou en bonne santé et ne pas écrire ? » Il a répondu : « Évidemment écrire. »

17

La phrase disparue

Au troisième étage de l'Hôpital américain, à Neuilly, où elle est soignée incognito, Marguerite somnole sur son lit blanc. L'été à Neauphle est terminé. Depuis le 21 octobre 1982, chambre 2327, elle dérive dans un espace suspendu entre la vie et la mort. Les médecins ne sont pas optimistes sur ses chances de guérison, le foie est trop abîmé, prédisent-ils, pour que la cure de désintoxication puisse fonctionner. Ses chevilles et ses jambes sont enflées, le ventre aussi. Après une piqûre de Tranxène, elle se penche vers Yann, assis à son chevet, près de la table où sont posés les comprimés : « Lisez-moi *Martin Eden.* » Il pioche un passage, au hasard, dans le livre. Elle voit bien qu'il n'y a aucun lien, aucune cohérence, avec ce qu'il a lu la veille. Qu'importe, elle s'endort. Quelques secondes plus tard, elle se redresse, le temps d'écrire difficilement une lettre d'insultes car le stylo lui échappe des mains. « N'oubliez pas de la poster », ordonne-t-elle à son ange gardien au visage cerné avant de fermer à nouveau les yeux.

Jour après jour, Yann Andréa tient le journal de ce qu'il pense être la fin. Il consigne tout : les hallucinations et les médicaments. Température. Pulsations. Piqûres de Tranxène. « Je veux des œufs à la coque, il n'y a que ça que j'aime par-dessus tout. » Dans la chambre de l'Hôpital américain, il y a des juifs, des Indiens, le Gange, des bêtes rondes, un grand Chinois qui la surveille tout le temps, des petites bêtes avec un chapeau rond, un homme au visage pâle et à petite barbiche qui voudrait l'interviewer. Quand elle revient soudain à elle, Marguerite, comme en villégiature, soulève la cloche en Inox pour découvrir le repas du soir. Elle juge les artichauts bien trop filandreux. Si elle croise le cuisinier, elle va lui dire deux mots. Yann lui achète du jambon de Parme à l'épicerie de la rue de Buci, près de la rue Saint-Benoît, pour lui remonter le moral. Mais voilà qu'elle chausse déjà ses bottines et que, dans sa chemise de nuit, armée d'un parapluie, elle tente de tuer des lions et des hippopotames. Alors Yann prend aussi le parapluie pour tuer les hippopotames. Quand Marguerite voit Michael Richardson déguisé en Bédouin qui se cache derrière le rideau de la chambre bleue, il va vérifier pour la rassurer. Le docteur appelle ça « l'affolement de l'imaginaire ». Personne ne sait si elle va survivre, si elle va échapper à la sénilité. Les blouses blanches qui l'auscultent augmentent les anxiolytiques, ils prescrivent l'encéphalographie et la perfusion. Yann lui promet : « On va aller à Trouville, on va aller faire des balades la nuit au Havre. »

Quand il quitte l'hôpital, il se perd dans les rues désertes de Neuilly malgré les plans qu'il dessine pour se repérer. De retour rue Saint-Benoît, seul dans l'appartement plongé dans la nuit interminable, il écoute encore et encore la musique d'*India Song*. Un verre de vin à la main, il songe à la dépouille d'Anne-Marie Stretter, à la robe rouge, aux bijoux, au bouquet de roses sur le piano. Et Neuilly encore. Le bus. Les rues vides. La chambre 2327. Sous sa couverture blanche comme un linceul, Marguerite lutte sauvagement contre la mort tandis qu'il la berce avec Martin Eden qui découvre le labeur de la blanchisserie et frotte deux cents chemises dans une atmosphère étouffante. Ni l'un ni l'autre ne peut plus écrire. Ils souffrent. Mais soudain Marguerite se réveille. Une petite pointe de méchanceté intacte au fond de la pupille, elle demande à Yann : « De quel bordel revenez-vous ? »

En 1983, quand Yann Andréa a publié *M.D.* aux Éditions de Minuit, le journal de bord de la cure de désintoxication, les critiques littéraires ont accueilli le livre avec scepticisme, se demandant si le titre ne tenait pas plutôt lieu de signature tant le style leur semblait mimétique. Comme s'il avait repris le stylo des mains tremblantes de l'écrivaine et poursuivi, en inlassable scribe, ce qu'elle ne pouvait plus accomplir. Le manuscrit – estampillé DRS comme tout le reste – est le seul document dans les archives de Yann Andréa qui soit consultable. J'étale devant moi les trois versions successives afin de les comparer les unes aux autres. À la date du 27 octobre 1982, il ôte un peu de désespoir : « Je suis seul au monde, personne ne peut partager cet enfermement, cette souffrance de vous voir dans un tel état. » Trouve-t-il la phrase trop geignarde ? Inappropriée ? Nombriliste ? Le samedi 30, il en coupe une autre, concernant un miroir qui démultiplie son reflet dans un salon de coiffure de la rue de Seine. Trop anecdotique ? Exit encore, la sortie au cinéma le

Saint-André-des-Arts dans le Quartier latin pour le film *L'État des choses* de Wim Wenders. « En voyant les comédiens désœuvrés dans cet hôtel près de la mer, je pense aux images noires de *L'Homme atlantique* », avait-il écrit. Dans une deuxième version, il retranche la première personne : « Les comédiens attendent une histoire près de la mer de Lisbonne dans un hôtel cimenté. » Dans une troisième, il se transforme en professeur de faculté face à un amphithéâtre : « De très belles images et toujours cette question : quelle histoire, quel film faire, est-il possible de faire du cinéma aujourd'hui ? » Finalement, il supprime tout.

Tandis que Martin Eden dépose son manteau et son vélo au Mont-de-Piété, qu'il n'envoie plus ses manuscrits à des éditeurs faute d'argent pour les timbres, Yann dépose, quant à lui, ses effets personnels en lieu sûr. Le néant. Il enlève des « je » ici et là, il se carapate en douce. Le dimanche 31 octobre, il ne se réveille plus avec un mal de crâne épouvantable et ne passe plus l'aspirateur. Le 1er novembre, il ne va plus voir *Toute une nuit* de Chantal Akerman. Le 5 novembre, il gomme le nom de Barbara du récital à Pantin qui l'a tant ému. Le 11 novembre, il n'achète plus une montre au Drugstore « comme pour se mettre à l'heure nouvelle ».

Je n'ai aucun souvenir des mots prononcés par T. sur le canapé gris-bleu. Il m'est impossible d'expliquer pourquoi il est parti. Lorsqu'on me pose la question, je débite des poncifs – je ne vois pas pourquoi nous serions épargnés par ce qui frappe les autres – mais au fond, je n'en sais rien. Par contre, je peux dérouler sans aucune difficulté le menu du dernier repas – cheese naan et poulet korma au restaurant indien d'en bas –, la météo – ciel bleu sans nuages, température extérieure environ 30 °C –, ma tenue – une robe bleue à fleurs –, la sienne – pantalon noir, tee-shirt vert –, les dernières suppliques – ne pars pas – et la forme de chaque étreinte. La phrase manquante est comme la photo manquante, essentielle et invisible. Dans quel recoin sombre est-elle allée se nicher ? Que deviennent les phrases effacées ?

Je réécris sur mon carnet bleu ce que Yann Andréa a supprimé de son manuscrit, me livrant à un absurde bras de fer avec le silence. Je le ressuscite. Il prend une leçon de conduite, il joue avec les boutons de la voiture, il roule la nuit et pense à l'insupportable situation en mangeant une salade d'endives. Il achète des éclairs au chocolat à Marguerite, les seuls gâteaux qu'elle aime. Il écoute France Musique, la *Fantaisie en fa mineur* de Schubert. Il va voir *Une chambre en ville*. Et puis le film d'Antonioni, *Identification d'une femme*, avec une « très belle scène de brouillard ». Il a envie de partir au milieu mais il renonce, n'osant pas demander aux spectateurs de bouger. Il passe son permis de conduire, il est reçu sans obtenir de certificat provisoire car il n'a pas fait son service militaire. Tous les matins, Yann plie son drap, vide les cendriers et range la vaisselle. Le soir, il sort la poubelle. Peut-être aurait-il détesté ce que je suis en train de faire. De quel droit vais-je récupérer les papiers chiffonnés au fond de cette poubelle qu'il vient de descendre ? Tandis qu'il orchestre sa disparition, Marguerite, elle, est partout dans les annotations. Elle fait des suggestions. Elle corrige.

« La version de l'enfant était meilleure avant, non ? » À la date du 21 novembre, Yann avait initialement écrit : « Hier, vous avez dit à J.F. : je voudrais bien que Yann écrive. C'est son tour maintenant. Vous avez dit cela avec une infinie tendresse et une bonté extrême. Dans la rue, en allant à Buci, je pleure, des larmes viennent. Comme si le relais était donné, comme s'il ne devait pas y avoir d'interruption dans la chaîne de l'écriture. » Tout le passage a été englouti. Il ne reste plus qu'un abrupt : « Vous dites : Écrivez. » Soudain, je suis prise d'un doute, un terrible doute : comment savoir qui a rayé les phrases ?

Lettre à Pascale, le 6 juin 1985
Tiroir 3, colonne de gauche

Ma chère Pascale,

J'ai bien reçu ton mot. Et j'espère que ton travail a été apprécié par la direction du cours. Je me trouve dans une position intenable. Si tu as lu La Maladie de la mort, *tu peux comprendre. C'est exactement moi. Je suis privé de tout amour. Je suis un pauvre pédé sans imaginaire et en plus sachant que rien ne pourra résoudre ce manque existentiel d'aimer. C'est comme si je n'étais pas en vie, tout me fait horreur. Sauf attendre d'être au lit seul, et de dormir. Et dès le matin, ça recommence. Je n'ai aucune énergie pour rien. Une envie de mecs, parfois, qui restera sans lendemain, qui ne résoudra rien, qui ne fera rien avancer.*

Je ne t'écris pas pour me plaindre. Non, je t'écris pour que quelqu'un le sache. Je suis dans l'abandon le plus total. Et l'envie de mourir est là, à chaque instant, ou presque. Il manque le courage et existe la peur. Je suis désormais sans l'usage de la parole, comme muet. Tout m'indiffère et je ne comprends plus rien à rien. J'ai cessé de vouloir et d'affirmer la moindre chose. Tout m'insupporte, c'est comme si j'étais une sorte d'assassin qui n'allait pas jusqu'au bout. Je m'en veux beaucoup de faire vivre cela à M.D. qui est, elle, merveilleusement dans la vie, dans la passion. Il y a longtemps que j'aurais dû partir mais pour aller où ? Je suis hors d'état de fonctionnement. Et si je t'écris, c'est que je viens de boire trois bières (en cachette) en faisant les courses. Et aussi parce que je sais que tu peux comprendre cela. Il y a des mois que je n'ai pas touché à un stylo. Voilà ce que je voulais t'écrire. Ce n'est pas la peine de t'alarmer, c'est une situation qui dure maintenant depuis presque un an.

Continue, toi, à faire ce qui te plaît avec cette passion et cette intelligence des autres et de toi-même.

Je t'embrasse,

Yann

18

« Ah bon, vous le trouvez intéressant ? »

« Friselis », qui se trouve en haut d'une des pages de *Pnine* de Nabokov, fait partie de ces mots qui sonnent comme ils sont. Il suffit de le prononcer pour entendre ce « léger frémissement ». Le dictionnaire des synonymes propose également « bruissement », « frou-frou » ou « bourdonnement », mais on perd alors cette sensation de caresse du vent, ce délice de l'imperceptible. Sur Internet, parmi les citations proposées en guise d'exemple, figure celle de Michel Tournier dont le héros ressent à l'idée d'accueillir un hôte un « friselis d'agacement ». De son côté, Jean Ray, écrivain néerlandais, traverse la campagne, émerveillé par le « friselis mélancolique des feuilles » et la nuit qui se cache dans les fourrés. L'allitération confère davantage de poésie à ce friselis nimbé de mystère, ambiance jeune Werther ou promeneur solitaire. Ici, un « frou-frou » avec sa jovialité intrinsèque gâcherait tout. La dernière phrase de Huysmans est particulièrement belle. Elle évoque des plinthes et des cloisons tapissées de crêpes japonais vert d'eau ressemblant « au friselis d'une rivière que le vent ride ». On en revient toujours aux plinthes.

Dans mon nouvel appartement perché au sixième étage sans ascenseur, les murs ne sont pas tout à fait droits et les Velux souvent couverts de pluie. Le tableau de l'oiseau vert est désormais accroché au-dessus de la cheminée de ma chambre. Quand je me couche, il me fixe avec son cœur en forme de grenade prête à exploser. Yann Andréa a laissé un friselis dans la mémoire de beaucoup de monde. Il surgit avec sa façon de poser des silences comme une ponctuation ou de demander implicitement : « Est-ce qu'on peut aimer autre chose que la littérature ? » Je suis heureuse quand son amie Stéphanie Murat me raconte que c'était un enfant, qu'il en avait l'ingénuité et la fantaisie, quand la biographe de Marguerite Duras, Laure Adler, prononce d'un regard tendre : « Je ne sais pas comment vous dire à quel point Yann était un être rare, très rare. » Je me surprends parfois la main dans le sac, hésitant à retranscrire sur le cahier bleu : « Il était un peu arrogant », « il pouvait être cruel comme tout le monde dans ce milieu de mondanités ». Je compile des anecdotes sans parvenir à les relier entre elles. Yann danse merveilleusement la valse. Sa signature est particulière avec un Y en forme de 9. Au moment du coup d'État en Pologne contre Walesa, le 13 décembre 1981, il est dans un train Corail Caen-Paris et porte son fameux chapeau qui lui donne un air de Dirk Bogarde dans *Mort à Venise*. En classe de seconde, il arbore des boutons de manchette, il écrit au stylo-plume et a attaché un coupe-ongles à son porte-clés. Le jour de la rentrée, il se présente affublé d'une sorte de permanente comme s'il avait dormi avec des bigoudis. En khâgne, il emmène Pierrette, la prof de lettres, très pieuse, voir *Les Diables* de Ken Russell au cinéma à Paris. Très choquée par les scènes de sexe, elle l'engueule copieusement. Après son arrivée aux Roches noires, il décroche toujours le téléphone sans se présenter et expédie : « Je vous la passe. » À Paris, on le voit revenir de la laverie avec deux gros sacs car Marguerite Duras n'a pas de lave-linge. J'ai l'impression de me balader dans un tableau de Bosch, dans l'une de ces fantasmagories où l'on erre entre médiéval, science-fiction et western, où l'œil accaparé par mille détails ne sait que saisir entre les licornes et autres bestioles. On trouve qu'il n'a pas d'existence, que c'est presque un hétéronyme. On se demande s'il n'a pas été phagocyté par Duras. On estime qu'il a perdu sa raison d'être. Les époques se mélangent, les voix et les scènes aussi. La même surprise revient : « Ah bon, vous le trouvez intéressant ? »

Dans un bar chic près du Louvre, devant un cocktail avec de drôles de fleurs flottant à la surface de son verre, l'un de ses amis avait réfléchi quelques instants avant de rire : « Au fond, la véritable énigme, c'est plutôt les gens qui arrivent à vivre. Ceux qui regardent leur montre et se demandent s'ils vont être à l'heure. » Autour de lui, les clients commandaient des boissons aux noms imprononçables. « C'est quoi ça ? » avait-il demandé à la serveuse en pointant des lambeaux rouges à la dérive sur le liquide. « Des fleurs d'hibiscus. » « Vous êtes sûre que ce n'est pas du cacao ? » Il avait raison, l'homme rigolard. Pas sur le cacao – c'était de l'hibiscus –, il est assez commun de ne pas arriver à vivre.

Je regarde souvent cette photo de Yann Andréa prise en 1999, au moment de la tournée promotionnelle de *Cet amour-là*, le livre sur la légende de la vieille dame seule qui faisait de la littérature et de l'étudiant breton qui ne faisait rien. À l'époque, Marguerite est morte depuis trois ans et il vient de sortir d'autant d'années de claustration dans son studio de la rue Saint-Benoît. Sur cette photo, il est installé à la terrasse du Café de Flore et tient sa tête entre ses mains comme si elle allait s'envoler. Devant lui, le photographe, Michel Giniès, a disposé des clichés du passé sur lesquels, affublé d'un costume trop grand, d'un improbable nœud papillon et d'un attaché-case lui donnant l'air d'un commis voyageur, il prend le bras de l'écrivaine. Elle venait de recevoir un prix au Centre culturel autrichien, boulevard des Invalides. Mais Yann Andréa regarde à peine les souvenirs en noir et blanc. Dans sa chemise bien repassée, dans sa veste parfaitement ajustée, dans sa solitude impeccablement taillée, il flotte vers un doux nulle part. Il n'essaie ni de sourire aux souvenirs, ni de plaire au photographe. C'est rare les gens qui n'essaient pas. Même un tout petit peu.

Je regarde souvent cette photo parce qu'elle illustre mieux qu'aucune autre mon passage préféré de *Cet amour-là* : « Je suis droitier et gaucher, cérébral et physique, je ne suis rien de tout ça, je suis l'entre-deux, dans un espace et un temps non résolus. Je n'ai pas une place déterminée, je peux occuper toutes les places, tous les emplois qu'on veut bien me donner, tout me va, tout m'agrée. Je suis à qui veut de moi, sans préférence, dans l'absolu d'un non-choix. Je suis aussi bien *L'Homme atlantique* que l'homme de *La Maladie de la mort.* » Pendant quelque temps, Michel Giniès avait exposé la photo dans une galerie de la rue Guénégaud à Paris puis, comme personne ne l'avait achetée, il était revenu la chercher et l'avait accrochée au mur de sa chambre, juste à côté d'un portrait de Robert Mitchum. Aujourd'hui encore, chaque soir avant de s'endormir, il souhaite une bonne nuit à l'homme si malheureux du Café de Flore et à la star de cinéma.

J'ai attendu longtemps avant d'oser composer le numéro de Béatrice Lemée. Sans doute parce qu'il était confortable de graviter dans cette périphérie brumeuse, d'emmagasiner les friselis, de se demander où Yann avait appris à danser la valse et pourquoi diable il avait accroché un coupe-ongles à ses clés, de ne plus se demander comment il était mort. Au bout du fil, elle pleure doucement, surprise d'entendre le nom de son frère. Elle répète d'une petite voix : « Ça alors. » Elle est chez elle, en train de prendre son thé avec des biscuits comme tous les jours, et elle ne pensait pas que c'était possible un truc pareil : quelqu'un qui vous appelle entre deux petits-beurre pour parler de Yann. Après un long silence, elle finit par se reprendre. Vraiment, elle adore son frère, elle trouve que c'est un personnage très attendrissant, très beau. Je crois qu'elle prononce « personnage » sans y prendre garde. Béatrice ne sait plus quand elle a perdu contact avec Yann. Les dates n'existent pas, elle lui parle toujours dans sa tête.

Elle aurait bien aimé devenir artiste mais elle a rencontré le père de ses enfants très jeune. Ils ont investi dans un salon de coiffure puis ils ont fait construire un pavillon dans le sud de la France. Les enfants sont arrivés, des jumeaux. Béatrice est toujours fascinée par ce grand frère qui lui parlait tout le temps de Duras et qui, un jour, est parti la rejoindre sans prévenir personne. Yann lui rendait parfois visite en cachette ou alors il prenait le train jusqu'à Agen pour voir leur mère, Andréa. Béatrice trouvait que Marguerite était « folklo » : une fois, elle avait jeté toutes ses affaires par la fenêtre. Je l'entends sourire tandis qu'elle répète « Oh là là ». Elle ignore tout de leur vie mais elle sait qu'à la fin Yann la portait pour prendre son bain. Pour la première fois, derrière son apparente légèreté, elle avait ressenti un peu de chagrin. En dehors de cela, il était comme Andréa, un moineau. Elle avait 17 ans à la naissance de Gérard, l'aîné. À peine 18 quand Yann est arrivé à la maternité de Guingamp, un jour de Noël, encouragé par le médecin qui ne voulait pas manquer la messe de minuit. Avec son mari, Raymond, employé à la SNCF, ils eurent ensuite quatre filles – Martine, Béatrice, Pascale et Véronique – et, semble-t-il, beaucoup de malheurs. En 1967, après la séparation des parents, la fratrie a été éparpillée selon une géographie incompréhensible. Pascale et Yann sont restés avec Andréa. Véronique et Gérard sont partis chez Raymond. Béatrice et Martine ont été placées à l'orphelinat, dans un foyer de jeunes filles. La famille Lemée a été disloquée mais, dans la voix de Béatrice, la gaieté reste intacte. Elle se promène au milieu des ruines comme une conférencière. Elle ne sait pas grand-chose des secrets de chacun mais ça lui convient très bien.

Désormais, chez les Lemée, les morts sont plus nombreux que les vivants. En 2020, Andréa a succombé à un cancer du sein. Pascale, gravement malade, est morte l'été suivant. Puis, à son tour, en 2022, Raymond, que Béatrice n'a jamais revu et qu'elle appelle « le Vieux ». Quant à

Gérard, qui travaillait sur des chantiers, il a disparu en juillet 1991 à l'âge de 39 ans. Des voisins ont découvert son corps sur le sol de son appartement de Brest, à côté d'une bouteille d'alcool et de médicaments. « Le Vieux » n'a prévenu personne, il n'est même pas allé à l'enterrement. Trois mois plus tard, lors d'un déjeuner, il a annoncé à Véronique : « Ben voilà, ton frère est mort. » Aujourd'hui encore, Béatrice ignore tout des circonstances. On lui a seulement dit que Gérard avait été placé dans la fosse commune.

Quelle terrible malédiction frappe les fils Lemée, voués à mourir chez eux, de cause inconnue, un jour non établi de juillet avec quatre murs pour seuls témoins ? Au téléphone, Béatrice semble loin. Elle est en paix dans sa maison au soleil, elle n'a pas envie de réveiller le passé endormi. Elle pense qu'en 2014 Yann a été emporté par un mal mystérieux, quelque chose de l'ordre « d'une grande grande fatigue ». Qu'importe, il lui rend visite dans ses songes. « Ça alors », répète-t-elle avec des intonations de petite fille en trempant son biscuit dans son thé. Elle est si heureuse que quelqu'un parle enfin de lui. Je ne pose plus de questions, j'ai peur qu'elle entende mes larmes comme j'entends ses sourires.

19

Capri c'est fini

Sur un banc de la plage de Trouville, Marguerite demande à Hervé Vilard de lui chanter *Capri c'est fini*. S'il vous plaît, encore une fois. Il se penche à son oreille et fredonne à voix basse qu'ils n'iront plus jamais, mais qu'il se souviendra du premier rendez-vous, qu'ils n'iront plus jamais comme les autres années, plus jamais, plus jamais. Pendant ce temps, Yann avance sur la jetée. Il fait des entrechats maladroits tentant d'exprimer une joie de papillon avec un corps trop lourd. Il les rejoint sur le banc. Les yeux fermés, lui aussi écoute la plus belle chanson du monde et dodeline de la tête dans la pénombre. Les promeneurs sont rentrés, la brocante de Trouville est rangée. Ne reste que la jetée longue comme l'éternité.

Combien de fois Marguerite a-t-elle défié la mort ? Une, deux, trois ? En 1989, sept ans après la cure de désintoxication à Neuilly, Yann est encore resté à son chevet dans le silence d'une chambre seulement troublé par la soufflerie de la machine qui la ventilait. À l'hôpital Laennec, Marguerite dormait entre ses draps blancs comme entre les pages d'un livre. Même Martin Eden n'y pouvait rien. Les médecins avaient dit que c'était fini, qu'à 75 ans le coma était irréversible. Il fallait la débrancher. Outa avait refusé. Il l'avait sauvée. Un matin d'avril, elle s'était réveillée, promenant à nouveau ses yeux roublards sur le monde. Comme la canule de sa trachéotomie l'empêchait de parler, elle avait aussitôt écrit sur une feuille pour demander des nouvelles d'Ernesto, le petit garçon de *La Pluie d'été*, ce livre qu'elle n'avait pas eu le temps d'achever. Ernesto qui lisait l'Ecclésiaste – « tout est vanité et poursuite du vent » – et ne voulait plus aller à l'école.

Le palace des Roches noires projette son ombre sur le banc, enveloppant sous son manteau noir la vieille dame qui comme tout le monde a peur d'être abandonnée, le jeune errant qui ne peut vivre sans elle et le chanteur dont la voix se confond avec le clapotis de la mer. Ils n'iront plus jamais où il lui a dit « je t'aime », ils n'iront plus jamais, ce soir ce n'est plus la peine, ils n'iront plus jamais, comme les autres années. Yann et Marguerite ressemblent à de vieux amoureux réconciliés. Elle sourit avec son rouge à lèvres trop rouge et son front constellé de cassures profondes. Il fume une cigarette. À la sortie de l'hôpital, pendant les années de répit, ils se sont promenés dans la Peugeot 405 avec son poste de radio haut de gamme – depuis *L'Amant*, elle était riche – sur les bords de Seine et les rives de la Marne. Ils ont arpenté des paysages de soleil, de brume et de brouillard. Ils sont allés jusqu'à Vitry, banlieue nouvelle bordée par l'autoroute. Et à Versailles aussi, le Petit Trianon, les Eaux, l'allée des Peupliers… Tout sauf le château. Yann a fait du 160 à l'heure, ils ont retenu leur souffle. Ils ont acheté leur premier four à micro-ondes. Ils ont mangé cent fois chez Vignon, le traiteur de la rue Marbeuf. Ils n'ont pas vu un seul tableau dans un musée mais beaucoup de mouettes sur le pont du Port-à-l'Anglais. Marguerite a recouvert des tables avec ses manuscrits. Elle est redevenue l'écrivaine « sauvage et inespérée ». Elle a fait de son amant impossible le personnage de tous ses rêves. Elle a fait plier le réel, rendre gorge à l'indomptable. Dans la fureur et les cris, elle a tiré sa revanche par la littérature.

Désormais, elle peut se reposer. Sur la plage déserte, un enfant court avec un cerf-volant et le chanteur murmure avec le vent que Capri c'est fini, ils n'iront plus jamais, mais il se souviendra du premier rendez-vous, ils n'iront plus jamais comme les autres années, plus jamais, plus jamais. Peut-être s'enfermeront-ils une dernière fois dans la chambre noire suspendue au-dessus des flots. Yann sait qu'il ne leur reste que peu de temps. Depuis quelques mois, depuis le début de cette année 1994, Duras l'amoureuse, la petite fille, la méchante, la vaniteuse, la pythie, la sublime, la mauvaise foi, la communiste, la radine, la rivale de Dieu, la soupe poireaux disparaît doucement. Il est déjà trop tard. Mais il faut essayer quand même.

Lettre à F.
Tiroir 1, colonne de droite

Paris, le 1er mars 1995

Hier soir, au sortir de la Closerie, sur le boulevard du Montparnasse, tu étais un jeune homme de 20 ans.

Y. A.

20

La mélancolie des paquebots

Ce n'est pas un sac Uniprix mais un sac en plastique blanc avec un logo Franprix. L'éclat de rire de l'homme qui l'a déniché au fond de sa cave – « Ça alors, après toutes ces années, c'était inespéré ! » – résonne encore tandis que, sous un soleil indifférent, lestée de mon butin, je cherche l'arrêt de bus. Le sac Franprix menace de céder sous les mots de Marguerite Duras. Je ne l'ai pas encore ouvert mais je sais ce que je vais y trouver : la fin de l'histoire. La vie secrète au troisième étage gauche, paillasson *Alerte à Malibu*, celle que les biographes n'ont jamais pu raconter car Yann Andréa avait fermé la porte. Entre 1994 à 1996, à de rares exceptions près, seuls Outa et son père, Dyonis Mascolo, avaient encore accès à la rue Saint-Benoît, à cet appartement loué avant-guerre qui aura traversé les décennies comme un vaisseau immuable avec ses murs jaunis et ses vases de fleurs séchées, avec le salon QG de la Résistance, la gazinière en aluminium où Duras cuisinait des pois chiches pour Mitterrand, le canapé où Robert Antelme était revenu d'entre les morts, la baignoire où elle planquait des manuscrits. À l'époque,

Yann dort dans la petite chambre à côté de la salle à manger. Marguerite occupe l'autre, la chambre-bureau qui donne sur l'impasse des Deux-Anges. Parfois, elle entend la clameur des enfants depuis la cour de récréation. Audessus de son lit spartiate, recouvert d'une cotonnade rose un peu défraîchie, se trouve un assemblage de colliers dégringolant le long du mur et formant un cadre autour d'une photo d'elle enfant avec un nœud dans ses longs cheveux noirs. Les cloisons entre les pièces sont si fines qu'il suffit qu'elle murmure « Yann » pour qu'il accoure. Parfois, elle l'appelle juste pour vérifier qu'il est bien là. Il faut dire qu'il se déplace tellement doucement qu'elle ne l'entend jamais.

Dans notre appartement, joli comme dans un catalogue de décoration, T. marchait avec des mouvements de chat. J'ignore par quel miracle, il ne faisait jamais grincer le parquet. Tous ses gestes relevaient d'une parfaite méticulosité, il s'arrangeait pour ne jamais se cogner. Ni aux meubles ni aux autres. Le week-end, je me réveillais tard et je le trouvais allongé sur le canapé gris-bleu en train d'écrire. Avec ses boucles noires en bataille, il surgissait comme un ange hirsute, café à la main et sourire de bienvenue. T. ne possédait rien d'autre que sa mélancolie et quelques vêtements. J'avais emménagé avec toute ma brocante : Spencer, mon rhinocéros en cuir, des papillons bleus sous un globe, des étagères entières de livres, une malle de voyage, un immense portrait de Dostoïevski, un vieux volet recouvert de Polaroid et des bouquets de fleurs séchées. À peine avions-nous fixé le dernier cadre au mur qu'Emmanuel Macron avait décrété qu'il ne fallait plus sortir. La France était confinée. J'avais beau m'appliquer mais quand je marchais, je faisais toujours grincer le parquet.

Pendant ces deux ans, Marguerite et Yann vivent calfeutrés. Les amis trouvent porte close. Même le code de la porte a été changé. Yann la tient prisonnière, c'est là sa revanche après les années d'humiliation et de mépris, persiflent ceux qui ne lui pardonneront jamais. De quel droit prive-t-il le monde de Marguerite Duras ? Que peut-il cacher ainsi ? De cette période, on ne sait pas grand-chose. Il ne reste qu'un tout petit livre d'une soixantaine de pages, au titre définitif – *C'est tout* –, paru en octobre 1995, cinq mois avant la mort de l'écrivaine, et qui ressemble à un inventaire final. Il ne révèle rien de la vie quotidienne, seulement les ultimes fulgurances. En éternel scribe, Yann Andréa a repris une fois encore le stylo qu'elle ne pouvait plus tenir et il a consigné jour après jour, parfois heure après heure, son chassé-croisé avec la mort. « Prends-moi dans tes larmes, dans tes rires, dans tes pleurs. » Dans le livre, elle s'exprime depuis un ailleurs à la lisière de la lucidité. Elle joue encore, entremêlant le vrai et le faux, le génial et l'absurde. On pensait ne plus l'entendre, on croyait qu'elle avait disparu, et voilà qu'elle se redresse soudain sur son lit pour dicter une dernière lettre d'amour.

Y.A : Que diriez-vous de vous-même ?
M.D : Duras.
Y.A : Que diriez-vous de moi ?
M.D : Indéchiffrable.

L'homme qui m'a tendu le sac Franprix avait oublié l'existence de ces liasses de vieux papiers au fond de sa cave. De retour chez moi, je les verse sur ma couette à petites fleurs jaunes et, médusée, je contemple la cascade de feuilles emmaillotées dans de grandes enveloppes en kraft qui s'éparpillent entre les coussins du lit. Ce sont des photocopies de carnets aux pages blanches surmontées de la date et de l'heure et sur lesquelles se mêlent plusieurs écritures inconnues. L'une est toute ronde, presque enfantine. L'autre plus frêle, plus timide. Je reconnais immédiatement la troisième, celle de Marguerite Duras avec son mouvement continu et ample, avec les *e* qui se diluent dans les *s* et la légère inclinaison des mots vers la droite. En décembre 1994, elle a recopié cet extrait de *L'Éducation sentimentale* :

> Il voyagea.
>
> Il connut la mélancolie des paquebots, les froids réveils sous la tente, l'étourdissement des paysages et des ruines, l'amertume des sympathies interrompues.
>
> Il revint.
>
> Il fréquenta le monde, et il eut d'autres amours encore.

Peut-être revenait-elle également d'un long voyage, peut-être qu'allongée sur son lit, dans sa chemise de nuit en coton bleu, se sentait-elle comme un aventurier ouvrant les yeux sur des paysages et des ruines. Elle regardait passer des paquebots sur la mer ininterrompue, elle marchait, mélancolique, au milieu de ses amours froids.

Face aux carnets étalés sur mon lit, je ressens moins l'adrénaline du scoop que l'émotion de ce drôle de revirement : je viens, pour la première fois, de faire entrer Yann et Marguerite chez moi. Ils sont là, dans ma chambre. Ils sont là, sous le tableau de l'oiseau vert. Ces carnets ont servi de base à l'écriture de *C'est tout* avant de disparaître de la circulation pendant des décennies sans que personne soupçonne leur existence. Au début des années 2000, ils ont été placés sous scellés dans le cadre d'une procédure judiciaire méconnue, initiée par Jean Mascolo qui reprochait à Yann Andréa d'avoir abusé de la faiblesse de sa mère tant littérairement – pour l'écriture de *C'est tout* – que financièrement, dans la rédaction du testament. L'affaire s'était soldée en 2005 devant le tribunal correctionnel et Yann avait été relaxé. Mais les carnets n'avaient jamais refait surface. Ils étaient restés dans les limbes d'un palais de justice, seulement connus de quelques experts, magistrats et avocats. Si je n'avais pas été chroniqueuse judiciaire, si je n'avais pas eu la curiosité de prendre connaissance de cette procédure, si je ne m'étais pas lancée dans une longue quête pour la retrouver et si l'une de mes sources n'avait pas fait un peu de spéléologie chanceuse au fond de sa cave, je ne les aurais jamais lus. Sur ma couette, je contemple mon trésor : il y a, à la fois, des copies des carnets, mais aussi des procès-verbaux avec les témoignages de Yamina et Soraya, les deux infirmières qui s'occupaient de Marguerite Duras, ainsi que différents rapports médicaux décrivant cette maladie – inutile de la nommer, la porte avait été fermée, elle le resterait – qui attaque sa mémoire et fait vaciller son corps.

Quand elle arrive rue Saint-Benoît, Yamina ne sait rien de la petite dame de 80 ans dont elle doit s'occuper. La Croix-Rouge lui a simplement indiqué qu'il s'agit d'une écrivaine pas très commode et qu'elle a essoré une dizaine d'infirmières avant elle. Yamina vient de quitter l'Algérie où elle était médecin hématologue, elle en a vu d'autres. Elle reste stoïque quand, dans le salon, la petite dame lui ordonne de ne pas porter de kaki car ça lui rappelle les Allemands. Stoïque quand, dans la salle de bains, la petite dame refuse d'enfiler sa robe : « Vous êtes une idiote. » Puis d'une voix radoucie : « Vous êtes une idiote parce que c'est lui qui doit m'habiller et me toucher. Vous savez très bien que c'est le seul contact qui me reste avec Yann. » Stoïque quand, dans la chambre, la petite dame, la congédie. Non merci, elle n'a pas besoin d'aide, elle attendra la mort debout. Pendant les premiers mois, tous les après-midi, Marguerite se met à son bureau, face à la fenêtre, et Yamina lui lit ses textes. Celle qui écrit-des-livres-et-qui-s'en-fout-complètement recopie des phrases qu'elle améliore. Elle corrige inlassablement ses manuscrits déjà publiés. Parfois, elle s'interrompt pour raconter à Yamina son enfance, la Résistance, sa terrible mère et son frère mort à la guerre. Elle lui demande : « Qui est votre mari ? », « Avez-vous un amant ? » Lorsque son état commence à se dégrader, début 1994, Yamina reproduit certaines de ses phrases dans le carnet de liaison, sans arrière-pensées, juste parce qu'elle les aime bien : « J'ai envie de voir ma mère, dépêchez-vous, j'ai tout le corps qui flambe. » Soraya, embauchée pour prendre le relais de 18 heures à minuit, fait pareil. Yann aussi.

Quelques fois, Marguerite attrape elle aussi le stylo. Penchée au-dessus de la page blanche, elle écrit : « Une fois, j'ai rêvé d'un oiseau très petit, prêt à vivre comme à mourir. » Ses mots se transforment en gribouillis sauvages, elle ne parvient plus à maîtriser les lettres folles et s'agace : « Je ne peux rien écrire quand il y a cette lumière-là, celle du soleil. » Les carnets sont un étonnant mélange de routines médicamenteuses, de comptes rendus de repas – « bien dîné (pâtes au beurre, œuf, fromage) » – et de moments poético-absurdes : « Tu as demandé à Dieu pour qu'on me tue ? » Au fil des jours, Marguerite mange du riz, des coquilles Saint-Jacques, une salade d'endives, un potage, un gratin de poireaux. Et puis du poisson pané, des fraises, du pain avec du beurre, un carré de chocolat noir, du minestrone, des pâtes, des œufs brouillés, du gâteau de riz, de la salade de tomates et des biscuits. Elle raffole des crèmes caramel, des mousses au chocolat et des Danette. J'ai l'impression de me promener, comme à l'IMEC, dans des placards familiers. Entre deux boîtes de conserve, je retrouve le flux de l'écriture courante : « La haine, ça sert à tenir », « Venez dans la salle blanche », « Oh que c'est dur de faire la communion avec moi ». Cette fois-ci, le rapport s'est inversé, le récit est dévoré par la marge. Les listes prennent toute la page, elles recouvrent la légende. Les pots de rillettes effacent l'histoire de la jeune fille au chapeau d'homme et aux chaussettes d'or. Allongée sur son lit, avant de se coucher, Marguerite déballe un marron glacé tandis que Yann vient s'asseoir sur l'édredon rose pour lui « faire la converse ». Quand il tombe de sommeil, elle le houspille. Non mais qu'est-ce qu'elle a fait pour être avec un retraité pareil ? Si ça continue, elle va changer de mec. Parfois, elle traverse l'appartement au cœur de la nuit et s'installe sur le bord de son lit : « Yann, encore un peu de converse ? »

À l'aube de l'été 1995, comme il a décelé une « petite mélancolie du matin », il décide qu'ils séjourneront dans la maison de Neauphle, les promenades dans le « parc » lui feront du bien. Ce sera peut-être la dernière fois. Ils partent le 2 juillet avec Yamina. Les cahiers cessent jusqu'au retour rue Saint-Benoît, début septembre. Lorsqu'ils reprennent,

Marguerite est devenue une petite fille qui goûte d'un bol de Nesquik et ne pèse plus que 37 kilos. Elle note : « Je suis dans un désastre très fort. » La vie se poursuit entre les changements de canule, les moments d'agitation et ceux de somnolence. Parfois, Soraya se demande si sa patiente ne fait pas semblant d'être malade, de ne plus savoir si elle est à l'hôpital ou chez elle, d'entendre des voix. Parce que quand elle s'adresse à Yann, Marguerite est parfaitement cohérente. Elle lui lance amoureusement en grignotant une gaufrette : « Je vais faire de longs poèmes sur vous. » Puis elle repart au loin, vers la mélancolie des paquebots, l'étourdissement des paysages et des ruines. Elle se plaint : « Je n'ai plus rien. Je suis morte. Je le sens. Apportez-moi une boîte. » Elle soupire : « Mon histoire est terminée. » Elle hurle qu'elle est séquestrée, que l'infirmière est une voleuse. On la croit définitivement perdue, complètement fichue, mais elle revient encore à elle. Flamboyante dans sa chemise de nuit de coton bleue, telle Anne-Marie Stretter au bal de T. Beach, elle traverse le salon avec sa « marche de prairie ». Elle danse la valse devant Outa et Dyonis. Ou alors, assise dans le grand fauteuil rouge du salon, elle demande, comme si de rien n'était, un verre de blanc pour regarder *La Marche du Siècle* sur FR3 : « Ça va, la mort s'éloigne. »

Le 8 janvier 1996, elle mange des œufs et du gruyère dans son lit quand, dans la cuisine, Yamina baisse le volume de la radio pour ne pas qu'elle entende la nouvelle. Toute la journée, l'infirmière notera des phrases délirantes. Des chroniques d'un autre monde : « J'aime les livres ouverts », « Venez m'enlever une robe de soie », « Je ne peux plus rien porter », « C'est une vie magnifique que je t'ai fait ouvrir, ça n'a pas de sens mais à la fin on croit », « J'ai fait du feu et tout était blanc », « Je ne perçois aucun sens et ça me rend seule, pas triste », « Je vois des gants noirs près de moi », « Elle vient d'où cette littérature ? », « Je n'ai jamais oublié un livre », « On est seul pour personne », « L'eau de Cologne et les films de ma mère », « Je te conseille de ne pas mettre de bas, tu serais encore plus comique », « Ne me laissez pas tomber, je vous en supplie car c'est tout. Je pleure au fond de moi », « Laissez-moi, je suis quelqu'un de libre ». Vers 20 heures, Outa s'approche du lit. Avec mille précautions, il lui annonce que son ami François Mitterrand est mort. Est-ce la décharge de chagrin qui la ramène soudain à elle ? Marguerite se redresse, elle prononce : « Il est beau de l'intérieur, il est mort… Je le sais… Mais je ne veux pas le savoir… Il n'y a plus personne. » Même à faible volume, elle avait tout entendu derrière les murs fins de la cuisine.

Il existe un animal de la taille d'un grain de sable, un minuscule animal qui ressemble à un sac d'aspirateur. Les chercheurs ont envoyé le tardigrade sur la Lune, ils l'ont noyé, congelé, irradié, piétiné, découpé, enseveli ou laissé dériver dans le vide spatial. Rien à faire, il a survécu à tout. Même aux rayons gamma à haute dose, même aux sommets de l'Himalaya et au désert du Sahara. Il en va ainsi du tardigrade, de Marguerite Duras et de ma grand-mère qui vit seule chez elle à 92 ans, va acheter son poisson frais tous les matins, continue à travailler, à porter des pulls en cachemire, à ne rien comprendre à son smartphone, à aimer Patrick Fiori, le café liégeois et Lacan, à répéter que son cardiologue lui trouve un cœur de dix ans de moins : ils sont indestructibles. La mort rôde mais la reine Margot l'ignore, elle boit son bol de crème anglaise cul sec. Elle passe ses journées dans son monde peuplé de silhouettes en blouse blanche qu'elle ne reconnaît plus, elle caresse le visage du jeune Breton qui lui a rendu visite un été de pluie et de vent : « Yann, je t'ai tellement aimé et maintenant, il faut que je m'éteigne. » Ce dernier lui donne à manger à la petite cuillère, la porte jusqu'au lit. Elle s'endort très tard comme si elle se méfiait du sommeil. « C'est la fin, c'est fini, c'est la mort. C'est l'horreur. Ça m'ennuie de mourir », soupire-t-elle.

Dans cette chambre où elle a écrit son premier roman, *Les Impudents*, en 1943, elle voit désormais le spectre de sa mère, elle sent l'odeur de la terre de son enfance, elle imagine un dernier livre sur elle, sur n'importe quoi. Elle serre le pull rouge que Yann lui a offert pour Noël. Il erre dans l'appartement comme une âme perdue, avec sa peine aussi vaste que l'Atlantique. Il écoute du Schubert en boucle et, quand il ferme les yeux, craint de se réveiller sans elle. Une nuit, alors qu'il s'assoit au bord de son lit, Marguerite agrippe son visage. Elle le sert si fort qu'il a l'impression de disparaître entre ses mains. Le métal froid de ses bagues écorche sa peau. Avec une vigueur qu'il ne lui connaissait plus, elle appuie longtemps avant de relâcher son étreinte. Elle le caresse d'un geste de la main, les yeux, le front, les joues, comme on dit adieu. Le 29 février 1995, Yamina, paniquée, appelle le Samu : Marguerite a fait une syncope. Yann, qui était chez Gallimard, court dans les rues gelées. Outa et Dyonis traversent le quartier à toute allure, craignant qu'il ne soit trop tard. Quand ils arrivent, elle est étendue sur son lit, près de la porte, dans son éternelle chemise de nuit en coton bleu à fleurs multicolores. Son pouls et sa tension sont normaux. Elle leur sourit et termine sa Danette au café. Marguerite Duras « de tous les temps et de tous les univers », comme dans le poème de Baudelaire, s'est encore jouée de la mort. De toute façon, le moment venu, elle ne lui laissera rien. Tout ce qui la constitue est déjà parti dans les livres. Elle lui laissera juste une ligne : « Dimanche 3 mars, 8 h 15, mort ».

21

Le Trou

Depuis que Marguerite a disparu, que le cercueil a plongé dans les ténèbres du cimetière du Montparnasse, Yann ne sort quasiment plus du studio qu'elle lui a légué, au 26, rue Saint-Benoît. Il ne lit plus de livres. Quand il allume la télévision, c'est seulement pour permettre à son regard de se poser ailleurs que sur le mur d'en face. Les voix ne lui parviennent pas, il n'entend que celle, insistante, qui lui perfore le crâne et lui demande comment s'y prendre. La pendaison, c'est compliqué, il faudrait accrocher une ceinture à la poutre, compter les passants, vérifier la solidité. « Yann, vous voulez vous tuer ? Allez, sautez ! » le défiait-elle jadis en lui désignant la fenêtre ouverte. Avant de le sermonner comme un petit garçon : « Yann, mais non, ne faites pas ça. Pourquoi faire ça ? C'est imbécile. Vous savez ce qui vous reste à faire. Écrivez un livre. » Un revolver, un petit revolver calibre 7 mm comme celui avec lequel Verlaine a tenté de tuer Rimbaud, voilà ce qu'il lui faudrait. Mais où se procurer un objet pareil ? Il se tourne de trois quarts et fixe l'autre mur.

Le jour de l'enterrement, le 7 mars 1996, il avait glissé *L'Amour* dans la poche de son costume pour le déposer près d'elle. Mais devant le cercueil en bois clair avec intérieur en tissu blanc, devant le corps enveloppé dans le manteau vert qu'elle avait cousu elle-même, devant le petit coussin qui soutenait son visage encadré de cheveux gris, il n'avait pu esquisser un geste. Le prêtre avait lu le passage de l'Ecclésiaste qu'elle affectionnait tant comme le petit Ernesto de *La Pluie d'été* : « Tout n'est que vanité et poursuite du vent. » La chanson d'*India Song* avait résonné dans l'église Saint-Germain-des-Prés puis Marguerite avait été engloutie. Elle était partie au milieu de l'orage, de la foudre et de la grêle pendant qu'au-dessus d'elle des mains se serraient, des mots étaient prononcés, des roses étaient lancées. Et elle avait tout emporté : l'écriture, les vêtements, les balades, la soupe aux poireaux, les chansons, la vie concrète, dormir, manger, faire l'amour, être insupportable, boire, chanter *Blue Moon*. Yann avait traversé la rue Saint-Benoît, passant du numéro 5 au 26, avec son sac en toile noire. Il s'était allongé dans le Trou. Au début, il prenait encore la peine de sortir les poubelles. Mais très vite, il avait renoncé. De même qu'il avait renoncé à se laver, à se raser, à changer ses draps, à sortir les vieux journaux ou à descendre les cadavres de bouteilles. Lorsqu'il franchissait le seuil de l'appartement, le jeune Chinois qui lui livrait du couscous ou des rouleaux de printemps jetait des regards paniqués autour de lui. Yann ne lui en voulait pas, ce n'était pas rien de devenir une momie de son vivant. Lui-même était fasciné par la saleté recouvrant son corps boursouflé, par cette seconde peau dure et rugueuse. Son ventre, ses jambes, ses pieds, tout avait grossi.

Dans son lit, les paupières closes, il n'attend plus rien. Désormais, quand il se lève, les bouteilles qui jonchent le sol s'entrechoquent sur son passage, elles sonnent le glas. Un bordeaux de plus. Un rosé de plus. Un blanc de plus. Le soir, juste avant la fermeture du bureau de tabac, il traverse Saint-Germain-des-Prés endormi. Une cartouche de Benson serrée contre son cœur vide, il rentre vite se coucher. « J'ai envie de me tuer mais je n'ai pas envie de mourir », chante Barbara qu'il aime tant. Ou peut-être est-ce l'inverse ? De toute façon, il n'a pas envie. Ni de mourir ni de vivre. Ce n'est pas une dépression, c'est quelque chose de plus sournois, le contrecoup d'une dévotion. Comme si toutes les heures qu'il avait passées à se fuir, toutes ces heures demandaient soudain leur dû. Sur l'écran du téléviseur, elle apparaît comme un mirage. Elle porte ses lunettes épaisses et rectangulaires, elle fume une cigarette à moitié consumée. La photo de Richard Avedon est à la une du *Monde* car, explique le présentateur, l'édition Quarto vient de paraître chez Gallimard. Yann sort acheter le journal et il découpe le visage sans rides. Il le colle sur le mur en face de son lit, non pas pour la regarder mais pour qu'elle puisse le voir, comme ça, au milieu des moucherons qui survolent les reliques du repas, de la fuite d'eau et du tube de mastic échoué sur le sol. Pour qu'elle puisse le voir trébucher sur des bouteilles afin de payer le jeune livreur effaré mais loyal. Elle est belle. Sa tombe doit être à l'abandon, il faudrait qu'il s'en occupe. « Vous savez ce qui vous reste à faire. Écrivez un livre », lui répète-t-elle.

Lorsqu'il se réveille, deux ans plus tard, le 30 juillet 1998, il se souvient soudain de l'air frais, du goût de la blanquette de veau, de la sensation des draps propres et de la caresse du vent sur une peau rasée. Comme ça, en une seconde, il décrète que c'est fini. Il attrape le combiné du téléphone et prononce : « C'est Yann. » Le jour mythique du rendez-vous entre l'enfant aux yeux gris et sa monitrice, le jour de l'arrivée aux Roches noires de Yann Andréa Steiner avec son parapluie noir et du départ de T. avec sa valise noire, Yann décide de passer de l'autre côté de la nuit.

Extrait du manuscrit inédit de *Douleurs exquises*
Tiroir 2, colonne de droite

I'm feeling

Le whisky accompagne les mouvements
de mon corps désordonné
Du whisky triste et gai cela dépend
Il se laisse faire
Le temps passe
Je prends une pastille de sommeil, blanche
et je dors
Demain la bouteille de whisky sera presque vide
Il boit encore

Automne 1977

22

Troisième étage, porte vert d'eau

Juste après que T. est parti, j'ai commencé à voler des instants fugaces. La première fois, c'était dans un bar de notre quartier avec des banquettes en cuir rouge et de grands miroirs. La petite cuillère me narguait, offrant son ventre bombé et scintillant au soleil. Je l'ai chapardée sans réfléchir. Et puis, j'ai continué. De cuillère en cuillère, je suis devenue comme Madame de Boves, la kleptomane des grands magasins de Zola, je vole juste pour le plaisir, pour la volupté d'ajouter un spécimen à la bande, pour le frisson du dérisoire. J'emporte des petites cuillères comme on prend une photo ou on note une phrase qu'on aime. Le larcin peut découler d'une tentation – si, par exemple, c'est une jolie petite cuillère, que son manche est gravé de carrés (Bruxelles, circa août 2024) – ou d'une impulsion (café de la place Saint-Sulpice avant le certificat de décès, nuages. Seule). Ma collection de petites cuillères est une collection de souvenirs rangés dans une housse de parapluie Monoprix à motifs bariolés et posée sur le meuble de l'entrée. Elles dorment en vrac et je me garde bien de les inventorier. Peu importe laquelle, elles ont toutes une raison d'être. J'aime qu'Avignon fricote avec Paris, que le café du coin rencontre le lointain, que la cuillère de basse extraction se pavane devant son homologue des beaux quartiers. Lors d'une exposition consacrée à Magritte, j'ai découvert cette toile représentant la tour de Pise soutenue par une petite cuillère de la même taille. Elle menacerait de s'effondrer sans sa béquille argentée. Depuis, je les aime encore davantage. Je me dis qu'il en va de l'équilibre du monde. Il faut bien quelqu'un pour ramasser les petites cuillères qui elles-mêmes ramassent les gens. Il faut un préposé à la petite humanité. Un serviteur des oubliés.

Je viens d'empocher celle du Café de Flore, considérant qu'elle est incluse dans le tarif, quand je m'adosse au mur en face du 26, rue Saint-Benoît. Des touristes vont et viennent devant la carte de la brasserie tandis que les serveurs en tablier blanc font voltiger des plats au-dessus de leur tête. Fini l'époque où se mêlaient les stars et les types au RMI, les écrivains sortant des grandes maisons d'édition et les habitués, où les places à côté de la caisse étaient réservées aux VIP et où les parents sirotaient des cocktails en terrasse pendant que leurs gosses dansaient, juste à côté, au Montana. Fini les Belmondo et les Bernard Tapie. Il ne reste plus que ces grappes d'étrangers agglutinés sur le trottoir avec des perches à selfies. Une frite tombe sur le bitume. Deux femmes élégantes se demandent si le Louvre est par ici ou par là. Un petit garçon pleure parce qu'il n'a pas le droit de manger un caillou. L'immeuble de Yann Andréa est désormais encastré entre une chocolaterie Ducasse et un restaurant coréen, entre deux mondes, celui des autochtones invisibles et celui des perches à selfies. Je rêve : si jamais quelqu'un poussait la porte, peut-être que…

Ses rares amis à être entrés m'ont décrit une pièce de 20 mètres carrés au mobilier sommaire et dépareillé avec une étagère presque vide, une table de bistrot offerte par le Flore, un fauteuil en bois et un espace cuisine comprenant juste un réchaud. Je sais que le lit, une place, se trouve tout de suite contre le mur de gauche, perpendiculaire à la fenêtre. Je sais que Yann Andréa avait affiché la reproduction d'un tableau de Rembrandt. Lequel ? Comme personne ne s'en souvenait, j'ai passé des heures à inventorier les toiles du peintre pour deviner. Était-ce *Le Christ dans la tempête sur la mer de Galilée* ? Pendant que Yann sombrait dans le Trou, y avait-il, au-dessus de sa tête, un bateau pris dans des flots enragés, une voile blanche gonflée de vent que tentaient de maîtriser des apôtres paniqués ? Ou le visage de Rembrandt jeune ou vieux qui le veillait dans un clair-obscur ? J'aimais bien l'*Autoportrait avec béret et col droit*, datant de 1659, l'un des rares portraits où le peintre, front plissé et moue indéchiffrable, regarde vers la gauche, selon un expert qui y décèle « les tensions d'une vie composée de triomphes créatifs et de revers personnels et financiers ». Cela me semblait tout à fait adapté.

Le 30 juillet 1998, après avoir prononcé au téléphone « C'est Yann », je suppose qu'il est resté un long moment assis sous Rembrandt Vieux. Sa mère Andréa et Pierre, son beau-père, ont aussitôt pris la route depuis Agen. Ils ont roulé toute la nuit et sont arrivés à Saint-Germain-des-Prés dans la moiteur de l'aube. Le Flore était encore fermé. Ils ont grimpé les trois étages et découvert Yann, méconnaissable, agrippé à son sac de linge sale comme à une bouée. Vite, Andréa a extirpé son fils hors du Trou. Vite, elle a refermé la porte sur les cadavres de bouteilles qui masquaient entièrement le sol en tomettes. Et ils ont filé vers Agen. Peut-être se sont-ils arrêtés sur une aire d'autoroute et Yann a-t-il mangé un steak-frites, le regard perdu, les coudes enfoncés dans la table maculée de ketchup. Cette fois-ci, il est tellement épuisé par ses années de réclusion qu'il se laisse faire. Docile, il accepte même que je rajoute dans le décor quelques ballons gonflés à l'hélium et un présentoir de cartes postales. Je pourrais en profiter pour lui acheter un passe Navigo mais il ne faut pas exagérer. À 16 heures, ils sont arrivés dans la maison de la rue Lacour, dans un quartier pavillonnaire, entourée d'autres maisons identiques. Ça, j'en suis sûre parce que j'ai vu des photos sur Google Maps.

Un homme d'une vingtaine d'années avec une trottinette à la main se plante soudain devant la porte. Pas celle de la rue Lacour mais du 26, rue Saint-Benoît. Il tape le code et s'engouffre dans le hall. Dans l'entrebâillement apparaît ce monde que j'ai tant fantasmé. Sans réfléchir, je bondis à sa suite. Au niveau des boîtes aux lettres beiges, j'attrape la grille en fer forgé qui menace de se rabattre et j'entre chez Yann Andréa. Le jeune homme monte les escaliers d'un bon pas. Je l'imite, sidérée par mon audace. À chaque marche, je redoute qu'il ne se retourne et mette fin à la mascarade : « Qui êtes-vous ? Que voulez-vous ? » Mais la trottinette ne mollit pas. Nous dépassons le premier étage et rien ne semble l'arrêter. Comme si le temps m'était compté, je dicte à un greffier imaginaire : immeuble haussmannien, escalier en colimaçon, tomettes, deux portes vert d'eau ou vert-bleu – à élucider – par palier. Deuxième étage : poignées rondes et dorées, sonnettes électriques, œil-de-bœuf. C'est décidé, au troisième, je m'arrêterai devant la porte de Yann Andréa et je ferai semblant de chercher mes clés, le temps que le jeune homme disparaisse. Je n'en reviens pas de monter ces escaliers, ceux qu'il descendait le soir en catimini pour acheter ses cigarettes, j'aimerais leur trouver une particularité, n'importe quoi. Mais tout ce que je remarque, c'est qu'il n'y a pas, comme chez moi, de fissures qui grimpent jusqu'au plafond et menacent de fendre l'édifice en deux.

La roue arrière percute ma cuisse sans bruit, dans une molle collision. Immobile devant la porte vert d'eau du troisième étage, le jeune homme cherche ses clés. J'en oublie de chercher les miennes. À la place, dans un torrent de mots, je lui raconte tout. Mais il n'a jamais entendu parler de Yann Andréa, dernier compagnon de Marguerite Duras, mort dans son appartement, un jour « non établi » de juillet 2014. La seule histoire affreuse dont il a connaissance est celle d'un ancien DJ des Bains Douches qui a subi le même sort à l'étage au-dessus. Bien sûr, je peux entrer, m'invite-t-il. En avançant dans la pièce baignée de soleil, je songe à toutes les péripéties, aux rendez-vous manqués et à l'étrange sentiment que Yann me communiquerait un jour quelque vérité. Deux fenêtres donnent sur le mur en pierre des voisins. Je laisse mon regard buter au même endroit que le sien, sur les anonymes de Saint-Germain-des-Prés et leur balcon en fer forgé. En faisant craquer le parquet, je redeviens la petite fille sous l'édredon qui pense qu'on peut vivre avec des personnages, celle qui n'a jamais su démêler les histoires de l'amour et croit que tout est bien qui finit bien. À l'intérieur, j'ai l'impression que rien n'a bougé. Il y a toujours un fauteuil en velours rouge avec deux grands accoudoirs. Une table avec un plateau de marbre. Le lit simple est sur le côté gauche, perpendiculaire à la fenêtre. Yann repose en dormeur tout habillé. Il me semble entendre son léger claquement de lèvres quand il se tourne. Au mur, les grands yeux noirs de Duras lui disent : « Vous êtes le cas désespéré de mon dernier amour. »

Le souffle paisible, il traverse le paysage ensoleillé, le silence et les rideaux blancs, indifférent à l'injustice de l'oubli. Assise sur le rebord de son lit, je lui fais le « petit peu » – chez moi, on ne dit pas « la converse » mais le « petit peu » pour désigner les chuchotements dans l'obscurité, les minutes volées à la nuit. Je lui susurre comme Italo Calvino : Vous savez, Yann, vous êtes « quelqu'un qui par principe n'attend plus rien de rien. Il y a tant de gens, plus jeunes et moins jeunes, qui passent leur vie à attendre des expériences extraordinaires ; qu'elles viennent des livres, des personnes, des voyages, des événements ou de ce que les lendemains réservent. Vous non. Vous savez que ce qu'on peut espérer de mieux, c'est d'éviter le pire ». Je lui lis *Martin Eden*, la mort de Martin Eden comme la sienne : « Il y eut un long grondement, et il lui sembla glisser sur une interminable pente. Et, tout au fond, il sombra dans la nuit. Ça, il le sut encore : il avait sombré dans la nuit. Et au moment même où il le sut, il cessa de le savoir. » Il m'écoute les paupières closes.

Depuis la rue, on entend le tumulte du quartier. Les voisins sortent dans un claquement de porte. Les scooters rugissent en passant. Je veux me souvenir de tout : la salle de bains avec la serviette encore humide, le pot de crème Nivea, la mousse à raser, l'étendoir à linge rangé dans la douche, les carreaux de faïence bleue, le paquet de coton fixé à une patère adhésive, le pain de mie Harrys, la bouilloire électrique rouge, le nain de jardin posé à côté de l'évier, les six mandarines dans la corbeille de fruits, la spatule en bois dans le pot à ustensiles, le coq en porcelaine aux couleurs criardes, la plante à fleurs roses, le plateau argenté, le cendrier en cristal, les deux télécommandes, le porte-lettres qui ne porte rien, la photo en noir et blanc représentant deux pommes, le bout de rideau blanc relevé, le paquet de cigarettes sur le lit, le gros coussin en velours avec des pois, la veste sur le dos de la chaise, le grand miroir et le plus petit, le tee-shirt en boule. Je regarde encore l'homme à la cravate coccinelles et aux pieds nus, toujours au bord d'écrire ou de ne pas écrire. L'homme atlantique qui, comme T., est « resté dans l'état d'être parti ».

Un été de pluie et de vent, l'errant de festival en festival de cinéma m'a laissée seule avec lui. Quelques jours après avoir fait rouler sa valise dans le couloir dans cette scène d'éternel ralenti, alors que j'étais allongée sous le tableau de l'oiseau vert avec le ventilateur en position 1, il m'avait envoyé un lien vers le film de Claire Simon. Je me souviens maintenant de la phrase manquante. Elle disait : « Ça parle d'amour et d'écriture, je crois que ça va te plaire. »

En repartant, je prends le temps de me promener dans la minuscule cour intérieure de l'immeuble, je flâne dans le hall. J'ai l'impression que l'air est doux, je m'attends à voir des pots de menthe anglaise sur le rebord de la fenêtre. C'est en lisant le nom de Jean Mascolo sur la boîte aux lettres beige que je comprends. Gauche. Troisième étage, gauche. Pendant quelques secondes, je reste figée, incapable de décrocher les yeux de l'étiquette. Et puis d'un coup, j'entends un rire qui se déploie jusqu'au plafond, qui cogne contre la grille en fer forgé, qui monte en spirale dans les escaliers et toque aux portes vert d'eau. C'est un rire de petite fille, de naïve, d'inconsciente, de téméraire. Je me suis trompée d'appartement mais cela n'a aucune importance. Pendant ces quelques minutes où j'ai veillé Yann sur son lit perpendiculaire à la fenêtre, où je lui ai tenu la main tandis qu'il reposait les paupières closes, j'ai compris que l'âme c'est le souvenir qu'on laisse dans le cœur des gens, un ondoiement, un friselis, une petite cuillère.

Deuxième partie

« Le client : Dieu a fait le monde en six jours, et vous, vous n'êtes pas foutu de me faire un pantalon en six mois.

Le tailleur : Mais Monsieur, regardez le monde et regardez votre pantalon. »

SAMUEL BECKETT, *Le Monde et le pantalon*

1

Petite petite cuillère

Iris aime les petites cuillères quand elles sont vraiment petites. Pas celles qui se revendiquent au bon format uniquement par la grâce du nom. Non, les vraies « petites petites cuillères » capables d'accomplir leur noir office dans une exquise discrétion. À peine un tintinnabulement. Certes, Iris ne sucre jamais son café mais chaque matin, quand il dresse la table du petit déjeuner avant de partir travailler, Jean-Philippe, son compagnon, prend soin de choisir une petite petite cuillère dans le tiroir en bois. Et chaque matin, Iris songe à la chanson de Julos Beaucarne qu'elle écoutait quand elle était petite (petite) dans l'album *L'Enfant qui veut vider la mer*. Un valeureux petit garçon écope l'immensité avec une petite cuillère quand un saint rabat-joie passant par là tente de le décourager : y a rien à faire, gamin, n'essaie même pas, c'est aussi vain que de compter les brins d'herbe ou de vouloir attraper les cheveux du soleil. La façon dont Julos Beaucarne prononce le mot « cuillère », un peu comme « cueillette », ravit Iris.

Dans sa cuisine, elle fait bouillir de l'eau dans une cafetière italienne dont s'échappe un sifflement rauque. Elle a disposé deux tasses ornées du logo du Café de Flore que Joséphine, la chatte, enjambe avec désinvolture. Ses pattes frôlent le vase contenant de grandes fleurs violettes, son corps noir contourne deux citrons et s'apprête à fondre sur la brioche quand Iris l'attrape en riant. Elle l'enroule autour de son cou comme une écharpe puis sort de son sac une tabatière dorée, du papier filtre ainsi qu'une machine bleue dotée de deux rouleaux compresseurs miniatures. C'est la première fois que je la vois faire ce geste qui deviendra si familier. Iris roulera en terrasse de cafés, elle roulera à cette table ou sous les grands arbres de la place en bas de chez elle. Elle roulera par ciel gris, par pluie fine, par vent d'est et grand soleil. La feuille de la marque Zig-Zag passe dans la machine bleue. Et les grands yeux d'Iris, de la même couleur, se marrent tandis qu'elle chante Julos Beaucarne. Marguerite était une fleur qui n'aimait pas son nom. Iris aime beaucoup le sien.

Nous nous sommes rencontrées deux mois plus tôt, dans un café parisien. Ce matin d'hiver, Iris était installée dans un coin de la terrasse, mince silhouette au foulard de soie, perdue dans le vacarme des conversations. Afin que je puisse la reconnaître, elle m'avait précisé dans un mail qu'elle était brune avec des cheveux ramassés en chignon. Elle aurait pu ajouter qu'elle avait le teint hâlé, les pommettes saillantes, une beauté sauvage avec des mèches de cheveux gris-brun qui lui balayaient le visage. Sous la chaleur des calorifères, elle entrecoupait nos présentations timides de tout un tas de cadeaux qu'elle sortait de son immense sac à la manière d'une Mary Poppins. Elle m'avait apporté des croquants aux amandes qu'elle avait cuisinés puis empaquetés dans un sachet de boulangerie, une nouvelle édition de *Cet amour-là,* encore sous son blister et deux livres de Pascale Lemée, la sœur de Yann, morte en 2021 : *À tête reposée* et *Comme on se ressemble, j'ai pensé.* Iris vivait dans le Sud mais elle était de passage à Paris pour disperser un peu des cendres de Pascale sur la tombe du cimetière du Montparnasse afin qu'elle soit près de son frère. Elle avait longtemps repoussé l'échéance, désormais il était temps. Sa voix était douce et précise comme une petite fille qui récite un poème. Pourtant, je notais comme une damnée sur mon cahier bleu, terrorisée à l'idée de manquer un mot. J'en ai sans doute manqué plein. En le relisant, je trouve que les phrases n'ont plus la même grâce, elles ne restituent pas les légers tremblements du timbre, l'émotion sur le fil. Sauf peut-être les premières : « De Yann, je ne sais presque rien mais Pascale, c'était ma bien-aimée. Pascale, c'est une amitié de trente ans qui m'a transformée. Elle m'a fait comprendre ce qu'est écrire. »

Pendant plus de deux heures, Iris a évoqué la cadette de Yann qui lui ressemblait tant qu'on les confondait. Comme son frère, Pascale avait dédié sa vie à la littérature. Comme son frère, elle était morte très jeune, à 56 ans, dans une solitude absolue. Après avoir fait croire à ses proches qu'elle était partie en Israël pour une résidence d'écriture, elle s'était lentement effacée. Israël ça aurait pu être la Creuse, la Thaïlande, un emploi dans une banque ou dans un centre aéré, ça n'aurait rien changé, disait-elle. Pascale sortait à peine de sa chambre de bonne de la rue Dulong, dans le 17e arrondissement de Paris : le bureau de tabac de la rue de Lévis, le marchand de fruits de la rue Cardinet, le magasin d'alimentation du square des Batignolles, l'opticien de la rue Legendre. C'est tout. Elle envoyait des mails à sa mère, Andréa, décrivant une vie fantôme à Haïfa, météo à l'appui. Seule Iris était dans la confidence et savait qu'elle était cloîtrée dans cette petite pièce au huitième étage sous les toits, qu'elle écoutait Chopin jusqu'aux larmes, qu'elle enchaînait les cafés noirs, les cigarettes et les Xanax, qu'elle écrivait des textes qu'elle ne ferait plus lire à personne.

En juillet 2021, au milieu de la nuit, Iris a reçu un appel de l'hôpital Bichat. Un médecin lui a annoncé que Pascale était gravement malade. Dans une même phrase, il a ajouté qu'elle était morte, qu'elle avait laissé un ordinateur et un testament pour elle. Quand Iris est entrée dans la chambre de la rue Dulong, tout était impeccablement rangé. Le petit frigo avait été retiré. Les affaires stockées dans des cartons. Sur une ardoise dans la cuisine, à la place de la liste de courses, il était inscrit « Rien ». Avant de mourir, Pascale avait laissé un agenda sur lequel elle avait noté de son écriture illisible des adresses pour l'envoi de faire-part. Ainsi que des boîtes entourées de scotch, destinées à ceux qu'elle avait aimés. Elles contenaient des mots, des objets, des photos, parfois, un bocal. Dans celle d'Iris, il y avait les cendres du décor de sa première pièce, *Destination départ,* et les mégots dorés de ses cigarettes. Iris était restée longtemps dans cet appartement minuscule que Pascale n'aura jamais quitté depuis son arrivée à Paris en 1986. Les toilettes étaient sur le palier. L'hiver, il faisait froid à en crever, le chauffage ne marchait pas.

Cela faisait des heures que nous étions sur la terrasse, trempant à peine les lèvres dans nos cafés froids. Mon stylo-plume était couché sur la tranche du cahier bleu comme un oiseau exténué. Nous allions en venir à la chute. Je le savais. « Dans cette famille, on peut se laisser mourir, a prononcé Iris. Yann a fait ça, il s'est laissé mourir. » En juillet 2014, elle était entrée avec Pascale au 26, rue Saint-Benoît, porte de gauche ou de droite, cela n'a plus d'importance. Iris ne se souvenait plus si le lit était perpendiculaire à la fenêtre ni ce qu'il y avait sur les étagères, mais elle était encore marquée par cette « œuvre » formée de cadavres de bouteilles et d'emballages en tous genres. Un paysage sans appui ni repère, « un bloc de sensations », comme dirait Deleuze. Tous les meubles étaient recouverts d'une épaisse couche de crasse, ils étaient noyés sous les reliques de repas. De ce tombeau de déchets, Pascale avait réussi à extirper une table du Café de Flore et quelques cahiers.

J'étais repartie de notre rendez-vous un peu flottante sous le ciel gris. La vie de Yann Andréa ne m'apparaissait plus comme une rumeur lointaine et lacunaire, elle se rapprochait soudain. Elle se teintait de nouvelles couleurs et d'autres visages. Il y avait cette sœur presque jumelle, elle aussi enfermée dans sa tour d'ivoire. Pascale qui se demandait : « Est-ce que je dois écrire l'unique phrase ou la phrase unique ? », Pascale qui avait une mémoire extraordinaire et une obsession de l'amour absolu, Pascale qui avait été brûlée par le refus de son dernier manuscrit, *Le Chagrin millénaire*, en 2005, et n'avait plus jamais publié. Il y avait cette fin aux airs d'apocalypse intérieure. Il y avait encore beaucoup de questions.

Quelques semaines plus tard, pendant mes vacances, je suis retournée voir Iris chez elle. L'air de rien, elle m'avait dit : « Après sa mort, j'ai récupéré chez Pascale quelques archives appartenant à Yann. »

Dans sa cuisine toute de fruits et de fleurs, tandis que Joséphine dort la tête nichée dans son cou, elle repose sa petite petite cuillère.

« J'ai tout remonté de la cave. J'ai arrangé comme j'ai pu… Tu sais, pendant longtemps, je n'ai pas pu y toucher.

— Tu es sûre que ça ne t'ennuie pas que je regarde ?

— Non, non je te fais confiance. C'est dans la chambre rose, tout au bout du couloir. J'ai allumé le chauffage.

— Je peux rester un peu ?

— Évidemment. Tiens, ce sont les clés de l'appartement. Garde-les. Comme ça tu peux venir quand tu veux, même en mon absence. Je t'avertis, Joséphine risque de te tenir compagnie… Et si tu achètes des choses sucrées, il faut les cacher dans le micro-ondes sinon elle dévore tout ce qui traîne. »

2

La chambre rose

Le 31 juillet 1998, pour le dîner, Yann Andréa mange du crabe et des pommes de terre. En dessert, il se sert une tranche de pastèque. Cette fois-ci, ce n'est pas une lubie de l'acharnée du réel qui tient mordicus à l'envoyer sur une aire d'autoroute, ni de la grande écrivaine qui, après avoir exténué son personnage de colline en colline, après l'avoir trop aimé et trop détesté, lui accorde enfin un répit. C'est lui qui l'écrit. J'ose à peine feuilleter le cahier en lambeaux de peur qu'il ne se délite. La couverture a disparu. Les pages ne tiennent ensemble que grâce à la colle de la reliure. Au stylo noir, Yann Andréa a noté : « 30 juillet, départ pour Paris avec Maman et Pierre », « voyage autoroute », « 16 heures Agen, bain, douche ». Puis une liste d'achats de première nécessité : « Brosse à dents, déodorant Vichy sans alcool, mousse à raser, savon Cavaillès. » Sorti du Trou de la rue Saint-Benoît, étendu sur un transat en terrasse, il croque dans une pastèque gorgée d'eau. Tempête et soleil, Yann est revenu !

J'avais perdu sa trace depuis qu'il s'était allongé dans le studio de la rue Saint-Benoît avec pour tout visiteur un livreur de couscous et de rouleaux de printemps et pour tout projet un sommeil éternel. Plus d'articles de presse, plus de récits de sa vie. Plus rien. Marguerite Duras était morte, Yann Andréa s'était éteint. Je tourne les pages du cahier comme les aiguilles d'une montre. Jour après jour, heure après heure, avec la rigueur de ces appareils qui monitorent les battements du cœur, il tient le journal de sa résurrection. « Voir téléphone », « voir banque », « voir médecin », « poids ? ». Le samedi 1er août, il pleut des cordes et dès le réveil, il avale un Prozac. À midi, sur la terrasse, il mange des épinards (« épluchés ») avec du foie de veau. Le 2 août, « Prozac n° 2 », « arrivée du Tour de France », il dîne léger : haricots verts et salade de fruits. Le 3 août, il appelle France Télécom. Le service client l'informe que sa ligne a été restreinte pour non-paiement. Il tente de joindre sa banque, le « Crédit A », qui ne répond pas car c'est fermé le lundi, selon le message d'accueil. « Rappeler demain Crédit A. » Après avoir mangé une salade de lentilles et du bœuf en gelée, il cherche la fréquence de France Musique sur le poste de radio Sony. « Ciel rouge et rose, longue traîne, soleil sur le mur. » Son écriture court ainsi sur des centaines de pages : « Après-midi terrasse, soleil, parasol, journaux, conversations », « ratatouille exquise », « bain ». À l'image de son corps engourdi par les mois d'enfermement, alourdi par des kilos de couscous et de plats montés par le livreur, elle devient, au fil du temps, plus légère. Les lettres semblent plus assurées. « Terrasse, douceur, étoiles, pleine lune », « temps délicieux » « FM : *La Bohème*, Puccini », « chaleur longue à se dissiper », « coiffeuse ici 55 F !!! ».

Le cahier est rangé dans un de ces meubles en plastique sans attrait mais très pratique que l'on trouve dans les magasins d'ameublement. Un peu comme celui dans ma chambre (colonne de droite, mes culottes, colonne de gauche, mes chaussettes). Je distingue par transparence des dossiers de couleur, des agendas, d'autres cahiers et des piles de feuilles. Toute une vie entassée à ras bord. Dans cette pièce aux murs roses – qui fut la chambre de Loulou, la fille d'Iris, avant qu'elle ne quitte la maison –, le cube deux colonnes trois tiroirs semble aussi incongru que le cinéma Lux au milieu du paysage pavillonnaire. Autour de lui, la décoration est ancienne, pleine de cachet et de poésie. Il y a une grande armoire en bois de style Art déco, un fauteuil club aux bras élimés, un écureuil étonné sous une cloche de verre et de grands papillons bleu et jaune. Sur le buffet, une plante à fleurs roses colonise un globe terrestre. Juste à côté est exposé un livre sur la faune des îles Kerguelen. Les murs sont décorés de vieilles gravures animalières représentant des kangourous, des oiseaux et des lapins.

Au creux de l'intimité d'une jeune fille inconnue que j'imagine en adolescente exploratrice, je me sens comme ce chercheur de métaux amateur qui a exhumé neuf médaillons en or sur une île de Norvège. La « trouvaille du siècle », selon les experts. Erlend Bore, c'était son nom, n'était pas très en forme – lui non plus –, alors son médecin lui avait recommandé de faire de la marche. Pour égayer ses balades dans les montagnes, il avait acheté un détecteur de métal. Un jour, les bip bip bip de l'appareil étaient devenus complètement fous. Agenouillé sur la terre battue par le vent, ressentant à peine les élancements de sa maudite jambe, Erlend Bore avait déterré neuf médaillons décorés de chevaux de la mythologie nordique, croyant d'abord qu'il s'agissait de pièces en chocolat. « C'était totalement irréel », avait-il déclaré. Penchée au-dessus du trésor deux colonnes trois tiroirs, j'ouvre moi aussi des yeux ronds. Contrairement à ce que je pensais, les émissaires en collant acrylique d'Aquitroc, « société de déménagement après décès », n'avaient pas rendu Yann Andréa au néant. Ses archives avaient résisté à l'oubli. Elles avaient traversé les années en catimini, sauvées du désastre de la rue Saint-Benoît pour être entreposées, bien à l'abri, dans la chambre rose. Ni les jonquilles sur sa tombe ni le temps n'étaient parvenus à l'effacer. Le fantôme en cravate coccinelles patientait sagement dans des tiroirs en plastique à couvercle gris. Quel extraordinaire retournement !

J'attrape une pochette marron aux bords élimés sur laquelle il est inscrit au feutre noir « YA 1978 ». Sur les premières pages dactylographiées, le titre se détache en italique : *Douleurs exquises*. Revoilà l'étudiant de la rue Eugène-Boudin, bougies et fleurs séchées. Yann Lemée, amoureux de F., de Duras, de Barthes et de Bénédicte. Le premier poème du recueil est intitulé « Riens ». « Pour ainsi dire, ainsi dire. Un si : oui rien. » Il comporte de jolis vers comme « miteuse moire de sa mémoire ». Ou encore « cliquetis du soleil, légèrement l'œil cligne ». L'exergue ressemble à un dilemme, toujours le même : la dame de la rue Saint-Benoît ou le professeur de la rue de Tournon ? Yann Lemée ne choisit pas, il cite une phrase très alambiquée de Roland Barthes sur le sujet humain qui suspend son énonciation sans l'abolir. Puis une autre de Marguerite Duras qui décrit des larmes coulant sur un visage aux traits immobiles, des voix évoquant la chaleur et le désir.

Dans les autres compartiments sont rangés une vingtaine de carnets de toutes les tailles et de toutes les marques. Ce sont des journaux de la vie qui passe, de la couleur du ciel, des « je me souviens de Ploum ploum tralalala » à la Perec. Je déplie le permis de conduire rose tombé à mes pieds. Il a été délivré par le sous-préfet de Rambouillet, le 15 novembre 1982. Revoilà le « Robert » Hinault de l'été 1982 à Neauphle, celui qui, dans les carnets de Michèle Manceaux, prenait des leçons de conduite et attachait la bride des sandales de Marguerite Duras. Bientôt l'écrivaine entrera à l'hôpital de Neuilly pour la cure de désintoxication, bientôt ce sera le désespoir, les éclairs au chocolat et la chasse aux hippopotames avec un parapluie. Des tiroirs, j'extirpe des lettres et des cartes postales, des photos en noir et blanc et en couleurs, le disque de *Capri c'est fini* (version non signée « Adieu Yann, pour toujours. Marguerite »), des manuscrits, des contrats, une grande affiche un peu kitsch avec des photos du couple et des légendes en chinois. « C'est complètement irréel. »

Mon engouement pour les « détectoristes » a commencé quelques années plus tôt, lors de vacances de Noël en Italie. Avec T., nous étions dans la maison de campagne flottant au-dessus des champs d'oliviers. Des trombes d'eau s'abattaient contre les carreaux dans une lumière nuageuse de fin du monde. Serrées l'une contre l'autre sur le canapé, nos silhouettes formaient une masse de plaids et de laine aussi ronde que le panettone que nous grignotions. Nous enchaînions avec délectation les épisodes de la série *Detectorists* dans laquelle deux doux illuminés arpentent la campagne anglaise munis d'appareils de détection de métal qui bipent à la moindre babiole enfouie. Lance a le cœur brisé et la bouille d'un tendre droopy. Andy, grande tige indécise, est secoué de tremblements de trouille à la moindre décision à prendre. Ensemble, ils fouillent des mottes de terre d'un air pénétré avant d'en extraire inéluctablement de vieilles languettes de canette. Chaque semaine, ils étalent leur butin – boutons et languettes de canettes, donc – sur la *finding table* de leur club de « détectoristes » amateurs. Une fois tout de même, ils trouveront un fer de lance médiéval (c'était en fait un bout de barrière rouillée). Les plans en contre-plongée où les deux arpenteurs avancent dans un champ de boue en tenues militaires, leurs moues de déception ou encore la dégaine du tandem de « détectoristes » rivaux, incarnés par des sosies de Simon and Garfunkel, m'arrachaient des fous rires. Tout était un délice de lose et de poésie. Lors de leurs virées, Lance et Andy restaient des plombes assis sur le tronc d'un vieux chêne à deviser au sujet des tuiles de la vie sur terre, plus nombreuses que les possibilités de l'or sous terre. Ils ne trouvaient rien mais ils étaient heureux de chercher. Conquérants de l'inutile. Philosophes de la déroute, se consolant mutuellement. Les archéologues réunissent des faits, ils reconstituent des puzzles et déterminent comment nous avons vécu. Les « détectoristes », eux, « exhument les souvenirs épars, les histoires. Ils remplissent la personnalité ». Au fond, nous n'étions pas très différents.

Dans la chambre, face au meuble deux colonnes trois tiroirs, je claudique comme Erlend Bore, je pleure comme Lance, je chante comme Andy la beauté d'un arbre dans le brouillard. Je déterre encore et encore des reliques que je pose sur ma *finding table*, l'édredon rose. La carte d'étudiant de l'université de Caen 1977-1978 avec cette photo où, lunettes rondes et épaisse moustache, Yann Andréa ressemble à Marcel Proust. Le passeport où il pose, très sérieux, dans un costume noir avec les cheveux coiffés en arrière. Je regarde la date de naissance (24 décembre 1952), la taille (1,80 m), la couleur des yeux (marron), la signature (Yann Andréa en toutes lettres), le tampon de la préfecture de police de Paris (06). Incrédule, je réalise que l'enfant aux yeux gris a bien existé, qu'il a des documents d'identité. La monitrice est là, elle aussi. Je reconnais son écriture familière, les *e* qui avalent les *s*, les mots légèrement penchés comme caressés par la brise. Duras se marre dans son tiroir. Elle nous a encore bien eus, elle qui a toujours affirmé n'avoir envoyé qu'une seule lettre au jeune étudiant breton. Une seule entorse à cinq ans de silence. C'était en février 1980, affirmait-elle…

Lettre de Marguerite Duras, le 1er mai 1976, Paris
Tiroir 2, colonne de droite

Yann Lemée, j'avais reçu votre lettre – aucune réponse n'était possible – je viens de la relire, je la relis encore, je ne peux vous répondre. Je peux vous dire seulement ceci : je viens de finir India Song *bis (titre :* Son nom de Venise dans Calcutta désert*) et que c'est là pour moi une chose énorme, qui me dépasse complètement et à partir de quoi, je ne sais plus où je vais. Vous êtes le seul que je prévienne de cette importance et à qui j'annonce la nouvelle. Duras*

3

Conquérant

À Agen, dans une maison qui ressemble aux autres maisons du quartier avec son crépi beige et sa terrasse entourée de grillage, Yann remplit consciencieusement ses cahiers d'écolier 96 pages, grands carreaux, de la marque Conquérant. Il entremêle le chaos du monde avec les heurts du quotidien, les inondations en Chine avec la ratatouille de midi, la phrase de Malaparte « le soleil est aveugle » avec le menu du dîner – daurade (« striée ? »), chou-fleur, reines-claudes et melon –, la mort de Julien Green avec l'anniversaire de sa sœur Pascale qui fête ses 34 ans. Pour l'occasion, un grand dîner est organisé par Andréa. Il met du parfum (« Jazz de chez Saint Laurent ») et se délecte de langoustes grillées (« du sultanat d'Oman ») suivies d'une coupe glacée avec des fruits (« frais »). Le tout arrosé de champagne, de vent et de « douceur exquise ». L'été glisse sur un quotidien bien réglé, la chaleur entame à peine la régularité métronomique des gestes. Yann balaye la terrasse, change les pots de fleurs de place, il fait des siestes et prend de longs bains en écoutant Ravel ou Beethoven. À peine a-t-il fini de déjeuner (« filet de poisson en papillote ») qu'il se lance dans la confection d'un navarin de courgettes. Parfois, il soupire : « No body, no phone, no letters today. » Je l'imagine boitillant devant le laurier-rose – « coup de soleil sur le pied ! » – ou patientant fébrilement près du téléphone parce que, cette fois-ci, c'est sûr, le Crédit A va rappeler. Le tragique de sa convalescence se teinte du burlesque d'un nouveau-né de 45 ans, pataud et appliqué, décortiquant chaque mouvement pour ne pas trébucher. Parfois, un demi Lexomil précède la purée (« maison ») accompagnée de saucisse (« de Morteau »).

Le soir, il regarde *Bagdad Café, Chacun cherche son chat* ou encore *Le Comte de Monte-Cristo* à la télévision. Il lit en fumant *Celui qui ne m'accompagnait pas* de Maurice Blanchot ou les *Pensées* de Pascal dont il relève cette citation : « La nature de l'homme n'est pas toujours d'aller, elle a ses allées et venues. » À minuit, dans son lit, le drap collé à la peau par la moiteur de l'air, il se demande : « Comment ne rien faire sans peser à soi et aux autres ? » Puis il éteint la lumière. Alors seulement, dans cette obscurité totale, au cœur d'une nuit sans spectateur sinon quelques étoiles, jaillit la première personne : « Je dors. » Cette minuscule et fascinante petite phrase, tout aussi impossible à prononcer qu'un « je suis mort », représente la seule activité qu'il consent à endosser personnellement. Parce qu'il est un double fantôme, un as en la matière, Yann Andréa a aussi réussi à disparaître de son propre journal. Il s'est effacé comme il a effacé les autres. Sa mère, Andréa, ou Pierre, son beau-père, n'existent pas, sauf au moment où ce dernier achète un « cèpe énorme ». Ils sont des ombres que l'on devine parfois, tapies entre deux phrases. Du cahier Conquérant plongé dans le silence s'échappent seulement *La Bohème* de Puccini ou la musique d'attente du Crédit A.

Yann mange. Musique lente. Ah ça oui, il mange. Musique qui s'accélère. Du céleri rémoulade et des sardines grillées avec pommes de terre au four, des fraises et des figues, du museau vinaigrette, du porc « exquis », des haricots verts, du caviar d'aubergines, des chaussons aux pommes, du poisson en papillote, du chou-fleur, du gâteau au chocolat, une omelette aux cèpes, des côtes d'agneau avec des flageolets, du fromage blanc, des fraises pochées, une pomme, un melon, un bouillon de pot-au-feu, une sole (« exquise »), du mulet avec des poireaux, de la tête de veau, des pommes de terre en robe des champs, de la tarte aux poires, de la ratatouille (« exquise »), des cuisses de poulet, un quatre-quarts, des anchois escabèche, des pois chiches à la libanaise, du houmous, du concombre au fromage italien, des moules, des tomates, des petits-suisses (« de Saint-Malo ») à la confiture de mandarine (« de Corse »). Plus vite encore : une soupe de légumes, du jambon d'Espagne, de la salade cuite, des fraises, une épaule d'agneau, de la purée de céleri, une compote pommes-fraises, une soupe à l'oignon (« gratinée »), un faux-filet avec des haricots verts (« exquis »), du cantal, de la ganache avec fond croustillant, des côtelettes de porc, de la salade verte, des choux de Bruxelles, du gruyère, du comté, des pruneaux et du yaourt. J'entends *Les Cornichons* à fond sur le tourne-disque du salon et le rythme endiablé. Nino Ferrer, qu'est parti samedi dans une grosse voiture faire un pique-nique dans la nature, a emporté des bouteilles, de la moutarde, du pain, du beurre, des p'tits oignons, des confitures et des œufs durs. Comme quand j'étais petite, mon père entre dans la pièce torse nu avec une veste de costard et prend son élan pour le rock du soir. Ma sœur, billes bleues ravies sous frange brune, valdingue dans les airs au son des cornichons, du corned-beef et des biscottes, des macarons, du tire-bouchon, des petits-beurre et de la bière. Nous dansons comme des dératés jusqu'à ce que nos rires montent avec nous à l'étage pour aller se coucher. On dort.

Jusqu'ici, j'avais collectionné les souvenirs. Je les avais épinglés comme ces grands papillons morphos d'un bleu métallique qu'on appelle iridescent sous le globe de verre dans mon salon. J'avais couru entre les pages des livres et sur la jetée de Trouville, passé des dizaines de coups de téléphone et cherché, dans les interstices de la narration durassienne, les témoins de l'ombre et les anonymes. Depuis qu'il a surgi d'entre les tiroirs en plastique, l'échelle d'observation a changé. Je suis penchée sur les lignes du minuscule et les fragments de rien du tout. L'éternel « café noir Prozac » de 7 heures à écouter le bruit de la pluie sur le ciment de la terrasse. Le « je dors » triomphal de minuit : « Journée faite, day is out », « nuit avec croissant de lune et étoiles ». Entre les deux, Yann écrit des lettres sur du papier blanc (« 82 grammes ») à ceux qu'il a connus et ceux qui l'ont cherché pendant ces années où il était enfermé dans le studio de la rue Saint-Benoît à avoir envie de se tuer mais ne pas avoir envie de mourir : Fanny Ardant, Claude Régy, Jérôme Beaujour, Irène Lindon, Michèle Manceaux, Paul Otchakovsky-Laurens, Albert Dichy. Et puis F., bien sûr. Il les rassure.

Tout va bien désormais, il est sorti du Trou, il est sur une terrasse à Agen où il fait chaud. Depuis quelques jours, il ose même s'aventurer plus loin que le portail. « Première sortie seul (avec le chien Canel) au square Mailhan. Soleil. Émotion. Aller seul dans la rue. Je parle au chien blanc (paroles avec un monsieur relatives aux coussinets fragiles de sa chienne de 4 ans). » Yann Andréa est redevenu Yann Lemée, l'étudiant désœuvré des Roches noires qui trimballe son corps de la chambre à la baignoire, des coussins du canapé à ceux du lit. Après une parenthèse de seize ans à toute berzingue, après une vie de chauffeur, de secrétaire, d'infirmier, de scribe, d'engueulades et de soupe aux poireaux, il est à nouveau un jeune homme qui erre dans un été trop grand. Il est passé du Mandrax au Prozac.

4

Sainte Marguerite

Quelques jours après avoir découvert la chambre rose, je me suis installée dans un appartement près de chez Iris. La fenêtre donne sur une rue pavée où cohabitent une librairie, une très belle académie de billard avec des lampes en opaline verte ainsi qu'un restaurant de couscous. Dès l'aube, je suis réveillée par les bruits de la ville qui s'étire. Au son de la clameur du jour, je fais mon paquetage pour l'autre monde – mon ordinateur, mon cahier bleu et un déjeuner attrapé à la boulangerie – puis je remonte la grande artère dans le tumulte des klaxons. Iris vit en haut d'une côte, dans un immeuble ancien avec une lourde porte en bois. Il faut encore monter un escalier en tomettes jusqu'au sixième étage et traverser une jungle de plantes tombantes sur son palier. Grâce à la clé qu'elle m'a confiée, j'entre dans le couloir plongé dans un calme inconnu. L'intérieur d'Iris lui ressemble, c'est un mélange de sauvage et de candeur, d'objets chinés et dénichés dans des vide-greniers, de grands coquillages, de branches d'arbres et d'œuvres d'art. Sur la table en bois de la cuisine, chaque matin, je découvre une fleur nouvelle dans le vase. Une naufragée de fin du marché sauvée par Iris, ramasseuse officieuse des pétales oubliés, ou par Jean-Philippe, ramasseur officiel (il est jardinier).

J'aime immédiatement cet appartement à l'atmosphère encore étrangère mais à l'univers familier, cette chambre de conte de fées devenue la nouvelle demeure des jumeaux maudits de l'écriture. Dès que je jette mon manteau sur le fauteuil club en cuir – un modèle similaire à celui sur lequel Marguerite Duras avait installé l'homme atlantique qu'elle trouvait trop empoté lors du tournage d'*Agatha et les lectures illimitées* –, je ressens une joie indéfinissable. Il n'y avait aucune raison que je découvre la chambre rose comme il n'y en avait aucune qu'Erlend Bore, petit garçon qui rêvait de devenir archéologue, exhume neuf médaillons ornés du dieu nordique Odin formant autrefois un somptueux collier. Mais je me plais à penser que Yann Andréa m'a guidée ici avec ses cailloux blancs, qu'il m'a envoyée mille signes – Rallume ta lumière. Prends un billet de train. N'abandonne pas – aux airs d'invitation personnelle. Sous le regard de l'écureuil empaillé dans son globe de verre, je me mets au travail, tiroir après tiroir. J'entre dans les intimités entremêlées de Yann et Pascale. Je fais l'inventaire de ce qu'ils ont laissé et retenu, je cherche leurs visages sur les photos d'enfance jetées pêle-mêle, leurs ombres dans le capharnaüm de notes. Je respecte leurs secrets. J'essaie de ne pas trop les déranger avec mes questions.

Pascale tient aussi son journal sur un cahier d'écolier Messager, grands carreaux, 96 pages. Ses phrases ressemblent à des lignes d'horizon sans heurts comme si elle voulait se faire la plus discrète possible, craignant même de déranger le papier. Lorsqu'elle commence à écrire en 1987, elle a 23 ans. Le même âge que son frère assis au Lux, un exemplaire de *Détruire, dit-elle* dans sa poche. L'âge de l'adoration. Depuis que Yann lui a présenté Marguerite, l'écrivaine en jupe pied-de-poule, la reine de la soupe aux poireaux, la star du prix Goncourt qui affirme dans *Apostrophe* qu'elle boit parce que Dieu n'existe pas, tout l'enchante chez elle. Elle pourrait passer des heures à écouter son rire au téléphone, ses commentaires de guide lorsqu'ils partent tous ensemble en virées à Versailles ou sur les bords de Marne, sa voix malicieuse quand elle propose qu'on aille plutôt manger un gâteau. Elle ne se lasse pas de cette autorité presque enfantine à laquelle on ne peut se dérober. « Je l'aime », écrit Pascale. Plus rien d'autre ne l'intéresse que « M.D. ». « Mais je crois que je dois la quitter, sinon tout comme Yann je serais "dévorée" par Elle. »

Il faut l'imaginer Pascale, à 23 ans, plantée fièrement devant le miroir de sa chambre miséreuse de la rue Dulong, à se jauger dans le tailleur noir qu'elle vient d'enfiler pour passer un casting. Pas si mal. À ce corps qu'elle estime trop dodu, pas assez féminin et qui marche de traviole avec des escarpins, elle répète qu'il est beau tout de même. Pendant des jours, Pascale attend devant un téléphone qui ne sonne pas, ne sonnera peut-être jamais, en écoutant de la musique classique et du Brel. Elle aime une femme qui ne l'aime pas. Elle compte ses sous et se demande si elle réussira un jour à vivre de son métier : « Argent dépensé : un sandwich 9 francs, 1 café 7 francs, 1 chausson 4,70 francs, repas quiche 19,20 francs, cinéma 27 francs, cigarettes 10,10 francs. Total 74 francs.

Je ne juge pas ceux qui veulent "réussir" je ne sais quoi, ni pour qui, ni comment, allez... tâchez de ne pas juger ceux qui comme moi sont déjà si fatigués. »

Au mois de novembre 1987, Marguerite Duras lui envoie un exemplaire d'*Emily L.*, l'histoire de cette écrivaine en lambeaux et de son amant installés dans un café au bord de l'eau, près du Havre. Dans des paysages de désœuvrement maritime, tandis que leur amour n'en finit pas de mourir, ils observent deux autres solitudes : le Captain et sa femme, Emily L. L'amant soupire : « Vous avez inventé pour moi, je ne suis pour rien dans l'histoire que vous avez eue avec moi. » Dans sa chambre de bonne où le froid jaillit d'entre les fissures, Pascale tremble : c'est le livre qui leur ressemble le plus, « d'une douce violence, d'une douleur inouïe comme celle qu'ils portent en eux ». Elle a peur. Elle écrit aussitôt une lettre à Yann pour qu'il sache qu'elle l'aime. Bien sûr, elle ne peut rien exiger, mais ne meurs pas, supplie-t-elle. Sur les pages du cahier Messager, de quelques phrases à peine dessinées, elle redoute : « Un jour, j'entendrai aux informations la nouvelle de sa mort à Elle, et puis la sienne, celle de mon frère. On dira : "Un grand écrivain a disparu et le jeune homme qui vivait avec Elle." Du jeune homme, on dira quelques mots, qu'il était beau, qu'il avait écrit un livre sur Elle. On ne dira peut-être pas qu'il a été le dernier amour de M.D., que sans lui Elle n'aurait pas écrit ses plus beaux livres. Personne ne saura comme moi quel amour ils auront vécu, hors des lois et du temps. Personne n'aura vu comme moi je l'ai vu, son regard à Elle posé sur lui. Personne, et moi non plus, ne saura l'enfer qu'aura été cet amour et le bonheur aussi de cet amour-là. Je sais tout cela depuis longtemps, je le sais davantage maintenant avec *Emily L.* »

Le soleil de midi transperce le vase posé sur la table de la cuisine créant un théâtre de formes étranges. De retour pour le déjeuner, Iris sort de son sac Mary Poppins une botte d'asperges sauvages. Elle l'a ramassée en chemin comme sa mère le faisait quand elle était petite. Elle sort encore un chemisier brodé déniché dans une friperie, un livre de Robert Louis Stevenson que lui a conseillé le vendeur de sa librairie préférée, juste en face de mon appartement, et des contes polonais pour mes prochaines vacances dans le pays. En mangeant son omelette d'asperges sauvages, elle me parle de Pascale, de son épouvante pour un monde trop lâche et des histoires sans passion. Pascale aurait voulu qu'on l'aime absolument, qu'on l'aime comme Marguerite aimait Yann.

Depuis que je suis entrée dans la chambre rose, l'être de spleen et de nuage s'est défait de son manteau de mystère. Il l'a posé sur le fauteuil club juste à côté du mien. Je sais désormais ce qu'il mange et à quelle heure il se couche. Je connais la couleur de son ciel et de son humeur, ses lectures et ses inquiétudes. Quatre mois après son arrivée à Agen, Yann a avalé un nombre incalculable de comprimés de Prozac et de gorgées de marsala. Il a beaucoup fumé et beaucoup promené Canel. Il est arrivé à de lucides constats : « Pas de sécurité sociale depuis seize ans. » Après un repas de coquilles Saint-Jacques suivi de crème de marrons (« Clément Faugier »), il règle son réveil à l'aube. Le lundi 16 novembre 1998, à midi exactement, il pose le pied gare Montparnasse : « Today Sainte-Marguerite

– Soleil – Paris est là – Ciel gris-bleu. » S'il existait une image de ce retour, elle serait couleur sépia, prise au loin. On verrait, sous ce ciel gris-bleu, un homme au dos légèrement voûté portant deux sacs noirs et marchant rue du Départ. L'ombre de la tour Montparnasse recouvre sa silhouette d'une cape noire. Il avance lentement, sa chemise blanche collée à sa peau par la sueur. Enfin, il se laisse tomber sur la banquette en cuir du Select, au milieu d'un brouhaha opaque.

Dans cette brasserie élégante et rétro, jadis repaire des artistes, des surréalistes et des poètes, Yann retrouve les visages familiers des serveurs. La vie lui donne le tournis. Elle est partout : dans le défilé des garçons en noir et blanc, dans le tintamarre des petites cuillères, dans le ballet des pots de lait qui s'entrechoquent sur les tables. On lui demande de ses nouvelles. Il va beaucoup mieux, merci. Oui, ces quatre mois dans le Sud lui ont fait du bien. À peine quelques minutes plus tard, il empoigne à nouveau les deux sacs et s'enfuit jusqu'au cimetière du Montparnasse ou plutôt du « Mont-Parnasse », comme il l'appelle. Au bout de l'allée de graviers, il constate qu'en son absence rien n'a changé. « Ordre et beauté de la pierre. » Les fleurs sont toujours là dans leur pot en grès. Des admirateurs ont commencé à planter des stylos. Marguerite Duras est toujours morte.

Ce 16 novembre 1998, Yann retrouve son studio de la rue Saint-Benoît entièrement rénové. Même les poutres du plafond ont été repeintes en blanc. Lorsqu'il s'allonge sur le lit perpendiculaire à la fenêtre, qu'il pose ses yeux sur le ciel immaculé, il se demande : « Écrire ? Et puis quoi encore ? Quoi raconter ? » Il n'en sait rien mais il s'applique. Il range et il lave. Il fait ses courses au Proxi de la rue de Beaune (du Nescafé, des pommes, des citrons, du whisky, du marsala, du pain, de la confiture et de l'eau minérale). Il prend même une assurance à la MAAF qui couvre les dégâts des eaux et les incendies. Dans une librairie, rue de la Grande-Chaumière, il achète pour 50 francs un nouveau carnet, beaucoup plus élégant que le Conquérant, avec une couverture en cuir noir. Sur des pages épaisses, il note ses rendez-vous avec le réalisateur Benoît Jacquot, avec l'éditrice Teresa Cremisi, avec le journaliste Pierre Bénichou. L'après-midi, après avoir fait la sieste ou infusé de longues heures dans les vapeurs du hammam de la rue des Blancs-Manteaux, il traverse le quartier pour prendre le thé chez la romancière Diane de Margerie qui l'accueille, cheveux blonds vaporeux et large sourire, dans le salon de son appartement familial, un décor chic et proustien. Souvent, il se rend aussi chez Madeleine Chapsal. À l'époque, l'écrivaine vient de publier *L'Ami chien*, dédié à « tous les chiens qui le liront à leurs maîtres ». Peut-être lui parle-t-il de Canel, des balades au bord de l'eau à Agen et de la rencontre avec la petite chienne aux coussinets fragiles. Peut-être évoquent-ils Jean-Jacques Servan-Schreiber, Mendès France, Mitterrand ou le prix Femina dont elle est membre du jury et qui vient d'être remis à François Cheng. Mais de ces entrevues comme des autres, il ne reste rien dans les cahiers. Seulement une adresse et un code de porte d'entrée.

Le soir venu, Yann verse quelques gouttes d'Eau impériale de Guerlain dans le creux de sa main, il en tamponne ses tempes et part dîner au Rosebud, au Flore ou au Select. Il se délecte « du champagne, des rires et de la sole ». Adieu cher petit journal, « fidèle toutou de mon âme », sois sage en attendant mon retour, pourrait-il écrire, comme Witold Gombrowicz. À Paris, il coule des jours identiques et dissemblables. Sa géographie mondaine oscille entre les bars distingués de Saint-Germain-des-Prés et ceux de Montparnasse. Il quitte sa place fétiche du Flore – la dernière table tout au bout de la terrasse – pour un café au Select. Puis il revient déjeuner d'un « haddock exquis » chez Lipp, boulevard Saint-Germain. Mais s'il est toujours à Montparnasse, il s'assoit au comptoir du Rosebud, patiné par des coudes fatigués. Dans ce bar américain de la rue Delambre, Marguerite Duras, ancienne habituée, le fixe tandis qu'il sirote une vodka orange. Au mur, elle a toujours 20 ans, des cheveux ébène et un regard profond. « Yann, un peu de converse ? » Contrairement à ce que murmurent les touristes, Hemingway n'est jamais venu ici, il est mort avant l'ouverture. Qu'importe, les légendes sont plus tenaces que les rendez-vous manqués.

Citoyen de la rive gauche de la Seine, promeneur aux bras ballants, Yann Andréa passe son temps dans ces bastions de l'intelligentsia parisienne où l'on n'est jamais seuls, où flottent encore dans l'air les voix d'Aragon, Sartre, Beauvoir, Gide ou Beckett et où les personnages de leurs livres s'enfilent des litres de whisky-soda dans la lumière grise du soir. Rien ne lui fait plus plaisir qu'un cocktail ou une assiette de bulots offerts par le patron. À aucun moment il n'esquisse le moindre plan d'avenir. « Quoi faire du corps et de soi ? Quel emploi ? Soleil. Les particules bleues de l'air cf. : Léonard de Vinci. » Chaque jour, il reprend sa tournée des grands-ducs et s'installe dans une brasserie très classe. Au comptoir, la dépression se teinte de mélancolie. On lit des journaux reliés par des baguettes. On griffonne sur une nappe quelques lignes qui deviendront, qui sait, un chef-d'œuvre. On se drape dans ses tourments comme un prince tandis que des barmen en costume s'occupent du reste. Un drink pour oublier, s'il vous plaît.

5

L'échange

L'été dernier, dans un quotidien italien qui traînait sur le comptoir de la Gitane, mon bar-tabac fétiche juste en bas de chez moi, j'ai lu qu'un cambrioleur avait été arrêté à Rome après s'être introduit en pleine nuit, par le balcon, dans la bibliothèque d'un appartement. Alerté par le bruit, le propriétaire avait traversé le couloir à pas de loup puis était entré dans la pièce. Il avait surpris son voleur sur une méridienne, absorbé par la lecture de *Gli dèi alle sei. L'Illiade all'ora dell'aperitivo (Les Dieux à six heures. L'Illiade à l'heure de l'apéritif)*, un ouvrage de Giovanni Nucci sur les mythes grecs. À ses pieds se trouvait un sac rempli de vêtements de luxe dérobés dans une boutique voisine. En attendant l'arrivée de la police, les deux hommes avaient papoté un peu. C'est ainsi que je me représente F. : un vieux monsieur dans une demeure bourgeoise dont la bibliothèque court sur tous les murs d'une pièce, prêt à disserter des mythes grecs avec le premier venu. Même si le premier venu a des desseins peu recommandables.

Le F. de mon imaginaire porte une robe de chambre de soie, il fume des cigares et passe beaucoup de temps à son bureau Louis XVI avec sous-main en cuir rouge. Au cœur de la nuit, il fredonne à son cambrioleur-lecteur la chanson de Brassens, il lui dit que, sans arrière-pensées et après mûre réflexion, ce qu'il lui a volé, il le lui donne. Après tout, ça ne pouvait tomber entre de meilleures mains. Surtout, le F. de mon imaginaire n'a que faire du temps qui passe, il n'est pas mort à 92 ans, en août 2022, comme le prétend l'avis de décès. Il est toujours ce professeur de sociologie au charme aristocratique que Yann a rencontré à l'été 1976 dans un restaurant romain et dont il a épinglé la photo dans sa chambre d'étudiant, juste à côté de l'affiche du *Guépard*. Parfois dans les rues italiennes ou dans les méandres de mon esprit, T. traîne sa valise à roulettes aux côtés de F. appuyé sur sa canne. Ils fréquentent tous les deux ce petit restaurant du bout de la ligne de tram qui ressemble à une salle des fêtes avec ses murs roses et ses fenêtres trop hautes, ce petit restaurant où dînent, comme jadis et comme toujours, des messieurs en costume et des enfants turbulents. Les amours passés ne meurent pas, ils marchent dans des pays lointains sur la musique d'*India Song*.

Je n'ai jamais cherché à connaître le F. du faire-part de décès, ni ses proches. Le destin s'était débrouillé pour qu'il ne soit qu'un rai de lumière sous une porte close, il ne fallait pas le contrarier. On a tôt fait de passer de promeneuse du dimanche à détective de bas étage. Dans la chambre rose, par un inexplicable coup du sort, les lettres de F. ont disparu. Celles qui sont rangées dans le premier tiroir, colonne de droite, sont toutes signées par Yann Lemée, l'étudiant qui se soucie très peu de Normale Sup, par Yann Andréa, l'heureux captif des Roches noires, ou par Yann Andréa, le buveur de Pimm's champagne au bar du Ritz. Des dizaines et des dizaines de lettres qui reposent dans leurs enveloppes d'origine sur lesquelles le coupe-papier a dessiné de légères vagues. Elles racontent vingt ans d'une histoire qui passe des francs aux euros, de la passion au tendre compagnonnage, des emportements juvéniles à l'indéfectible soutien. Je n'ai jamais su ce qui a pu se produire. Est-ce parce que F. craignait qu'à sa mort on découvre les missives de Yann qu'il les lui a rendues ? Mais dans ce cas, pourquoi Yann ne possède-t-il plus les lettres de F. ? Ont-ils plutôt procédé à un échange ? Pour quelles raisons ? L'Échange est devenu dans mon esprit une scène chimérique, un film en noir et blanc qui commence ainsi : deux hommes aux cheveux grisonnants sont installés à la terrasse du Café de Flore. Tout est déjà convenu. Ils n'ont qu'à prononcer « à bientôt » dans un sourire pour que chacun s'empare du sac Uniprix posé aux pieds de l'autre.

La première lettre, affranchie avec un timbre vert à 60 centimes et frappée d'un tampon de la Poste qui fait la promotion de SOS Amitié, remonte à leur rencontre de 1976. Yann Lemée s'enthousiasme de leur amour pour Duras et pour tous les « autres témoins communs à peine entrevus dans les limbes : Proust, Visconti, l'opéra ». Chaque semaine ou presque, il envoie depuis Caen d'autres courriers, des mots courts, enfiévrés, délicats, déraisonnables, interminables ou fébriles. Le jeune Yann qui a délaissé sa maîtrise sur « la dialectique et la mort », expédie des « mon chéri », des « blotti contre toi, je te souris » et des « désir fou de ton élégance ». Il voudrait que F. soit, comme lui, hanté par la beauté de cette chambre romaine, par le souvenir du lit défait et de leurs corps nus. Se rappelle-t-il ce « je t'ai dans la peau » prononcé à voix basse dans un piano-bar sur une chanson de Piaf ? Dans l'appartement de la rue Eugène-Boudin meublé de bric et de broc, Yann contemple près de son lit la bouteille de Profumo-Farmaceutica avec ses reflets irisés, offerte par F. Quand le silence devient trop pesant, il envoie un énorme bouquet de fleurs et un télégramme : « Alors tu boudes, ne me laisse pas ainsi. »

Yann et F. se retrouvent régulièrement à Paris où ce dernier possède un appartement au dernier étage d'un immeuble moderne dans le quartier de Montparnasse. Pile au-dessus du cinéma les 7 Parnassiens. Ils se donnent rendez-vous tantôt au Select juste à côté, tantôt au Flore à Saint-Germain-des-Prés, à quelques pas de chez Marguerite Duras. Quand ils passent sous ses fenêtres, Yann récite avec emphase un extrait du *Ravissement de Lol V. Stein* qu'il connaît par cœur, celui où une jeune femme dort depuis une heure tandis que la lumière penche un peu et que « ses cils font une ombre ». Mais à partir de 1977, la rencontre avec Roland Barthes semble avoir bouleversé leur relation. Le soir, allongé sur son matelas, à la lueur des bougies, Yann ne sait plus qui aimer : les livres, les hommes, le sexe, le fantasme de ce qui pourrait advenir. « Renversement, ce n'est plus à cause de toi que l'amour est impossible mais à cause de moi, écrit-il à F. J'admets une chose : en te disant cette “infidélité” (et j'insiste sur les guillemets), je t'ai fait de la peine et finalement, je n'aurais dû rien te dire puisque cela n'aurait rien changé entre nous et cela t'aurait évité d'être déprimé. » Yann tergiverse, il s'éloigne sans drame, revient sans excès. Il tente de rassurer F., lui jurant qu'il est toujours son seul, son vrai Amour, « adorable malgré tout », mais quelque chose est déjà en train de filer. Ce petit rien qui faisait tout, le goût du secret ou l'impossible à sens unique.

Les lettres forment de grandes piles qui fondent avec le temps. Peut-être parce que le téléphone a remplacé les courriers. Certainement parce que Marguerite l'absorbe tout entier dans la chambre noire, qu'il est devenu Yann Andréa Steiner face à « l'immensité de pluie » ou le jeune homme des *Yeux bleus cheveux noirs* avec son « teint blanc des amants ». Comme les personnages ont beaucoup à vivre, ils ont moins le temps d'écrire à ceux qu'ils aiment. Pour autant, F. ne disparaît jamais. Dès que Yann Andréa revient à la vie en août 1998, qu'il respire à nouveau sur la terrasse de la maison d'Agen, qu'il cuisine son premier navarin d'agneau, F. accourt. Il s'installe juste à côté, à l'hôtel des Jacobins, et sous les arbres, ils prennent l'apéritif avec champagne et foie gras. Puis ils vont se promener le long de la Garonne en compagnie de Canel. Ils partent en virée au Mas-d'Agenais, un village à quelques kilomètres, et, au marché, ils achètent une sorte de gruyère sans trous qui leur plaît énormément. L'église en pierre fait la fierté des habitants. À l'intérieur est suspendu un immense tableau de Rembrandt, un Christ en croix qui semble illuminer la nef et projette sur leurs visages bouleversés les éclats de sa chair nue.

Peut-être plus tard, Yann Andréa se dira-t-il, comme dans l'incipit du *Musée de l'innocence* d'Orhan Pamuk, que c'était le moment le plus heureux de toute sa vie et qu'il ne le savait pas. Il y a longtemps, j'ai visité, à Istanbul, ce refuge que l'écrivain turc a construit pour ses personnages : Kemal, héritier de la jeunesse dorée épris de sa jeune cousine Füsun, hélas mariée à un autre homme. Un musée consacré aux histoires d'amour manquées, aux battements de cœur perdus, envolés ou ratés. À l'intérieur d'une grande maison sont exposés tous les objets que Kemal a chapardés chez Füsun lors de ses visites quotidiennes : une chaussure, un sac, une broche, des bijoux… et puis tous les mégots de cigarettes avec l'empreinte de son rouge à lèvres. Selon la brochure, il s'agirait du premier musée d'une histoire inventée – encore faudrait-il que l'on soit capable de recenser les histoires inventées –, avec 4 213 objets étiquetés dans des vitrines. Les personnages se baladent parmi les visiteurs, ils déambulent avec leurs dés à coudre, leur rasoir, leur montre et leur salière. Ils se mêlent à la foule, traversent les frontières du livre. Je me souviens encore de la grande vitrine où sont alignés, telle une galaxie de petits têtards intranquilles avec des ondulations et des courbes, les mégots effleurés par les lèvres de Füsun. Dans le musée de l'innocence de Yann, il y aurait trois serviettes en papier provenant du Café de Flore, des enveloppes dentelées avec le cachet SOS Amitié, des verres de Pimm's champagne, une chemise offerte par F. lors de vacances à Saint-Tropez, un flacon de Profumo-Farmaceutica, une cravate à motifs escargots, des mots écrits sur un bloc-notes du Ritz et d'autres sur le menu de la brasserie Lipp. Il y aurait encore de la crème Neutrogena pour le visage et de la crème de marrons Clément Faugier. Et puis dans une vitrine séparée trônerait le téléphone sans fil noir sur lequel il appelait F. presque tous les jours de 1998 à 2006. Dans mon musée de l'innocence, il y aurait un flacon de parfum acheté à Vérone, un tableau de grand oiseau vert avec un cœur en forme de grenade, trois bouchons de champagne, un ticket de Loto perdant, un tee-shirt noir jamais rendu, la première photo d'un lit défait dans une maison de campagne, la dernière d'une table en vrac, un carton de chips goût poulet rôti et un mur entier recouvert de petites cuillères. Elles seraient présentées en majesté à l'entrée, sous la forme d'une grande fresque. Des étiquettes collées sous chaque spécimen préciseraient : « Paris. » « Froid. » « Soleil. » « Seule. »

Lettre à F. sur un bloc-notes du Ritz
Tiroir 1, colonne de droite

Ce jeudi 18 février 1999,
19 h 30, Place Vendôme
(Pimm's Champagne avec concombre)

En effet, je crois qu'aimer quelqu'un, c'est croire fermement, de tout son cœur, de toute son âme, si l'on peut écrire un tel mot, c'est croire que l'on verra toujours cette personne. Y croire de toujours à toujours, comme il est écrit dans les Psaumes. Et au fond, l'éternité, ça commence comme ça, d'une façon ordinaire. Commencer par aimer une personne, une autre, le monde entier si c'est possible et tandis que l'on aime, on croit non seulement au corps de la personne mais aussi à autre chose d'elle-même, le tout de la personne. Et moi, je crois vraiment que je vais te voir pour toujours.

Yann

6

Sans chaussettes

En janvier 1999, sous les lampes vieillottes de la Closerie des Lilas, Maren Sell discute avec son ami le journaliste Jean-François Kervéan, tandis que dehors il neige pour la première fois. Les trottoirs sont recouverts d'une nappe aussi blanche que celle de leur table. En riant, ils évoquent l'interview de Philippe Sollers publiée quelques semaines plus tôt dans *L'Événement du jeudi.* Pas piquée des hannetons. La biographie de Marguerite Duras signée par Laure Adler, qui révèle le contenu des archives « DRS » de l'IMEC tout autant qu'elle chemine avec tendresse entre mensonges et fausses confessions de l'écrivaine, a fait sensation. Mais Sollers, interviewé par Jean-François Kervéan, veut surtout profiter de l'occasion pour régler ses comptes. Il commence par affirmer que Duras « sonne faux ». Et de dénoncer sans reprendre son souffle sa « littérature de prédication, de voyance », son « emprise hypnotique, ridicule », son « pseudo-judaïsme » certainement issu d'un « immense sentiment de culpabilité », sa façon de « maudire les homosexuels tout en étant fascinée par eux », sa « frigidité », sa

« sécheresse », sa « littérature artificielle » et « gonflée de réitérations et sa volonté de domination ».

Quatre pages durant, il entretient leur inimitié comme un grand feu de cheminée qui ne doit surtout pas s'éteindre même après la mort. Marguerite Duras l'avait comparé, dans un entretien avec Pierre Bergé en 1988, au moine qui figure sur les étiquettes du fromage Chaussée aux Moines, tonsuré, ventripotent et hilare… Vexé, il l'avait traitée de « grenouille embagousée ». Au moment où Jean-François Kervéan se tourne pour héler le serveur, il aperçoit à la table du fond, près du portemanteau, un homme seul en chemise blanche. Un peu dépenaillé, paupières baissées, ce dernier serre un journal entre ses mains potelées. « Quelle coïncidence. Vous ne croyez pas que c'est… ? » glisse-t-il à Maren Sell. Elle jette un œil en direction de l'inconnu mais tout ce qu'elle remarque ce sont ces chevilles d'une blancheur de cire, offertes au froid. « Pourquoi ne porte-t-il pas de chaussettes ? »

Tous deux s'avancent vers la table près du portemanteau. « Yann Andréa, c'est vous ? » Il acquiesce. « Ça alors ! Cela fait des semaines que je vous cherche ! » s'exclame Jean-François Kervéan. « Une seule personne peut répondre à Sollers, c'est vous. Je vous propose de prendre quatre pages, comme pour lui. » Yann sourit. Il accepte tout, l'interview pour *L'Événement du jeudi*, la proposition de Maren Sell de se revoir pour discuter d'un livre. Il n'attendait que ça : que quelqu'un lui propose quelque chose. Comme un enfant de la Comtesse de Ségur, il replonge le nez dans son journal. « Les vacances finissaient et il était de plus en plus heureux. »

7

Rutabaga

À partir du mois de mars 1999, chaque matin vers 9 heures, Yann s'engouffre au 19, rue de Lille, à quelques pas du studio de la rue Saint-Benoît. Vissée à côté de la porte surmontée de deux imposantes colonnades, la plaque en marbre rappelle au visiteur que, dans cet hôtel particulier du XIIIe siècle, vécut Max Ernst, « peintre, sculpteur, poète ». Désormais, au rez-de-chaussée, se trouve le psychanalyste Daniel André. Au premier étage, dans un vaste appartement de huit pièces, Christine Deviers-Joncour, la « bonne amie » de Roland Dumas, ancien ministre des Affaires étrangères. Et au deuxième étage, Maren Sell qui l'accueille avec une pointe d'accent allemand conservé de son enfance. Auprès d'elle, Yann Andréa est entouré de ses fantômes préférés. L'éditrice chez Pauvert, arrivée en France pour faire une thèse sur Barthes, est devenue traductrice de Duras. C'est en déambulant dans le Mékong boueux, en écoutant les râles du vice-consul de Lahore et en suivant Anne-Marie Stretter au bal de T. Beach qu'elle est née à la littérature.

Comme avant un embarquement, Yann pose son paquet de cigarettes, son briquet, sa carte bleue et ses clés sur la table basse. Il défait les lacets de ses chaussures et les envoie valdinguer sur la moquette. Enfoncé dans le grand fauteuil, il commence à raconter ce qu'il connaît de mieux et ce que les autres veulent entendre, l'histoire de la vieille dame seule dans un été grand comme l'Europe et de l'étudiant en philosophie qui buvait des Bitter Campari. À l'époque, il ne connaissait rien d'autre que les livres de Marguerite Duras, pas même son visage, commence-t-il. Quand elle est arrivée au Lux avec sa jupe pied-de-poule et son gilet en cuir marron, il était tellement impressionné qu'il n'a pas osé lui parler. Ce n'est qu'après le débat, dans ce café près de la gare, le seul encore ouvert – tiens, comment s'appelait-il déjà ? Le Départ ou L'Arrivée ? –, qu'il lui a demandé son adresse.

Pieds nus, manches retroussées, le corps en arrière dans le fauteuil, il raconte l'appartement de Trouville avec les meubles en rotin et ce nom qu'elle lui a donné en guise de rite de passage, avec sa délicate consonance féminine, tous ces *a*, qui créaient une sensation d'étonnement. Yann raconte Marguerite de trente-huit ans son aînée, coquette et autoritaire, qui mettait trop de rouge à lèvres et aimait les choses à la folie. Elle les aimait jusqu'à ce qu'elle n'en puisse plus. Un matin, elle se levait et décrétait que c'en était fini du goulasch et de la soupe aux poireaux. C'en était fini de lui aussi. « Le principe de votre existence m'est insupportable. » Allez hop, elle mettait ses hardes dans deux valises qu'elle balançait dans les escaliers. Merci. Adieu. À son retour d'une semaine passée dans un hôtel vers la gare d'Austerlitz parce qu'il ne supportait plus de ne pas exister, de ne rien pouvoir choisir, pas même sa chemise, elle avait écrit *L'Homme atlantique.* En le lisant, il avait beaucoup pleuré.

L'enregistreur tourne et Yann raconte que Marguerite l'habillait. Elle lui achetait des vestes chez Yves Saint Laurent, en demandant préalablement une ristourne à Pierre Bergé, et des chaussures chez Weston, les mêmes que les siennes avec la boucle. Une fois, après avoir touché ses droits d'auteur pour *M.D.*, il s'était offert un manteau en poil de chameau. Comme ça, sur un coup de tête. Il l'avait payé tellement cher, 8 000 francs, qu'il n'osait pas rentrer rue Saint-Benoît. Elle qui ne dépensait rien... « On va pas mettre 3 000 francs pour une jupe. » Finalement, Marguerite Duras l'avait trouvé très beau, ce manteau. Tellement beau qu'elle avait commencé à avoir peur qu'on le lui fauche. Pour aller garer la voiture au parking du Flore, elle le suppliait de se changer, de mettre un de ces vieux machins qu'elle lui cousait. « Comme cela vous ne risquez rien, on ne va pas vous attaquer. »

Je garde un souvenir très net de l'arrivée de T. sur la terrasse de Montmartre, en haut d'une rue piétonne. C'était un soir de septembre, trois mois après que sa valise noire a roulé dans un bruit de tempête le long de notre couloir. Même de loin je devinais son sourire anxieux, celui qui créait un pli au coin de ses yeux, une expression que j'affectionnais beaucoup, comme navré d'être heureux. Pour nos retrouvailles, T. portait un pull noir très élégant et légèrement asymétrique. Mais la plupart de ses vêtements étaient très élégants et légèrement asymétriques conçus par des couturiers inconnus du profane comme cette veste noire, rehaussée de galons et de fanfreluches aux épaules, baptisée la « veste autruche ». T. adorait la mode, il se perdait dans les sites de seconde main ou errait dans la boutique Yamamoto vers la place de la Concorde, juste pour rêver. Ce soir-là, dans mon chemisier recouvert de sequins et brodé de milles éclats, je n'étais pas en reste. Tout en détaillant son assiette ainsi présentée : « dorade, rutabaga et brocolis », T. parlait en français. Sans nous en rendre compte, nous avions abandonné l'anglais, notre vieux camarade de route, et nous devisions dans une langue qui me paraissait étrangère comme si nous n'étions déjà plus les mêmes. Jusqu'à ce que nous soyons rattrapés par un « rutabaga » intraduisible en anglais. Un minuscule et énigmatique rutabaga qui nous a ramenés à notre canapé gris-bleu et au chagrin d'un été de pluie et de vent. Dans nos habits de lumière, nous nous regardions en silence, le cœur fracassé, les doigts entremêlés. Fixant mon chemisier, T. a soudain prononcé : « Franchement, Joulie. »

Yann Andréa raconte les États-Unis avec François Mitterrand pour célébrer l'anniversaire de la victoire de Lafayette à Yorktown. Ils avaient mangé un cheesecake dans une chaîne de restaurants magnifique, pris un bus puis un bateau jusqu'à une île en face de Long Island. Marguerite Duras avait serré la main de Ronald Reagan lors d'une réception où les femmes portaient des tenues somptueuses. Ça l'amusait beaucoup. Elle riait : « Oui, c'est cela l'Amérique ! »

Un été, j'avais accompagné T. au festival de cinéma de Locarno. Nous logions dans un superbe hôtel en bord de lac. Le déploiement de luxe et de petites attentions, la salle de sport et la formule buffet avec vue nous faisaient nous sentir comme un couple de retraités suisses. Le wifi ne marchait pas mais il suffisait de poser une poêle en équilibre à côté de la prise, regardez, comme ça, pour maintenir le fil. Voilà, c'était arrangé, nous avait très sérieusement expliqué le patron. Nous avions donc passé une semaine de retraités suisses avec une poêle à frire.

Yann Andréa raconte ce déjeuner chez Lipp au cours duquel Marguerite Duras a soudain appelé le serveur. Il pensait que c'était pour râler au sujet de son plat mais elle lui avait demandé, très sérieuse : « Monsieur, vous savez qui je suis ? — Mais madame, bien sûr ! » Elle avait souri. « Voyez, Yann, c'est formidable, mangeons des huîtres ! » Elle voulait juste vérifier qui elle était.

T. n'aimait pas les huîtres.

Chaque matin de ce printemps 1999, Yann traverse le 7e arrondissement endormi. Emmitouflé dans son duffle-coat Yamamoto offert par Maren Sell pour fêter la signature du contrat de *Cet amour-là*, il descend la rue Saint-Benoît, passe sous ses anciennes fenêtres au numéro 5, tourne rue Jacob puis rue des Saints-Pères avant de pousser la porte du 19, rue de Lille. Parfois, ses pas sont alourdis par l'alcool, par les vodkas orange au comptoir du Bedford. Tandis que les enquêteurs de l'affaire Elf, à la recherche des millions évaporés dans la corruption, perquisitionnent chez le psychanalyste Daniel André et la dame Deviers-Joncour, il continue son récit, pieds nus et chemise déboutonnée. Conteur ambulant et collectionneur de cailloux blancs, il raconte la jeune femme qui avait 18 ans quand il l'a rencontrée et 18 ans quand elle est morte, les scènes du diable, les « je ne vous aime plus », « vous n'êtes rien du tout », « je ne vous donnerai rien, pas un centime », « on va faire ça et on ne va plus faire ça », la vie au bord de la catastrophe, l'impossible équilibre entre le désir de l'un et la résistance de l'autre. L'alcool qui les dévore et les livres qui les sauvent.

Il raconte leur première nuit dans la pénombre des Roches noires lorsqu'il s'est trouvé face à cette femme qui l'attendait nue dans un mélange d'abandon et de maîtrise. Il se tenait à quelques pas, effaré, lesté par son corps timide et sa bisexualité non affirmée. Parfois, Marguerite Duras lui lançait : « Mais si je n'avais pas écrit de livres, est-ce que vous m'aimeriez ? » Non, probablement pas. « Si j'avais été une concierge, vous ne m'auriez pas aimée ? » Il ne sait pas. « Vous devez me dire. » Marguerite voulait être étreinte sans cette teigne de Duras. Elle voulait être tutoyée comme toutes les femmes. Elle voulait vivre l'histoire banale d'un homme et d'une femme reliés par le sexe. Mais elle n'aurait jamais supporté un mec banal.

Yann Andréa raconte si bien qu'à travers ses mots c'est sa voix à elle qui se fige sur les cassettes dont les retranscriptions sont rangées dans les tiroirs de la chambre rose : « Yann, vous êtes un double zéro. Vous serez toujours nul. Yann, c'est merveilleux, allons prendre un verre. Il ne faut pas vous croire, on n'est rien. Yann, c'est ça l'Amérique, maintenant, vous avez tout vu. Vous savez, je sais bien que vous reviendrez, ce n'est pas la dignité qui vous étouffe. Oh Yann, vous êtes là, on va changer, je vous promets que maintenant c'est fini, plus de scènes, plus rien. Surtout restez comme vous êtes, soyez comme cela tout le temps. Mais Yann, le suicide, c'est une bêtise. Ce qu'il y a de bien avec moi, la seule chose réussie, ce sont les jambes. Voyez, touchez là, c'est bien ferme. Yann, écoutez je vais vous lire cela, j'ai même oublié que c'est moi qui ai fait cela, c'est tout à fait étonnant, qu'est-ce que vous en pensez ? Yann, ça vous a échappé mais c'est formidable, vous m'avez tutoyée. Yann, je n'y crois pas du tout, vous êtes un pédé, vous aimez les mecs et vous retournerez aux mecs, moi je suis un accident. Il n'y a rien à en dire, Yann, de la mort puisque c'est la chose la plus naturelle, la plus commune. Venez vous asseoir là, on va parler un peu. Yann, il ne faut pas raconter de conneries, je n'ai pas 80 ans. Yann, venez, on va danser. C'est le dernier, Yann, c'est fini, je ne pourrai plus jamais écrire, c'est vraiment le dernier. Surtout ne bougez pas, ne changez pas. Yann, je vais très mal, je crois que je vais mourir cette nuit. »

Pendant des jours, dans le salon de Maren Sell, il épuise l'histoire. Il parle jusqu'à ce qu'il n'en reste plus rien, jusqu'à ce que Marguerite Duras se transforme en brindille dans sa chemise de nuit à fleurs multicolores, en petite fille traquée par la mort à qui il donne son bain. Alors seulement quand elle est cette enfant au visage creusé, quand il n'y a plus aucun mot possible, il emporte la transcription des onze cassettes dans une chambre de la rue Dauphine (« Code : 7024B »). Maren Sell lui a prêté ce bureau dans lequel il s'enferme à partir du mois de mai pour taper sur sa machine Olivetti noire une longue lettre d'amour.

Il ne raconte pas les nuits qu'il passait avec d'autres hommes, avec les inconnus du quartier d'Austerlitz tandis qu'elle le cherchait parfois pendant des heures.

Il ne raconte pas ses tentatives de suicide.

Au fil de sa progression, il dépose des chapitres sous le paillasson du 19, rue de Lille et égrène comme un sablier dans son agenda : 230, 280, 300 pages… Tous les soirs, il s'installe au bar du Ritz et commande un Pimm's champagne. Le pianiste accompagne de quelques notes le passage vers la nuit, de ces airs connus qui somnolent dans les mémoires. « Toi qui me parles d'elle, De son nom oublié, De son corps, de mon corps, De cet amour-là », chante la voix de Jeanne Moreau dans sa tête. Les lumières du jardin s'allument et éclairent les visages. Le 30 juin 1999, Yann Andréa envoie son manuscrit de 300 pages chez Fayard. *Cet amour-là* paraîtra à la rentrée littéraire.

8

L'invité

Le rideau de fer de la librairie est baissé. Les derniers noctambules de l'académie de billard sont rentrés chez eux. La petite rue pavée sommeille. Depuis le Velux, une pâle lumière se faufile dans la chambre. Elle éclaire le silence. Les mots de Pascale sur son cahier Messager me hantent : que faut-il raconter de ce jeune homme voué à l'oubli, ce jeune homme dont on se souviendra juste qu'il était beau et qu'il avait écrit un livre sur Elle ? Qu'aurait-il aimé que je garde de ses carnets ? La phrase de Bataille qui dit la mélancolie à « n'être ni Dieu ni une huître » ? Le souvenir d'un « haddock exquis » ? Le thé Ceylan, le miel d'acacia ou la *Valse triste* de Brahms qui parsèment les pages ? Et pour qui je me prends ? Yann Andréa me nargue en citant Verlaine à longue barbe, posé sur sa table de chevet d'étudiant : il dépend de celui qui passe qu'il soit tombe ou trésor. « Ceci ne tient qu'à toi. » Il est mort en 2014, sans jour précis ni cause établie, laissant derrière lui un cadavre exquis de menus et de couleurs de ciel, un journal dont il n'est même pas vraiment le héros. Il traverse les pages en personnage secondaire, à la fois maniaque des jours et des heures et totalement perdu. Ses archives ont de quoi combler une ramasseuse de petites cuillères avec leur poésie de la déroute et mettre KO toute entreprise biographique sérieuse. Tout est nouveau, tout est émouvant, rien n'est important. La Bérézina de mes débuts s'est transformée en profusion de détails, Yann boit des Pimm's champagne au Flore, il fait des listes de courses – « thé, soupe, fromage blanc, beurre, sel, comté, pain » – il dédicace *Cet amour-là,* qui est sorti en septembre 1999, à Sylviane, la comptable du Select, il réfléchit à placer 5 000 francs sur une assurance-vie et à en laisser 500 sur le compte courant. Je suis passée d'une disparition mystérieuse à une résurrection faite de mille précisions.

Quand Iris a des tracas, elle lit Robert Walser, cet écrivain suisse dont la santé mentale n'a eu de cesse de se dégrader jusqu'à l'hôpital psychiatrique. Une vie jalonnée de petits naufrages. Des jours tristes raccommodés par l'écriture. Après sa mort au cours d'une promenade dans la neige, son exécuteur testamentaire a découvert qu'il avait laissé dans sa chambre, sur une enveloppe, sur un calendrier ou sur un paquet de cigarettes, des textes miniaturisés à l'extrême. Il utilisait un crayon à la pointe très fine. Robert Walser avait su garder l'essentiel. Mais où était l'essentiel de Yann Andréa ? Que devrais-je conserver si j'écrivais sa vie sur l'un de ses paquets de Benson ? Qu'auraient fait Lance et Andy si le détecteur de métal s'était emballé à l'infini ? Yann a quelque chose d'Andy – on a tous quelque chose d'Andy –, cette façon de dévisager le monde avec des yeux de merlan frit, de grimper sur une péniche amarrée au bord d'un canal comme sur un navire chahuté par la tempête. De Lance aussi, capable de reconnaître la marque d'une canette de soda uniquement par la grâce de la languette. Aucun doute, au premier coup d'œil, il aurait pu estimer si le savon était Cavaillès.

À ma place, Lance et Andy se seraient probablement assis sur le tronc d'un vieux chêne et ils auraient fait un peu de converse. Je clique sur le site de l'INA. Je connais déjà la séquence par cœur, je sais sa longueur, 9,09 minutes, et sa cruauté, pourtant je ne peux m'empêcher d'y revenir, à la recherche de quelque épiphanie.

Le 12 décembre 1999, l'invité, vêtu d'une élégante chemise blanche et d'une veste de costard noire, traverse le plateau de l'émission *Tout le monde en parle* d'un pas décidé. Il prend place entre « un sénateur », Jean-Luc Mélenchon, « le neveu de l'ancien président de la République », Frédéric Mitterrand, et une jeune femme en débardeur fuchsia qui « a complètement changé de vie et fait de la méditation mais toujours sans culotte », annonce Thierry Ardisson. Gênée, elle rectifie : « Et du théâtre. » L'invité murmure quelques mots de soutien mais déjà le présentateur brandit un exemplaire de *Cet amour-là* pour en faire la promotion. Tandis que la caméra zoome, retentit la chanson de Dalida *Il venait d'avoir 18 ans*. « Marguerite était quand même votre aînée de trente-huit ans », sous-titre Ardisson. Les projecteurs sont aveuglants, ça clignote dans tous les sens. Pourtant, Yann Andréa semble enveloppé d'une aura pensive, quelque chose d'étrangement absent. Sa cravate est de travers. Son regard, perdu. D'une voix grave et veloutée, il regimbe : « Non, moins que ça ! »

Évidemment que ça fait trente-huit ans. L'été de pluie et de vent, de la monitrice et de l'enfant aux yeux gris, du requin Ratekétaboum dans l'île équatoriale et des ouvriers de Gdansk, il avait 28 ans. Marguerite Duras, 66. On aura beau le tourner dans tous les sens, ça fera toujours trente-huit ans d'écart. Mais il continue de secouer obstinément la tête comme si à force de dire « non », de jouer les essuie-glaces, tout cela allait disparaître. « Combien alors ? » marchande Ardisson. « Je ne sais pas, élude-t-il. Moins que ça. » On ne va pas y passer la nuit alors le présentateur enchaîne : il y a eu la lecture des *Petits Chevaux de Tarquinia*, le débat après la projection d'*India Song* au Lux, les lettres sans réponse durant cinq ans et enfin l'arrivée aux Roches noires, en 1980, avec son parapluie en toile vernissée. « Et donc là, le mécanisme est en marche. Le mécanisme de prise de possession par un écrivain d'un personnage. Personnage consentant. Elle décide de tout, ce que vous faites, ce que vous mangez. Vous acceptiez facilement cette espèce de dictature intime ? »

Sur le plateau trop éclairé survient un événement inédit, quelque chose que la télévision cherche à tout prix à éviter : un très long silence. Yann Andréa prend son temps. Il prend aussi sa tête entre ses mains. Regard vers le bas, il réplique enfin : « Non, pas dictature… » Dans sa chemise blanche, il flotte comme sur la photo prise par Michel Giniès à la terrasse du Flore avec cet air d'Atlas au bout du rouleau, d'enfant qui ne veut pas jouer. « Elle vous disait "vous n'aurez rien" », insiste Ardisson de toutes ses dents blanches. « Et c'est ce qui est arrivé. » Sa voix n'est plus qu'un souffle lorsqu'il précise, comme soucieux d'un détail oublié : « Oui, c'était invivable mais on l'a quand même vécu. » « Sur le plan humain, c'est terrifiant. Vous êtes un monstre. Comment vous pouvez… » décoche soudain le sénateur à sa gauche. Franchement, ce n'est pas possible cette « vampirisation d'un être par un autre », « l'amour doit être égalitaire », trépigne Jean-Luc Mélenchon dans son costume trop grand. Yann Andréa l'interrompt en pleine répartition Excel des sentiments :

« Ça arrive souvent, vous savez. C'est pas ça, l'histoire.

— Ça vous a rendu heureux ?

— Non.

— Ah ben si l'amour c'est pas pour être heureux…

— C'est autre chose, c'est le livre à écrire. La relation avec elle au fond c'était ça, ça passait par ce qu'il y avait à écrire. »

Tout le monde semble agacé par ce type qui n'est pas d'accord par principe mais qui aime sans principes. Qui veut bien être serviteur mais refuse la dictature. On attend qu'il livre quelques anecdotes croustillantes sur la grande écrivaine. Ou du moins qu'il dissipe enfin le malaise. C'est encombrant l'inexplicable à heure de grande écoute. D'un ton presque badin, Thierry Ardisson évoque la mort de Marguerite Duras suivie par la disparition de Yann Andréa pendant près de trois ans dans son studio de la rue Saint-Benoît. Il lui demande s'il a l'impression que « la messe est dite » ou s'il compte « jouer les prolongations ». Mais la messe, les prolongations, au fond, peu importe. Thierry Ardisson n'écoute plus. Voilà, merci d'être venu, achetez-le, c'est émouvant.

Je ferme les yeux. Du jeune homme très beau qui boit du thé Ceylan au miel d'acacia et écoute la *Valse triste* de Brahms, j'ignore ce que je vais faire.

9
Juste une blague

Je suis devenue archiviste ou apnéiste, je ne sais pas très bien. Enroulée autour de mon cou, Joséphine ne moufte pas quand je me baisse pour attraper des documents. Dans la chambre rose, cheveux attachés, carnet bleu ouvert, je me perds parmi les milliers de reliques, les contrats avec les éditeurs, les manuscrits, la retranscription des entretiens avec Maren Sell, les photos d'enfance et celles pour des magazines sur lesquelles Yann Andréa pose avec un trench-coat et un air de marin d'eau douce. Sa vie est une montagne de papier, parfois en vrac dans les tiroirs, parfois bien rangée dans des pochettes de couleur. Les boîtes grises de l'IMEC ne craignaient ni l'eau, ni le feu, ni la lumière, ni la poussière. Ici tout est fragile, offert sans apparat à la lisière du monde, menaçant de disparaître si je détourne le regard. Yann Andréa n'a jamais envisagé sa postérité, c'est à peine s'il savait ce qu'il allait faire de sa journée. Ses archives ne sont pas triées. Elles n'ont pas été préparées par un témoin soucieux que son œuvre demeure, que ses pensées soient figées quelque part. Elles sont les vestiges inespérés d'un homme pas très célèbre mais pas inconnu non plus, pas écrivain à en crever mais écrivain quand même, pas digne d'un mausolée mais qui ne devrait pas, non plus, être oublié. Comme ces silhouettes à Pompéi, ces corps à jamais immortalisés dans l'état dans lequel la lave les a trouvés, elles gisent pêle-mêle. Une facture d'électricité est coincée pour l'éternité entre les pages d'un calepin. Elles sont le condensé de ce que Pascale a pu sauver, de ce qu'Iris a pu garder, deux fées penchées sur un tombeau.

Les journaux de Yann Andréa, cette vingtaine de carnets tous formats, toutes couleurs, qui vont de juillet 1998 à avril 2006, m'absorbent tout entière. Ils brillent de révélations sur son emploi du temps et lèvent le voile sur les périodes de mystère. Ils représentent près de dix ans d'une folle ténacité à décortiquer le quotidien et ses facéties, à vérifier que les jours se répètent sans faiblir, à ne rien laisser passer de la vie. Pas un coin de ciel gris ne lui échappe. Yann Andréa vit sous la tutelle de sa plume, se meut dans le carcan de ces heures égrenées page après page. Peut-être même l'encre précède-t-elle l'acte. Tant que bat la cadence du stylo, il peut adapter celle de ses pas. Je le suis dans les rues de Paris, dandy fauché qui vivote grâce aux droits d'auteur, les siens et ceux légués par Marguerite Duras, je me perds dans ses nuits aux comptoirs de bars, je souris quand débarquent entre deux indications horaires « le bruit des oiseaux » et le « ciel bleu bleu ». Hors de ces pages, dans les interstices des mille et un repas consignés avec une ferveur de moine copiste, s'envolant du blanc immaculé, il ne reste plus qu'à imaginer tout ce qui va de travers.

Un jour, après avoir sorti la brioche planquée dans le micro-ondes pour éviter les frasques de Joséphine, j'entre dans le bureau d'Iris pour lui proposer un thé. Pinceau à la main, elle est en train de fignoler une asperge aux reflets beiges et violacés posée de façon alanguie sur une assiette à carreaux. Un hommage à Édouard Manet. L'asperge d'Iris semble plus vraie que nature. « C'est juste une blague », rigole-t-elle. J'ai beau protester, j'ai beau seriner que c'est sublime, tendre, poétique, Iris aux yeux bleus hilares se remet au travail. Elle se fiche bien des honneurs. Elle peint pour rendre les gens heureux. N'allez pas croire, c'est énormément de boulot. L'une de ses amies est très malade. Sur son lit d'hôpital, elle ne parvient plus à tenir un livre, alors Iris reproduit ses passages préférés sur des feuilles légères qu'elle lui remet chaque jour. Pour sa collègue partie à la retraite, elle a terminé d'éblouissants croquants sortis du four. Pour l'anniversaire de sa fille Loulou, elle a transformé tout un album de la série *Caroline* à son effigie. L'héroïne de son enfance porte désormais, comme elle, de longs cheveux bruns et des tatouages.

Dans un coin du bureau, dans une valise écossaise, j'aperçois une petite toile représentant une pastèque à moitié croquée dont les contours se perdent dans le nuage bleuté de l'assiette. Les graines éparpillées autour du fruit semblent flotter dans un ciel d'été. Iris a si bien représenté l'empreinte de la bouche, l'eau qui coule et le quadrillage du fruit que je vois Yann traverser la terrasse de la maison d'Agen, en claudiquant à cause de son coup de soleil sur le pied. Il s'assoit sur une chaise dans le jardin, il mange des pommes de terre et du crabe. En dessert, il se sert de la pastèque. Sur une autre peinture dans la valise écossaise, une mouche est posée sur un tissu nid-d'abeilles. Une grosse mouche aux élytres dépliés, point noir sur page blanche. Elle vit innocemment sa trop brève vie de mouche tandis que déjà sa majesté Duras l'attend en embuscade pour acter l'heure de décès. Je n'en reviens pas. Iris répète : c'est « juste une blague ».

Au fil du temps, nous avons peaufiné nos rituels. Quand elle est à l'appartement, nous travaillons chacune de notre côté, bien sagement. Elle n'entre jamais dans la chambre rose, comme si elle craignait de briser un sortilège. Nous nous retrouvons dans la cuisine pour le déjeuner ou pour le thé. La table en bois est devenue notre île aux délices. On y pose un cake aux fruits ou d'autres babioles sucrées et, pendant des heures, jusqu'à ce que le thé soit complètement froid, on fait « la converse ». La gardienne des jumeaux inconsolables me parle de traités de philosophie, de magazines sur la profondeur et l'espace, d'inédits de Huysmans, d'une nouvelle d'Henry James ou de Virginia Woolf. Du premier livre d'art qu'elle a reçu pour Noël avec des agrandissements de tableaux célèbres. Et pendant des heures, je raconte à Iris l'histoire que je suis encore incapable d'écrire. Je lui donne des nouvelles de Yann. « En ce moment, tu verrais, il est en forme. » Depuis la parution de *Cet amour-là*, en septembre 1999, l'agenda est constellé de rendez-vous, le téléphone du studio n'arrête pas de sonner. Au Flore – « le plus beau café du monde ? » – se presse le Tout-Paris des journalistes littéraires pour l'interviewer : Laure Adler, Marie-Françoise Colombani, Bernard Pivot, Daniel Schick, Mireille Dumas ou encore Colette Fellous. La vie est un tourbillon. Bonnes feuilles dans *Le Nouvel Obs*. Séances de dédicaces à la Fnac de la rue de Rennes. Défilé Sonia Rykiel. Salon du livre de Nancy. Et puis Clermont-Ferrand, Strasbourg, Francfort, Bordeaux et Saint-Étienne.

Yann Andréa dort dans des trains. Il débarque dans des gares qui ressemblent à toutes les gares avec des gens pressés et d'autres à la ramasse, des gens qui ont envie d'une pause et d'autres qui ont la trouille de ne pas avoir le temps, et puis dans des colloques et dans des librairies de province. Vêtu de sa chemise blanche bien repassée, dans les effluves d'Allure de Chanel, il sourit timidement à ceux qui lui tendent un exemplaire à signer. Avec application, il trace un Y en forme de 9. Sa tournée de chef d'État passe même par La Haye et Prague où il s'envole avec son éditrice Maren Sell pour rencontrer des producteurs de cinéma. À peine *Cet amour-là* était-il publié que la réalisatrice Josée Dayan en a acheté les droits pour une adaptation au cinéma. Jeanne Moreau a accepté de jouer le rôle de son amie Marguerite.

C'est au cours de ce voyage, écrira bien plus tard Maren Sell, que leur amour est né. Dans *L'Histoire*, publié après la mort de Yann Andréa, elle décrit leur couple comme des anges errant sans but, seulement portés par la chance inouïe de s'être trouvés. Elle décèle sur les lèvres de Yann la promesse de voluptés animales. Elle voit dans son effacement une somptueuse mélancolie. Dans ses yeux perdus, « des assiettes gourmandes » et, dans son « sourire ambulant au bord de l'abîme », le reflet du « noyau blessé de l'existence ». Se glissant avec délectation dans l'ombre de Duras, chérissant le mimétisme, elle danse avec son amant indolent sur les notes de *Capri c'est fini* et, quand ils se retrouvent dans sa maison de bord de Seine, elle lui achète des poireaux pour faire une soupe. Il la repousse – « Allez-vous-en ! » Elle revient. Mais dans les cahiers de Yann Andréa, pas un mot de cette histoire. Pas un regard qui pourrait trahir de la tendresse. Même quand il se rase la moustache, il ne précise pas que c'est pour lui plaire. Yann préfère ne pas.

Dans la maison de campagne près de Melun où elle l'a invité pour les fêtes de Noël 1999, il profite de l'air frais et des balades solitaires le long de la Seine. Par la fenêtre de sa chambre, au rez-de-chaussée, il contemple le paysage de gelée blanche et les tilleuls pétrifiés de glace. Le prix Femina – pour lequel il était favori – lui est passé sous le nez. Ses protectrices, Diane de Margerie et Madeleine Chapsal, n'ont pas réussi à étouffer les voix dissidentes. Trop proche du style de Duras. Trop servile. Et Françoise Giroud de s'exclamer : « On ne vote quand même pas pour le prix du meilleur infirmier ! » Maren Sell a tenté de le consoler : après un succès pareil, il fallait tout de suite s'y remettre. Alors, dans cette maison inconnue tandis que se trament les préparatifs des fêtes, Yann pose un nouveau ruban de soie sur sa machine à écrire. Le 11 décembre 1999, à son cahier très chic avec couverture en cuir noir, il confie ses hésitations, évitant toujours la première personne : « La peur de commencer, la peur de ne pas y arriver. La peur que ça cesse. Tout pourrait s'arrêter là et cependant. » Pieds nus sur le parquet, il tourne en rond. Il a la trouille, une saleté de trouille. Il voudrait écrire. Il doit écrire. Il tente de se raisonner : « S'asseoir et y aller. Ne pas avoir peur de sa propre émotion. Oublier. Ne pas écrire un chef-d'œuvre, non, quelque chose de simple. » Peut-être, à ce moment-là, pense-t-il à la silhouette en jupe pied-de-poule et gilet en cuir qui traverse le hall des Roches noires pour le rejoindre devant le fauteuil club, qui lui murmure le secret le mieux gardé de l'histoire littéraire : elle écrit des livres et elle s'en fout complètement.

J'ai beau connaître l'issue, avoir tenu la feuille au grain épais qui certifie qu'il va mourir seul chez lui un jour non établi de juillet 2014. J'ai beau avoir tourné les pages au grain épais d'*Ainsi*, dédié à son frère Gérard et qui commence par « tout pourrait s'arrêter ici », je ne peux m'empêcher d'espérer. Dans cette chambre face à la Seine métallique, Yann Andréa va nous prendre au dépourvu. On va voir ce qu'on va voir. Il n'écrira pas ce livre que Jean-François Kervéan qualifie avec tendresse et désolation de « bulles de marbre », que Marti94 du site Babelio trouve lassant, que la critique taxera, une fois encore, de pastiche durassien. À cet endroit précis de la douleur exquise, celui de la fracture, il parviendra enfin à s'émanciper, cheminant en solitaire, la plume libre et joyeuse. Mais le ruban de soie est dans la machine et le drame est annoncé. En même temps qu'il célèbre ses 47 ans, dans cette famille qui n'est pas la sienne, dans cette maison qui n'est pas la sienne, Yann tape les premiers mots d'*Ainsi*. Une succession impénétrable. « Amour, dites-moi, pourquoi faudrait-il que je sois voué à ça, aimer, pourquoi. »

Le 26 décembre, il reporte l'avancée dans son journal : « 39 pages. » Si l'on se réfère à l'ouvrage imprimé, il en est donc à peu près à la phrase « je reste dans cette chambre au bord de la Seine, je regarde devant moi les arbres noirs et le lent passage des péniches. Ici à essayer de vous écrire », quand les cyclones extra-tropicaux Lothar et Martin, deux dépressions intenses des latitudes moyennes à développement rapide, selon Météo France, frappent le pays. À Melun, les arbres du jardin tombent comme des soldats au champ d'honneur. Le vent cogne aux murs de la maison, il s'engouffre par la cheminée pour cracher sa fureur. La nature se cabre de toutes ses forces pendant que Yann tente de faire naître sur sa machine noire Olivetti un hymne à l'amour et à la splendeur du monde. L'an 2000 s'ouvre comme une scène finale de film catastrophe, avec un ciel bleu d'après-tempête, un carnage auréolé de la douceur du soleil revenu. Yann tape encore. Il tape ses pensées, l'envie de dormir toute une vie et de ne plus être au rendez-vous de rien. Il tape une ode mystérieuse à un nouvel amour encore possible. Un amour qui ne finirait pas. Le 22 janvier, 114 pages. Le 26 janvier, 121 pages.

Dans la cuisine, autour des restes de brioche, je dis à Iris que je l'imagine comme le personnage de Flaubert sous la plume de Maupassant, cet écrivain qui travaille avec une « obstination féroce », qui écrit, rature, recommence, griffonne dans les marges, et qui, malgré la fatigue de son cerveau, « geint comme un scieur de long ». Le 20 février, 130 pages, le 21, 140 pages. Le 8 mars, 141 pages, « ciel bleu, nappe blanche, oiseaux partout », le 9 mars, 146 pages, le 10 mars, 153 pages, le 13 mars, 159 pages, le 15, mars 163 pages. Iris me répond cette jolie phrase : « Tu sais, Yann et Pascale, ce sont des figures qui sont à la marge mais ils tiennent le texte. »

Voilà, c'est terminé. Yann Andréa rentre à Paris, son manuscrit sous le bras, et plonge à nouveau dans le bain de mondanités. La Tour d'Argent avec Jeanne Moreau et Josée Dayan. Le salon proustien de Diane de Margerie. Le Rosebud jusqu'au petit matin avec l'écrivain Guillaume Dustan. Je le perds au mois d'août 2000 juste après qu'il pousse les grilles de fer de l'ambassade de Pologne à Paris, un somptueux hôtel particulier à côté de l'Assemblée nationale. Il fume une cigarette au pied de grands escaliers tandis que les techniciens s'affairent sur le tournage de *Cet amour-là* adapté par Josée Dayan. Son alter ego, l'acteur Aymerick Demarigny, qui lui ressemble étrangement avec ses traits d'ange inquiet, prend place à table, à côté de Duras-Moreau, dans un salon recouvert de dorures. Dans cette salle de réception avec de grands lustres en cristal et des serviettes blanches bien pliées, un convive lui demande : « Que faites-vous dans la vie ? » « Rien », répond-il. Et Duras-Moreau le félicite, absolument enchantée. Ensuite, il n'y a plus rien, plus aucune autre date. Le stylo est tombé. Je comprends que Yann s'est allongé sur le lit perpendiculaire à la fenêtre, qu'il est retourné dans le Trou, ce monde sans bruit et sans personne, à se demander, comme dans la chanson d'Hervé Vilard, s'il faut vivre ou mourir quand on a du chagrin.

Extrait du manuscrit *Rue Princesse*, publié dans *L'Histoire* de Maren Sell et Yann Andréa Tiroir 2, colonne de gauche

Comme s'il fallait être ici –
Rien d'autre
Ici dans ce bar à passer du temps,
des heures à passer le temps,
Comme si c'était nécessaire en effet pour éviter
un autre temps –
pour le retarder.
Comme s'il fallait,
être ici et rester dans le temps ainsi mêlé à l'alcool et aux
autres gens –
dans ce périmètre d'une vie en survie.
Peut-être on se trompe sur toute la ligne –
Peut-être qu'il faut être ici et ne rien faire d'autre qu'être
ici. Déjà écrire ici fait la présence moins présente – fait
arriver l'éloignement,
l'exil – dans la présence même –
L'après des mots
alors qu'il faudrait s'en tenir à la présence du mot
avant même qu'il soit écrit,
Comme s'il s'agissait de surprendre quelque chose dès
l'instant – et de le laisser intact.

10

La juge préférée

Un bruit étrange, une sorte de gargouillis, émane des entrailles de la pièce. La juge poursuit sans relever la tête sa liste des « vous êtes accusé » : d'avoir détourné le chéquier de Marguerite Duras à des fins personnelles, d'avoir contrefait sa signature sur des chèques, d'avoir présenté *C'est tout*, publié en octobre 1995, comme un texte original alors qu'il s'agissait de propos recueillis. Yann, chemise blanche et cravate escargots Yamamoto, reste silencieux. Son teint est cireux. Ses yeux balayent la pièce comme des insectes effarouchés. *Ainsi* est sorti un an plus tôt dans une indifférence générale. Depuis, il vit à l'horizontale, ne quittant le Trou que pour faire des courses ou rejoindre le Bedford de la rue Princesse. À la nuit tombée, il traverse en cinq minutes Saint-Germain-des-Prés endormi et s'installe au comptoir du bar. Avant qu'il ne bouge les lèvres, Antoine, le serveur, extirpe du grand meuble en bois sombre tout ce dont il a besoin : une vodka orange, un carnet et un stylo. Sous le portrait de la reine d'Angleterre, sous les lumières tamisées, il rédige des textes courts qu'il adresse à Maren Sell ou à personne, pour *L'Histoire* ou le néant. Il écrit qu'il faut essayer d'écrire, qu'il faut laisser aller les mots. Au milieu des rires et des conversations étrangères, il écrit encore qu'il est sur le point de ne plus jamais écrire. De ne plus penser. De sombrer pour l'éternité dans son lit aux draps sales. Il aimerait bien être comme tout le monde, avoir une histoire et qu'on soit suspendu à cette histoire, qu'on se demande ce qu'il va lui arriver, qu'on n'en dorme plus. Ou mieux encore : inventer une histoire de toutes pièces, quelque chose de l'ordre d'une épopée intérieure, d'un grand roman initiatique. Mais sur le papier, le stylo butte. Alors, entre deux vodkas orange, il répète qu'il faut simplement essayer d'écrire.

Sur la convocation au palais de justice, il était précisé que sa juge était première juge. Ça lui avait plu, c'était un peu comme si cette dame, Colette, était la préférée du tribunal. Quand il en avait parlé à son ami Thierry Soulard, qui est magistrat, ce dernier avait explosé de rire. Pas du tout, c'est seulement un grade hiérarchique ! Il n'empêche, il aimait bien. Ce 1er octobre 2001, tandis que la juge préférée du tribunal le traite de voleur et de spoliateur de vieille dame étendue sur son lit de mort en chemise de nuit à fleurs multicolores, de gros nuages mousseux dérivent par la fenêtre. Elle s'interrompt enfin. A-t-il compris la teneur de la plainte de Jean Mascolo ? A-t-il quelque chose à dire ? Oui, il se demande si tout cela ne serait pas de la jalousie parce que sa relation avec Marguerite Duras était si particulière, parce qu'il y avait entre eux cette troisième personne, l'écriture. Jean Mascolo en était exclu. « Je ne cherche pas à charger ce dernier, je n'ai rien contre lui. »

Le gargouillis se fait de plus en plus fort comme un ventre affamé. Cela doit venir de la tuyauterie du palais de justice. Yann explique qu'entre 1994 et 1996 il a utilisé les droits d'auteur de Marguerite Duras pour payer les infirmières, Yamina et Soraya, ainsi que les dépenses domestiques. Il n'avait pas de procuration sur ses comptes alors il a continué à signer des chèques à son propre nom ainsi qu'elle le faisait par le passé. Il n'ose pas préciser qu'elle lui a toujours donné de l'argent au compte-gouttes, craignant qu'en cas de bonne fortune il se fasse la malle. C'était son fantasme, qu'il la plaque pour faire la fiesta à Saint-Tropez. « Mais ma pauvre, Saint-Tropez c'est fini depuis les années 1950 », répondait-il en rigolant. Une fois, après une scène pas possible, il lui avait demandé s'ils ne pouvaient pas essayer de vivre un peu normalement. Ne serait-ce que pour quelques jours. Elle l'avait dévisagé, presque choquée : « Yann, vous finirez chez Sagan une tasse de thé à la main. » Tandis que la greffière tape en cadence, il explique plutôt que c'est une grande fierté pour lui d'avoir maintenu l'écrivaine dans sa dignité, « dans sa vérité, même diminuée ». Elle est restée une vraie personne jusqu'au bout, jusqu'au 3 mars 1996, à 8 heures du matin, et il a toujours refusé qu'elle soit placée sous tutelle comme son fils l'avait suggéré. Toute cette histoire le révulse : quel intérêt aurait-il eu à prendre son argent sans son accord alors qu'il était à ses côtés du matin au soir ?

La première dame du tribunal lui indique qu'elle a saisi les carnets dans lesquels les infirmières ont consigné l'emploi du temps et les repas de Marguerite Duras, dans lesquels reposent ses dernières phrases prononcées depuis un autre monde. Elle tient également devant elle le testament, qu'elle lit à haute voix : « Je soussignée Marguerite Donnadieu dite Duras institue pour légataire universel mon fils Jean Mascolo et pour exécuteur littéraire, avec tous les pouvoirs nécessaires à cet effet, Monsieur Yann Lemée dit Yann Andréa à qui il reviendra 10 % de mes droits d'auteur. Fait à Paris, le 22 février 1990. » Sans un mot, elle fait glisser une autre feuille sur le bureau, une feuille recouverte d'une écriture complètement déstructurée. D'une main tremblante, deux mois avant sa mort, Marguerite Duras a rédigé : « Je donne à Yann Andréa l'usufruit de mon appartement de la rue de Rennes, net de frais et de droit. Paris le 16 janvier 1996. » Ça ressemble à un gargouillis.

« Reconnaissez-vous que Madame Duras n'était plus en état d'exprimer librement sa volonté au moment où ses codicilles ont été établis en janvier 1996 ? » s'enquiert la magistrate. Yann se souvient très bien du jour où Marguerite s'est installée dans la salle à manger de la rue Saint-Benoît et a attrapé l'une des feuilles qu'il laissait toujours à sa disposition. Certes, elle était « modifiée », mais dans un moment de lucidité, pour lui éviter d'être à la rue après sa mort, elle lui a légué un appartement qu'elle possédait rue de Rennes. Jean Mascolo devait hériter du reste : celui de la rue Jacob, celui de Trouville et la maison de Neauphle. Dans ce cas, pourquoi les mots « net de frais et de droit » ont-ils été apposés par une main nettement plus alerte, en l'occurrence la sienne selon l'expert ? s'agace la juge. Ah oui, il a ajouté cette petite mention parce que le notaire lui a indiqué qu'à défaut il risquait de payer un maximum de droits de succession. Marguerite était fatiguée, il ne voulait pas la déranger pour deux mots manquants.

Sur un coin du bureau en bois se trouvent des bonbons à la menthe de la même marque que ceux qu'elle achetait après sa cure de désintoxication parce qu'il lui fallait du sucre. Elle en mangeait trois paquets par jour. Résultat, elle était intoxiquée. Yann sourit. La magistrate lit d'autres déclarations de Jean Mascolo très en colère qui soutient que sa mère lui a toujours dit qu'il hériterait de l'appartement de la rue de Rennes pour payer les droits de succession, qu'il est sûr qu'elle n'était pas en état d'écrire un tel document et l'accuse de l'avoir détroussée. Mais il n'écoute plus. Il sourit encore en pensant aux bonbons à la menthe lorsque la juge préférée le met en examen.

Quelques minutes plus tard, seul au comptoir de la buvette du palais de justice, au milieu des avocats qui pleurent de mauvais verdicts ou trinquent aux victoires, il note à toute allure sur son carnet : « Je suis écrivain, je ne suis pas une crapule du monde financier », « Seul avec M.D., seuls sans famille, seuls tous les deux », « Tant que j'étais avec Duras, je n'avais besoin de rien ». À l'adresse de son avocat, Thierry Lévy, il précise : « Et nous allons, cher Thierry, faire triompher et le vrai, et le juste et le beau. » Avant de retourner s'allonger dans le Trou de la rue Saint-Benoît acheté par Marguerite Duras pour 420 000 francs, en 1987, à un homme d'affaires qui vivait à Athènes et dont elle lui a seulement laissé l'usufruit. Elle l'avait prévenu qu'il n'aurait rien.

11

40 biscottes braisées

Cet été de pluie et de vent, quand la silhouette de T. a disparu à l'autre bout du couloir, je me suis allongée pendant plusieurs jours sous le tableau de l'oiseau vert avec le ventilateur en position 2 durant le jour et en position 1 durant la nuit. Vêtue d'un tee-shirt noir dérobé dans sa valise noire, j'écoutais des voix. D'hommes, de femmes, de vieux, de gosses, de cons, de sociologues, de philosophes, de désespérés, d'ahuris, de célébrités, d'inconnus qui racontaient des histoires d'amour. Je voulais oublier la mienne, d'histoire, qu'elle arrête de jouer les importantes au prétexte que je l'avais vécue. Étendue sur mon lit, j'enchaînais les podcasts et les films, camée au chagrin des autres. De toutes ces voix, il me reste aujourd'hui celle d'Andréa-Arlaud qui, dans le grenier d'une maison de campagne, prononce entre deux volutes de fumée : « Je voudrais bien parler de Duras… » Et puis celle de mon ami Raoul. Pour me distraire, chaque soir, il m'écrivait des textes qu'il enregistrait, puisque je ne lisais plus, et dans lesquels il me narrait les aventures de Gontran Pistil, personnage de fleuriste ou de détective selon son humeur, de Bartholomée Puig, célèbre vainqueur des masters d'échecs d'Auch, et de Clara Oumka, une disparue qui portait le nom du chat de la voisine. D'un ton grave, parfois accompagné de quelques notes de guitare, Raoul intensifiait la dramaturgie façon Pierre Bellemare. Mais un soir, il n'a pas pris sa voix d'inspecteur cintré. À la place, il a juste prononcé : « Maintenant ça suffit, Andromaque », et m'a donné rendez-vous au café d'en bas, à La Renaissance. Je me suis levée. J'ai enfilé une robe. À partir de ce moment-là, Raoul m'a regardée pleurer. Au-dessus d'un gin-tonic, au-dessus d'une île flottante, au-dessus d'un aligot saucisse ou au-dessus d'un plateau de fruits de mer dans une station balnéaire. Dans mon ancien salon rempli de cartons goût poulet rôti. Dans mon nouveau salon, entièrement vide. En achetant une brioche au sucre à la boulangerie. En cherchant mes clés au fond de mon sac. J'ai vidé la mer. Et Raoul a écopé à la petite cuillère.

Au contraire, du Trou n'émane aucune voix. C'est un abîme plongé dans le silence dont il ne reste que trois photos. Elles étaient rangées dans une enveloppe blanche (tiroir 3, colonne de droite) parmi les affaires de Pascale. Au dos de la première, il est inscrit : « septembre 1998, 26, rue Saint-Benoît, 6e arrondissement ». Mais ce pourrait être aussi bien en 2000 ou plus tard encore car le désastre est immuable. Au moment de cette photo, Yann est loin, sous le soleil d'Agen, tel un rescapé qui s'apprête à cuisiner un navarin d'agneau. Pascale se tient seule sur le pas de la porte vert d'eau, au troisième étage. Elle serre son Kodak jetable comme une envoyée spéciale au cœur de la catastrophe. Devant elle se dessine un paysage ravagé, de ceux que l'on voit à la télévision les lendemains de tsunami. Dans le studio de la rue Saint-Benoît, il n'y a plus de sol, plus de meubles, plus rien. Juste un raz-de-marée de bouteilles de vin et de canettes. Une vague géante de déchets surmontée d'un paquet de « 40 biscottes braisées ». Ce qui faisait l'ordinaire de la vie domestique a disparu. La table est enterrée. Le gros fauteuil gris est recouvert d'une peau d'ordures, il tend un bras désespéré vers le ciel. Seul le lit émerge et permet aux yeux déboussolés de se poser sur une forme familière. Sur les photos de la salle de bains, c'est peut-être pire encore, le lavabo est recouvert d'une couche épaisse et brunâtre sur laquelle des rasoirs jetables sont échoués pêle-mêle. Un vieux paquet de gâteaux gît sur la faïence crasseuse de la baignoire. La bouteille de shampoing Ultra doux à moitié entamée rappelle qu'autrefois, mais alors il y a vraiment très longtemps, une vie humaine a prospéré ici.

Pascale est certainement restée de longues minutes avec le Kodak dans sa main moite, totalement impuissante. Peut-être a-t-elle distingué dans un coin de la pièce une cravate coccinelles ou escargots ? Peut-être a-t-elle tenté de se représenter son frère quelques semaines plus tôt, enseveli de n'avoir pas. Pas sorti les poubelles. Pas vidé le cendrier. Pas débarrassé la table. Pas fait la vaisselle. Pas lavé les vêtements. Pas jeté le paquet de 40 biscottes braisées. Yann Andréa ne s'est pas construit un terrier avec des galeries pour se protéger des ennemis comme le héros de Kafka. Non, il l'a laissé se construire tout seul. Il a attendu, allongé sur son lit, que la marée monte. Sur Internet, il existe beaucoup d'articles consacrés à ceux qui font le vide autour d'eux et le plein chez eux, qui vivent une négligence de l'hygiène corporelle et domestique et, le plus souvent, un isolement social « sans se plaindre de cette situation ». Selon un site spécialisé, le syndrome de Diogène est une pathologie qui toucherait essentiellement des personnes âgées et qui apparaîtrait à la suite d'un choc psychologique « comme le décès d'un proche ou un changement radical de situation ». L'un des cas les plus connus reste celui de deux frères américains, Homer et Langley Collyer, qui, à la mort de leur mère, ont continué à vivre en ermites dans leur grande maison familiale à New York. Au fil du temps, ils ont accumulé toutes sortes d'objets : des journaux, des livres, des instruments de musique ainsi qu'une voiture en pièces détachées et quatorze pianos à queue. Dans chaque recoin, ils ont inventé des pièges très élaborés pour se protéger des intrus. Hélas, Langley est devenu sa propre victime : une énorme valise lui a broyé le corps au fin fond de l'un de ses tunnels de détritus. Dès lors, il ne pouvait plus nourrir Homer – pianiste virtuose devenu aveugle et paralytique –, mort de faim quelques jours après lui. Sur les photos en ligne, on voit les différentes pièces de la demeure bourgeoise remplies jusqu'au goulot. Ce sont des œuvres à l'esthétique léchée, le carnage paraît presque bien agencé. Un lustre ancien ou le portrait d'un ancêtre veille sur d'immenses piles de journaux ainsi que des tas de livres et de cartons empilés jusqu'au plafond.

Je ne crois pas que Yann Andréa soit un bâtisseur comme les frères Collyer. Il ne rôde pas la nuit pour dénicher un piano à queue, ne chérit pas des reliques dont il ne parvient pas à se séparer. Il se contente de s'allonger et de voguer sur sa couchette de chagrin. Dans l'un de ses cahiers, un soir anodin, il a noté cette phrase juste avant de dormir : « La nuit vient et je me mets dedans. » De guerre lasse, le passager de la nuit s'installe dans cet endroit sûr et sans bruit, sans fond, sans forme, sans haut ni bas. Plus rien n'existe. Ni lui-même ni les autres. Ni Dieu ni Duras. La nuit vient et il se met dedans. Sur son lit perpendiculaire à la fenêtre, Yann attend. Comme John Merrick dans la dernière scène d'*Elephant Man* lorsque, dans sa chambre sommairement meublée, il enlève un par un les oreillers posés sur son lit perpendiculaire à la fenêtre. Le rideau blanc flotte dans la nuit. Et tandis que résonne la symphonie hypnotique de Samuel Barber, tandis qu'il s'allonge lentement, son visage hideusement déformé se détend enfin. Il ferme les yeux. Une voix off surgie du noir et des étoiles prononce : « Rien. » Quelques secondes plus tard, elle reprend : « Rien ne meurt jamais. » Elle murmure que le fleuve coule, que le vent souffle, que les nuages passent et que le cœur bat. Yann aurait peut-être aimé, lui aussi, une autre vie « pour tout refaire sans rien défaire et admirer sans adorer ».

Texte de Yann Andréa
rédigé sur une feuille blanche, sans date
Tiroir 2, colonne de gauche

C'est une valise en toile écossaise posée à même le sol. J'ai 5 ans. Je ne vois pas à qui elle appartient. Je sais que Maman va partir. Elle va prendre le train, quitter la maison. Partir. Moi je regarde la valise. Je ne crois pas pleurer. Je ne crois pas être triste. Je ne sais pas quoi faire. Il me semble que c'est quelque chose qu'un enfant ne devrait pas voir. Déjà ce sentiment de ne pas être à ma place, de voir ce qu'il ne faut pas : le malheur des autres, le mal qui se fait, le monde qui va mal. Et mon impuissance. La désolation. Je suis là, à regarder la valise écossaise. Ça s'arrête là. Je vomis beaucoup jusqu'à 7 ou 8 ans. Et ce geste de la main de Maman sur le front qui m'aide à vomir. C'est le sentiment de la plus grande tendresse. La mère et son fils. Pas de dégoût. Pas de décalage entre elle et moi. Non, simplement elle m'aide à vomir. Elle aide au passage, elle tient en vie. Je suis somnambule, je me lève la nuit. On a peur. On verrouille les fenêtres. On ne veut pas que je saute (par inadvertance). On veut me garder. Ma mère. Mes sœurs. On prend soin de moi. On m'aimerait alors ? Je pourrais le croire.

J'ai 6 ans, je suis dans la cour de récréation. Je me tiens près de la clôture, un grillage me semble-t-il. Devant moi, les autres enfants. Ils jouent, ils rient, ils parlent, ils sont ensemble, une masse unifiée. Et moi, seul. Je regarde. Et je me dis très clairement : je suis seul. Et rien n'y fera, je serai pour toujours ainsi, seul. Je ne suis pas triste, je n'ai pas envie d'aller rejoindre les autres. Non pas du tout, c'est un état de fait. Comme une équation mathématique. Ce qui me gêne, c'est la peur : que quelqu'un me voie ainsi, seul, qu'il s'en inquiète, qu'il ne trouve pas normale la situation. J'ai peur d'être pris pour quelqu'un d'anormal et je vais faire en sorte d'y remédier. Je vais apprendre à faire avec les autres. Je vais apprendre à jouer.

Mais rien n'y changera avec les années : je suis posé là, dans la cour, et je vois que les autres jouent, que je suis sérieux. J'ai honte d'être ainsi, si réservé. Ma mère répète « sensible ». Et en effet, je le suis au-delà de tout. Peur de tout. Peur de déranger. Peur de faire de la peine. Peur d'insister. Peur de regarder trop. Peur de bouger le corps, de marcher. Je n'ai jamais su me tenir comme les autres garçons, les jambes écartées par exemple. Et toujours la tête légèrement penchée, les yeux trop ouverts. Quand je vois des photographies de moi à cette époque, c'est ce qui frappe, je suis effrayé. D'une timidité maladive et qui passe outre, on ne sait comment, j'insiste. « Cet enfant est excusé », dit-on parfois. Alors que je ne fais strictement rien pour ni contre. Je crois aujourd'hui que je suis sidéré, absolument.

12

Le petit garçon effarouché

Pendant que Yann dort, que le rideau blanc flotte dans la nuit, je regarde les autres photos que j'ai emportées hors de la chambre rose. Elles sont teintées de cette banalité familière des albums de famille en noir et blanc mais quelque chose de sombre émane de la pellicule, comme un crépitement désenchanté. Sur la première, la photographe, certainement sa mère, Andréa, ne pépie pas « Souriez ! » car personne ne sourit. Le père, Raymond, un bel homme aux cheveux coiffés en arrière, est assis en maillot de bain au milieu d'une vaste étendue de sable, un paysage tellement plat qu'il en devient lunaire. Ses quatre enfants, Gérard, Yann, Béatrice et Martine (Pascale et Véronique ne sont pas encore nées), sont éparpillés autour de lui, accroupis, en tenue de plage. Je le reconnais immédiatement au premier plan, le petit Yann avec son air effarouché. Le petit Yann tout seul qui aimerait se soustraire au regard des autres. Il a 4 ou 5 ans, des cheveux presque blonds et les sourcils froncés. De cette photo se dégage une insondable mélancolie de bord de mer. Les enfants sont trop sages. Leurs bras et leurs jambes sont trop bien rangés. Leurs visages trop timides pour refléter le bonheur estival attendu. Les contrastes sont si mal définis que celui de Raymond est avalé par une masse noire. Comme s'il suffisait d'un moment d'inattention pour qu'il s'évanouisse complètement, comme si la photo hurlait qu'il ne s'était jamais intéressé au petit garçon effarouché. Juste après la naissance de Yann, Andréa a eu un grave accident en se rendant au cinéma, elle s'est fracturé le rocher, un petit os du crâne, et a dû tout réapprendre : à marcher, à parler, à manger. Pendant ses longs mois de convalescence, le bébé n'est pas resté avec son père mais a été confié à son arrière-grand-mère, la vieille Louise. Une dame autoritaire et joviale qui cultivait dans son jardin de Ploumagoar, à côté de Guingamp, des fruits et des légumes incomparables. Plus tard, elle lui répéterait souvent : « Aime ta mère » et « Tu seras avocat ».

Sur la deuxième photo, Andréa est étendue sur un lit, probablement celui d'une maternité, vêtue d'une chemise de nuit blanche. Sa longue tresse lui caresse le cou. Entre ses mains, elle serre presque machinalement un bouquet de roses. Son visage est si juvénile qu'elle paraît une enfant au milieu des siens regroupés autour d'elle dans leurs jolis habits blancs. Béatrice, la cadette aux joues rondes. Martine, petite fille sage dans son chemisier. Gérard, en surplomb, contemplant la scène dans une posture de penseur. Et puis Yann, le seul collé à sa mère, sa joue sur son épaule. Peau contre peau. Vaille que vaille. Il est le préféré. L'enfant fragile qui la tient éveillée la nuit, celui qu'elle regarde par la fenêtre lorsqu'il joue au ballon, celui qu'elle emmène avec elle quand elle fuit.

Je connais peu de choses d'Andréa première du nom, enfin deuxième puisque sa mère était aussi baptisée ainsi. Depuis que je suis entrée dans la chambre rose, je sais qu'elle avait une voix aiguë, des petits yeux sans maquillage, une peau dorée. Je sais qu'elle emmenait ses enfants avec elle en boîte de nuit, qu'elle se baladait haut-perchée sur des talons avec un rire au diapason et qu'elle suivait son cœur un peu partout en France même si cela ne plaisait pas trop à ses maris. Je sais aussi qu'elle ne s'est jamais remise de la disparition d'un amant rencontré au cinéma Le Celtic de Guingamp.

Au moment où elle a divorcé de Raymond en 1965, elle avait déjà fait la connaissance de Pierre, un ingénieur des Ponts-et-Chaussée. Ce dernier menait une enquête de circulation et avait arrêté sa voiture alors qu'elle se rendait chez Louise. Andréa travaillera quelque temps comme couturière à Châteauroux avant de l'épouser en avril 1967. À Hérouville-Saint-Clair, un quartier en pleine construction dans lequel ils avaient obtenu un logement social, en dehors de cette grande tour dans laquelle ils vivaient, il n'y avait rien. Des enfants Lemée répartis comme des pions, Andréa n'avait gardé que Yann, âgé d'une douzaine d'années, dont Raymond ne voulait pas, et Pascale qui venait de naître. Quand Pierre a été muté au dragage d'écluses, ils se sont installés dans une maison de plain-pied sur le port de Ouistreham. Les murs étaient ornés des grandes tapisseries brodées par Andréa, des fresques extraordinaires dans les tons ocre, tout en transparence et en motifs postcubistes, qu'elle piquait des soirs durant à l'aiguille. Yann y est resté quelque temps avant de déménager à la cité universitaire de Caen puis rue Eugène-Boudin.

Était-il déjà parti quand, un matin, Raymond a garé sa Simca 1000 devant le portail suivie par une camionnette de la gendarmerie ? Il venait chercher Pascale, 5 ans, dont il avait obtenu la garde, a-t-il déclaré.

La fillette a été emmenée manu militari à Saint-Brieuc, dans un pavillon aux murs de granit et aux volets bordeaux. À 5 ans, elle a découvert un inconnu qu'elle devait appeler « papa », une sœur, Véronique, et un grand frère, Gérard, dont la chambre à l'odeur de tabac froid était recouverte de posters de Johnny Hallyday. Tellement choquée par le déracinement, Pascale a eu la pelade. D'année en année, son corps est devenu plus rond, il a fabriqué des barrières de chair et des cuisses puissantes pour porter tout ce chagrin. Dans ses cahiers Messager, entre les lignes parfois indéchiffrables, elle laisse entrevoir la terrible solitude dans le pavillon de la rue de Jersey. La violence de la main qui l'arrache à sa quiétude enfantine et de celle qui ne la retient pas. Les cris et les menaces du grand frère. L'impassibilité du père. La soupe en silence avec les informations à la radio tous les soirs à 19 heures. Pour ses 16 ans, un colis est arrivé, rempli de livres : Shakespeare, Kafka, Huysmans, Benjamin Fondane, Proust, Toni Morrison, Gombrowicz, Louise Labé, Dostoïevski, Rilke, Pasolini, Plath, Bernhard, Faulkner, Woolf, Goethe, W.C. Williams. C'était comme si mille mains venaient enfin lui prêter secours. Le colis avait été expédié par Yann, ce frère qui avait fait des études et vivait désormais avec une grande écrivaine, ce frère qui semblait tout savoir de son dénuement. De phrase en phrase, de chapitre en chapitre, Pascale a commencé à se construire un refuge. À 18 ans, elle a quitté la rue de Jersey. Elle a voyagé en

Grèce et en Irlande, puis elle s'est installée à Paris, dans cette chambre de bonne de la rue Dulong où il faisait si froid que c'était comme si les murs n'existaient pas. Elle s'est mise à écrire pour ne pas devenir folle, pour échapper à son histoire ou pour occuper le temps. Jusqu'à la fin de sa vie, elle s'est assise chaque jour à sa table de travail avec ses cigarettes et sa tasse de café froid, et elle a écrit des livres et des scénarios. Et puis des lettres à son « *Dearest brother* ».

Sur la troisième photo à la bordure dentelée, Yann, âgé d'une quinzaine d'années, est vêtu d'une veste et d'une cravate. Il se baisse pour attraper la main de Pascale qui a 3 ans, un chapeau rond, une robe blanche et des sandales vernies. Sur ses lèvres flotte un sourire amusé tandis qu'ils se pavanent ensemble, tout endimanchés, dans la rue déserte d'un village. Pascale n'a pas laissé cette photo-là avec les autres dans le tiroir du meuble en plastique. Elle l'a glissée dans un petit sac hermétique à côté de son faire-part de baptême et d'un gant blanc. Le gant qu'elle portait ce jour de fête et sur lequel les doigts de Yann se sont un jour repliés. S'il existait une photo manquante comme celle qui préfigura l'écriture de *L'Amant*, une photo oubliée, je pense qu'elle représenterait Pascale et Yann assis face à face en terrasse du Café de Flore. Devant eux seraient posés une bière et un Pimm's champagne. Sur cette photo, leurs visages ne marqueraient plus leurs douze ans de différence d'âge, seulement leur ressemblance troublante. Les mêmes yeux écarquillés et inquiets. Le même front large. La même auréole de douceur.

Mais dans la chambre rose, on ne vieillit pas. Béatrice, Véronique, Martine ou Gérard n'existent pas à l'âge adulte. D'ailleurs, Andréa n'a jamais revu ce fils aîné devenu tuyauteur-soudeur, mort à 39 ans seul dans son studio, à côté d'une bouteille d'alcool fort et de médicaments. Dans la famille Lemée, chacun est l'abandonné d'un autre. Personne n'est complet. Sauf peut-être Andréa et son petit Yann. Peau contre peau, vaille que vaille. L'adoré aux sourcils froncés.

Une dernière photo a surgi un jour, à l'heure du thé alors qu'Iris remontait de la cave : « Tiens, je viens de trouver ça ! » Je suis restée longtemps à regarder Andréa debout dans son salon décoré d'un papier peint à fleurs, de fauteuils à fleurs et de coussins à fleurs (sur la table basse, il y avait aussi un énorme bouquet de fleurs). Ses cheveux blonds permanentés formaient un casque autour de ses pommettes saillantes. Dans un geste parfaitement naturel, avec un rien de provocation au fond de la pupille, elle jouait les pin-up en pull et santiags, sous un grand parapluie noir ouvert. C'était à Noël 1985. Elle avait 50 ans. On aurait dit une image des Marx Brothers comme quand Harpo tient une paire de ciseaux géants pour couper une mèche minuscule de Groucho. Je ne pouvais quitter des yeux Andréa dans son théâtre fleuri, Andréa qui toute sa vie avait fait des broderies époustouflantes, Andréa avec sa moue de star de cinéma et son parapluie grand ouvert alors que, dans son salon, il faisait beau.

Carnet de Yann Andréa en « peau de serpent »
Tiroir 2, colonne de gauche

Les Varennes, novembre 2003,

Arrivé ici mercredi 26 vers 1 heure du matin. Quitté la rue Saint-Benoît, la Poubelle, in extremis. Cette répétition du même. Cet enfermement dans rien, sans même aucun malheur, sans pleurs. Voilà je suis ici, revenu ici dans cette chambre qui ouvre sur le parc, les arbres, la Seine. Je suis assis à la table de bois clair. J'ai ouvert ce carnet posé sur la table et j'écris ces mots. Comme si je venais d'arriver. Avant cela, hier, j'ai pris un bain. Le premier depuis des mois et des mois. Depuis un an, j'avais laissé le corps et les cheveux dans leur état d'abandon. État sale, comme après la saleté. La coiffeuse, Gaëlle, a coupé la masse compacte des cheveux, un bloc solide de cheveux solidifiés entre eux. Très vite, elle a détaché un paquet, un scalp, et mon visage a été différent. Je l'ai reconnu, vieilli et ancien, il me disait quelque chose, il me disait : « Tu es ici, encore ici. Tu es vivant. Puisque tu n'es pas mort dans la poubelle Saint-Benoît, tu es vivant. Regarde ce miroir, on est en train de te couper les cheveux, comme quand tu étais un petit garçon ».

13

Today, 51 ans

Le 28 novembre 2003, quatre ans après la publication de *Cet amour-là*, huit ans après la mort de Marguerite Duras, Yann mange des lasagnes et une salade d'endives. En dessert, il se sert une part de gâteau au chocolat. La veille, Maren Sell s'est plantée sur le seuil du 26, rue Saint-Benoît et, d'une voix qui ne souffrait pas la contradiction, elle a décrété la fin de l'hibernation. Il s'est laissé extirper hors du Trou puis conduire dans le refuge campagnard près de Melun. Au supermarché Champion, il s'est même surpris à avoir envie de crème de marrons (« Clément Faugier »). Maren Sell le rejoint parfois dans la grande maison, accompagnée de son mari, de sa fille ou d'amis écrivains. Le reste du temps, Yann est seul. Presque étonné de fonctionner à nouveau normalement et que cette maison fonctionne, elle aussi, avec des lampes qui s'allument et une pompe à chaleur qui diffuse une douce ambiance. « Pendant ces trois années rue Saint-Benoît, j'étais soi-disant dépressif, je n'en suis pas sûr. C'était quoi au juste ? Un rempart contre quoi ? » écrit-il au stylo bleu, d'une graphie engourdie. Dans cet abri des bords de Seine, il se retape avant de reparaître au monde. Il boit du thé Earl Grey et beurre ses biscottes dans la cuisine qui lui rappelle celle de Neauphle, avec la même table en bois, le même ronflement du réfrigérateur et le même tic-tac de l'horloge. Sur les pages beiges d'un nouveau cahier, un modèle étonnant avec une couverture en peau de serpent, beaucoup plus introspectif que les autres, il réfléchit à ces trois nouvelles années d'abandon dans le Trou. « Personne ne peut rien pour moi puisque la personne qui aurait pu, qui aurait dû, absolument, ne l'a pas fait, m'aimer, ne savait pas ? Ne pouvait pas ? Le père ? La mère ? Déficience. »

Quand arrive l'heure du dîner, Yann déplie la nappe blanche dans la salle à manger et allume deux bougies. Il dispose ensuite le minestrone, le poulet froid et les cornichons à la russe (« soi-disant ») en veillant à ne pas faire de taches. Il mange seul à sa table de gala en écoutant la Callas qui chante *Norma*. La voix recouvre le bruit des couverts et apaise, durant quelques minutes, la peur de mal faire. La Callas emporte tout, le souvenir du frère Gérard, mort dans son appartement de Saint-Brieuc, de la mère qui n'a pu s'occuper de lui après sa naissance, du père qui ne l'a jamais aimé. La Callas chante jusqu'à l'épuisement, jusqu'à faire trembler les cornichons soi-disant à la russe sur la nappe blanche. De sa poubelle de la rue Saint-Benoît, Yann n'a rien pu sauver excepté trois chemises, deux pantalons, deux caleçons, deux tee-shirts et une paire de chaussures. Son petit paquetage pour une nouvelle vie. « Je suis hébergé sans toit, sans affaires. 50 ans et rien. No home (except one bedroom), no money (except quelques euros), no child, no vêtement. »

Il aime cette chambre du rez-de-chaussée désormais familière avec son tabouret, son piano noir et son édredon rouge. En nouveau propriétaire attentif au moindre détail, il chérit les trois branches de bambou dans le vase, la vue sur l'eau métallique, le papier d'Arménie qui se consume lentement. Il trouve néanmoins qu'il manque un portemanteau, qu'il faudrait encaustiquer le parquet et que le grand fauteuil devant la cheminée est vraiment mal positionné. Mais où le mettre ? Au réveil, Yann étire son corps. Ensuite, il danse et tente de trouver le juste tempo. Il s'imagine au bal de T. Beach, au bal du *Guépard*, au bal des débutants ou au bal de la Croix-Nivert, le samedi, comme dans *Le Square*. Vitesse, souplesse, ralentissement et délié. Il faut prendre le temps. Ne pas s'épuiser à regarder ou à parler. Savoir rester léger. Être frivole dans la solitude, répète-t-il. Voilà, c'est bien. Tout est à recommencer alors il se concentre. Il se lave tous les jours et met de la crème hydratante. Il porte un nouveau pantalon à sa taille et, pour ne plus être le petit garçon seul dans la cour de récréation, il entraîne son corps à la désinvolture et son esprit à la transgression. D'un coup de stylo canaille, il tente : « On n'est pas des gonzesses. » Juste pour voir ce que ça fait d'écrire un truc pareil. « Ça me plaît infiniment parce que je ne l'ai jamais dit jusqu'à maintenant. Utiliser ce genre d'expressions : "Tu me casses les couilles, putain ! Enculé." »

Dans le nouveau cahier en peau de serpent, il note tout : qu'il chante, qu'il danse, qu'il fume, qu'il se retourne sur le ventre dans la baignoire, qu'il lève les jambes vers le ciel, qu'il se brosse les dents tous les jours, que l'espace de quelques secondes, soudain, il n'a plus peur, qu'il regarde par la fenêtre, qu'il met un rôti de veau au four, que les oiseaux sont dans leur cage, qu'il n'ose pas ouvrir un pot de confiture non entamé, qu'il change de nappe, qu'il se trompe et prend un drap à la place, qu'il ne parvient pas à replier le drap, qu'il enfile une chemise propre, qu'il se parfume avec Allure de Chanel, qu'il fait zéro degré, qu'il appelle sa sœur Martine, qu'il récite les premières lignes du Notre Père « en vitesse », qu'il écoute Mozart, qu'il va faire les courses au Champion, qu'il envoie un exemplaire de *Cet amour-là* à la juge préférée du tribunal, qu'il dîne seul avec des bougies, que F. lui souffle au téléphone « ne fais pas trop le saint », qu'il écoute Erik Satie sur France Musique, qu'il appelle Michèle Manceaux qui envisage de vendre sa maison de Neauphle, qu'il a perdu un bouton de sa chemise Yamamoto, que cent sacs-poubelles ont été sortis de son studio de la rue Saint-Benoît par des ouvriers spécialisés, qu'un écureuil passe dans le parc, qu'il a reçu un colis de sa sœur Béatrice avec des biscuits, du pâté et du bain moussant, qu'il lit *Le Procès de Jeanne d'Arc,* qu'il se promène dans la forêt, qu'il rit au téléphone avec Pascale, qu'il faut acheter du savon (« Cavaillès »), qu'il a cassé un cendrier (« en trois morceaux ») et que « le verbe être au présent n'existe pas en hébreu ».

Décembre 2003 passe avec le soleil voilé par la brume, le froid, le ciel bleu layette et les tartines grillées, avec la poussière qui se dépose sur les touches du piano laqué, les cigarettes, le porto « qui rend la tête légère », le pot-au-feu « exquis » et les colis de Béatrice de plus en plus gros comme s'ils contenaient tout ce dont elle avait manqué à l'orphelinat. Des gens vont et viennent dans la maison pour les fêtes. Ils sont une foule compacte et indistincte. Une jeunesse à laquelle il n'appartient plus. On décore un sapin de Noël. On fait une crèche. On danse. On rit en achetant du côtes-de-duras. On se réveille très tard. « Today, 51 ans, voilà, c'est fait, presque fait. » Assis à la table du petit déjeuner tandis que les autres dorment encore, Yann redoute d'être pris pour « un plouc, un imbécile, un laid, un pédé, un imposteur, un escroc, un baiseur, un impuissant ». Ses orteils recroquevillés dans les chaussons qu'il a piqués à Maren Sell, il murmure pour lui-même : Ne pas se laisser submerger par l'émotion de soi, des autres. Ne pas trop boire d'alcool. Ne pas se presser. Ne pas presser le temps. Ne pas se précipiter. Ne pas se jeter au cou du premier venu. Ne pas se mettre à la place de l'autre. Aimer sans trop le savoir, sans insister, sans exagérer. Ne pas s'épuiser avec la vérité. Se détacher. Se détendre.

Au téléphone, la photojournaliste Marie-Laure de Decker lui a raconté que les hommes de la tribu Wodaabe, au Tchad, enterrent leurs morts et ne vont plus jamais voir le lieu, qui est oublié. Mais il ne peut pas oublier le lieu où il est enterré. Alors le soir, il relit *Yann Andréa Steiner*, fasciné comme si c'était la première fois par son double aux traits d'ange et au grand parapluie en toile vernissée qui frappe à la porte de celle qui n'attendait plus rien. Après avoir bu un dernier verre de whisky, il se glisse dans son lit « en acajou », sous une couverture « du Népal » et des draps « en coton du Nil ». « Et les roses du Bengale ? Et mon cul sur la commode ? Voilà. (A day sans trop d'énervement) ». Parfois, il reste un long moment au bureau face à la Seine, jusqu'à ce qu'il ne voie plus que de pâles scintillements à la surface de l'eau. Il pense à sa posture, se dit qu'il faut se tenir le dos bien droit, sans rigidité, en sachant être souple. Cela permet d'être moins fatigué. D'ailleurs, il faudra qu'il fasse plus attention, lorsqu'il s'assoit sur une chaise, à bien se positionner pour que le corps n'ait quasiment aucun effort à fournir. C'est aussi important que de bien marcher, de bien répartir le poids du corps entre la jambe droite et la gauche. Oui, il faudra qu'il améliore cela. Où en était-il déjà ? Sur une page vierge du cahier, il trace un grand rectangle. « Une bonne table, un bon stylo, une feuille blanche, et hop, on y va, on écrit un chef-d'œuvre », s'encourage-t-il. En haut, il inscrit son nom. Yann aimerait pouvoir tout écrire, tout décrire, tout nommer. Les ombres, les couleurs, les choses, le froid, les rires, les pleurs, les odeurs, l'immobilité, les plus beaux tableaux, les plus belles musiques, les plus belles amours. C'est à en devenir fou. En attendant, au milieu du rectangle, il a déjà choisi le titre : *La Vie facile*. J'éclate de rire.

14

Un écrivain qui n'écrit pas

Depuis des semaines, je collectionne les « pas grand-chose » qui me font rire dans les journaux de Yann Andréa. Quand il fête les « quatre jours sans tache ! » de la nappe blanche tout en sortant une boîte de sardines à l'huile. Quand il téléphone au bar du Ritz depuis la maison de campagne et frétille de plaisir en entendant : « À votre retour, monsieur, ce sera grand service ». Quand il contemple ses fesses dans la glace, qu'il les détaille longuement : « Molles et plates. Bon. Ça va quand même. » Quand, en se couchant, il a froid à la tête : « Mettre un bonnet de nuit ? » Quand tout à coup, au milieu de sa promenade du matin, il se demande : « Acheter Dr Martens ? » Yann Andréa se déplace en funambule dans un monde où rien ne va de soi. Il faut imaginer Samuel Steiner, l'enfant aux yeux gris, ou Yann Andréa Steiner, l'être illisible à la recherche de beaux barmen argentins, se cogner à tous les coins de la pièce. Il faut les imaginer ces êtres de vent et de sable, pris en tenaille entre le ronron du chauffage et le tic-tac d'une horloge ou assis à une table en bois en train de tremper un Petit Lu dans leur café, redoutant de maculer les pages vierges de *La Vie facile*. Chaque geste est une gageure. Chaque pas, un pari.

Le 5 février 2004, après avoir passé trois mois dans la maison de Melun et des tonnes de coups de fil à F., à Pascale, à l'éditeur Frédéric Boyer, au réalisateur André Lindon (« tu es un intermittent »), à Robert Gallimard, neveu de Gaston (« on n'a qu'une vie, Yann »), à la monteuse Dominique Auvray (« le livre de cuisine publié par Outa, je trouve ça pas mal, c'est mon avis »), après avoir tant promené les chiens Wendy et Nabab, tant aimé les serviettes de table en coton doux, tant regretté d'avoir oublié de racheter du pain de mie (normal, « pas noté ») et enfin décidé de déplacer le fauteuil dans sa chambre, Yann pose le pied hors du taxi de la compagnie Rocco avec autant de cérémonie que s'il marchait sur la Lune. Il est de retour à Paris. « 3 000 euros bloqués par le fisc, rien. Je n'ai pas payé l'État. La circulation de l'argent s'arrête brutalement et par surprise. D'où l'étonnement et la colère (contenue) », écrit-il sur un nouveau carnet acheté dans une papeterie de la rue du Four. Néanmoins, ainsi que le lui a suffisamment soufflé Rembrandt Vieux perché au-dessus de son lit, il faut accepter les tensions d'une vie composée de triomphes créatifs et de revers personnels et financiers.

Fauché mais guère vaincu, il réserve une chambre au Madison, un quatre-étoiles du boulevard Saint-Germain, pendant qu'à quelques centaines de mètres des ouvriers rénovent le Trou. Le Madison est un « pied-à-terre privilégié des voyageurs exigeants », vante toujours le site Internet, insistant sur le « cadre feutré et intimiste ».

Parmi les illustres pensionnaires, il faut compter Malraux durant l'hiver 1937 ou Albert Camus qui y acheva l'écriture de *L'Étranger*. En voyageur exigeant, Yann trouve la salle de bains trop éclairée, « comme si la pleine lumière était un signe de richesse ». Il range sa veste réversible dans la penderie, pose sa machine à écrire Olivetti sur le bureau à côté du CD de Dalida qu'il a emporté. Après avoir noué la cravate escargots autour de son cou, il sort au bar du Ritz. Roman l'accueille dans son costume noir : « Ravi de vous revoir, monsieur. » Et un Pimm's offert ! Les rideaux ont été changés, ils sont plus épais avec des motifs en relief. Au piano, Yannis joue les airs familiers qui servent de passerelle vers la nuit, il joue encore et encore jusqu'à ce que les dernières bulles fanent au fond des verres. Jusqu'à ce que la femme en rouge, apprêtée pour un mariage, devienne un peu floue.

Yann se réveille alors sur le grand lit du Madison inondé de lumière, il commande un petit déjeuner en chambre avant de partir retrouver F. à la Closerie des Lilas (« langoustines et cabillaud »). Il se rend ensuite au Bon Marché puis dans une boutique chic de la place Saint-Sulpice où il s'achète une veste claire, un tee-shirt et un maillot de bain. La vendeuse lui promet qu'il n'y a pas à s'en faire, la taille XL est commune à beaucoup d'hommes. Ça le rassure. Il continue de dépenser l'argent qu'il n'a pas, flambant comme un prince, se délestant du moindre billet arraché à des amis compatissant et asséchant les droits d'auteur sur son compte en banque. Il dîne chez Lipp, comme les temps sont tout de même à la parcimonie, il note le prix – 51 euros pour un menu poireaux vinaigrette, poulet-haricots verts et un parfait au café – va chez le dentiste, envoie des lettres ici ou là pour demander une rallonge à ses proches. Parfois, il toque à la porte arrière de la boutique du Flore, chez Félix, le Chat de la rive gauche comme on l'appelle dans le quartier, son voisin qui fait glisser chaque matin le rideau de fer pour dévoiler, comme au théâtre, la vitrine aux merveilles : vaisselle, porcelaine, verrerie, linge de maison, maroquinerie et même quelques éléments de papeterie. « Dis, tu peux me dépanner, Félix ? » Ce dernier lui tend 50 euros ou un paquet de cigarettes. Pomponné comme un lord, Yann reprend sa place au bar du Ritz où on lui sert des compositions de plus en plus audacieuses avec des concombres et des groseilles en grappes. « L'argent on veut nous faire croire que c'est important pour nous occuper, nous distraire. Argent/sexe/pouvoir etc. Taxi. Concorde. Raspail et Select. Salade de pousses d'épinards avec lardons et filet mignon et café. Ensuite, le Rosebud, à pied. Minuit. Je dors. »

Marguerite dort elle aussi, elle dort depuis huit ans dans sa tombe du cimetière du Montparnasse. Le 3 mars 2004, tandis que les larmes de Yann s'abattent sur le fourbi de cœurs et de stylos, elle le console : « Écrivez, Yann. Vous êtes un écrivain qui n'écrit pas. » Comme elle l'a déjà fait dans *Emily L.,* elle lui explique, une fois encore – mais ça ne l'ennuie pas de répéter – qu'il est très malheureux à cause de ça, parce qu'il sait tout de la tragédie de l'écriture et qu'il n'écrit pas. Les pages de *La Vie facile* sont immaculées. Quand Yann s'assoit au bureau de Camus ou de Malraux, il est saisi d'angoisse. C'est toujours le même problème : les histoires avec un début, un milieu et une fin, il ne sait pas les raconter. « Ne riez pas, parfois je crois que je vais m'y mettre aux histoires, comme si j'étais fait comme tous les autres, alors que je suis dans l'absence, dans ce vide du silence des après-midi à attendre la lumière noire de la fin du jour », a-t-il soupiré dans *Ainsi*. La seule histoire de sa vie, elle dort dans cette tombe. Elle dort dans les livres qu'ils ont écrits ensemble, dans le dernier qu'il a mis au monde tout seul, dans un petit bureau de la rue Dauphine. Marguerite insiste : « Écrivez, Yann. »

Dans la chambre de l'hôtel Madison, immobile, les deux pieds bien plantés dans le sol – parce que c'est meilleur pour le dos et que si l'on n'y prend pas garde, le corps a tôt fait de vous échapper –, il insère une feuille dans la machine à écrire Olivetti (un peu comme Iris dans sa petite machine bleue) et s'encourage : « Il faut répéter. Il faut inventer. Il faut être léger. Voilà. » Mais ce sont ses mots à elle qu'il tape : « Ici c'est S. Thala et après c'est encore S. Thala », « Tu me plais. Quel événement ». Marguerite soupire. Penchée au-dessus de son épaule, elle s'agace : « Yann, il faut écrire même des conneries, il ne faut pas avoir peur. Il ne faut pas être dans la pudeur. » Je soupire moi aussi mais je sais bien que « pas grand-chose », c'est compliqué à trouver.

Un après-midi, quand j'étais petite (petite), vers 5 ans, je me suis installée à la table en bois du salon. Ma mère avait disposé des feuilles blanches devant nous. Nous allions écrire un livre. Mais comme je ne savais pas écrire, je lui dictais le texte d'une voix autoritaire et elle notait de sa jolie écriture ronde. Évidemment, l'histoire devait commencer dans le hall d'une gare qui ressemble à toutes les gares avec des gens pressés et d'autres à la ramasse, des gens qui ont envie d'une pause et d'autres qui ont la trouille de ne pas avoir le temps. Comme j'étais impatiente, j'avais un peu accéléré le tempo pour en venir directement à la scène du train, à la fois incipit et pic de dramaturgie. Delphine et Marinette – j'aimais beaucoup Marcel Aymé – partaient en Alsace « pour aller se baigner » mais oubliaient leur valise dans un wagon. Un ogre, un voleur, un clandestin, un cambrioleur et Van Gogh leur proposaient alors de se rendre « au bal des jupes ». Où les rejoignait encore Modigliani. Et puis ma maman « Anne La Banane », mon papa « Olivier L'Olive » et ma sœur « Raphounette, la cadette des Danettes ». C'était un livre d'aventures où de temps à autre je figeais le récit, comme je le fais aujourd'hui, plagiaire d'une petite fille de 5 ans, pour faire traverser ceux que j'aime. Je le figeais également pour d'autres raisons dont je me dispense désormais : « Attends, je reviens, je vais faire pipi. » Tout cela finissait le mieux du monde : valise retrouvée et barbecue saucisses.

Nous avions fabriqué la couverture avec le carton d'une brique de lait recouvert de dentelle. Un ruban bleu reliait les pages entre elles. Le livre n'a plus jamais quitté le buffet du salon. Et je n'ai plus jamais inventé d'histoires. J'ai écrit des centaines d'articles pour le journal dans lequel je travaille, j'ai suivi des procès dans toute la France, assise sur des bancs très inconfortables. Les gens imaginent que c'est terrible comme métier, chroniqueuse judiciaire, que mes nuits sont peuplées de cauchemars, que mes jours sont tellement noirs que je ne sais même pas de quel côté se lève le soleil. Ce n'est pas le cas. Il y a quelque chose de rassurant à sonder le chaos, à comprendre d'où vient le malheur. Parfois, on repart avec un peu de grâce. Bien sûr, dans ces articles, j'ai dû travestir malgré moi. Ajouter par le prisme déformant du regard quelques grains de beauté sur les visages de ceux qui peuplent ma grande galerie d'anges et de salauds, de voyous et de maudits, d'endeuillés et de chagrinés. En tout cas, je me suis toujours tenue sagement à la lisière de l'imaginaire. C'était le territoire des écrivains, des vrais. Et comme j'avais perdu mon courage de petite fille, je n'osais plus m'y aventurer. Il aura fallu que T. me laisse en tête à tête avec un fantôme en cravate coccinelles, un fantôme me pressant d'« inventer cette géniale fidélité à son histoire », pour que je me retrouve comme à 5 ans en train de découper des bouts de dentelle pour faire un livre. Néanmoins, les archives trouées de Yann me terrassent. Elles sont simples et magiques. Elles sont colossales et ridicules. Elles font de moi la dépositaire d'un secret que personne ne m'a confié. Elles bouleversent l'ordre des choses : ce qui était voué à être perdu existe désormais. Et s'il y avait quelque chose de fascinant à traquer celui qui s'éclipse, il est intimidant de raconter celui qui revient.

De retour dans son studio du 26, rue Saint-Benoît où ont été effacés les stigmates du grand sommeil et déblayés ceux du grand carnage, Yann marche avec de vieilles chaussures qui ne lui font pas mal aux pieds, il mange de la crème Mont Blanc au petit déjeuner, prend des bains et dort plutôt bien la nuit. Allongé tout nu sur les tomettes, il fait chaque jour ses exercices pour le dos avec application. Au moment où le Flore change de mobilier, le Chat lui offre l'une des tables de bistrot en bois. Il la place devant la fenêtre, s'assoit sur la chaise en essayant de ne pas pencher d'un côté plus que l'autre et s'encourage : « Ça va mieux, ça va bien. Je suis ici. Je suis là. Je vois que c'est la peine. Je vois l'écriture. Je vais le faire ? » Le 30 juin 2004, il signe chez Fayard le contrat de *La Vie facile*, ce texte qu'il aurait dû rendre le 15 septembre 2004 et qui aurait dû compter 200 pages. Ce texte qu'il n'écrira jamais.

Lettre à Pascale sur une feuille blanche
Tiroir 3, colonne de droite

Le 2 février 2004,
Le Madison Hôtel
À Pascal L.

Ci-joint, un chèque de Minuit à mettre sur ton compte, le mien est provisoirement bloqué par le fisc de Saint-Sulpice. Peux-tu dans les plus brefs délais me donner la somme de 642 euros et 72 centimes en liquide ? Et on se voit ?

Yann

Lettre à F. sur un bloc-notes du Ritz
Tiroir 1, colonne de droite

Ce mardi 17 février 2004,
19 h 30 (Piano et Pimm's merveilleux
avec les fruits formidables)

J'ai autour du cou la cravate fond bleu avec des triangles qui se font et se défont. Je suis ainsi. J'attends. Personne. Nessuno. Et pourtant, j'insiste, je suis là jusqu'à 20 heures et ensuite Lipp et ensuite lit – et ensuite dormir. And so on…

Je vais bien
Ici et là - Anywhere ?

Et je t'embrasse et je bois à ta bonne santé.

Yann

Lettre à F sur un bloc-notes du Ritz
Tiroir 1, colonne de droite

À F.,
Ce dimanche 29 février 2004,
19 heures, Pimm's merveilleux
et lumière encore claire
Et cravate escargots
Et ainsi

Je suis ici et là et je t'embrasse, et nous pensons à tous ceux que nous aimons et qui nous aiment et ainsi on est : merveilleux.

Yann

Lettre à F. sur un bloc-notes du Ritz
Tiroir 1, colonne de droite

Le 3 mars 2004,
19 heures – Cravate à pois

Enfin un Pimm's merveilleux et la lumière qui baisse, tous les visages plus beaux et nous l'avons bien mérité, ce verre avec concombre et divers fruits et légumes (qu'il faudrait énumérer, mais bon, je me repose de cette journée). Voilà. Et tout va bien. Et tout ira bien, sauf des moments de fatigue, bien sûr, des agacements mais nous allons faire face, faire en sorte d'aller de mieux en mieux, de faire en sorte que tout soit plus beau, plus vrai, plus fou et plus quoi encore ? Alors, oui, allons. Et je t'embrasse (y a-t-il un Tout ?). Voilà.

Yann

15

Raoul

Un dimanche, je me laisse tomber, accablée, sur une chaise à côté de Raoul, dans l'un de nos cafés fétiches La Sifflote, La Renaissance ou L'Appartement, je ne sais plus : « Je n'y arrive pas. C'est trop beau pour moi. » En hiver, Raoul porte un bonnet gris, une veste en jean bleue et un pantalon en jean bleu. En été, un chapeau de paille, une veste en jean bleue et un pantalon en jean bleu. Ce devait être un jour chaud car je revois les ronds de fumée de sa cigarette passer devant le chapeau de paille. Nous sommes le club des empêchés, soupirais-je. Iris n'expose pas. Pascale ne publie pas. Yann n'écrit pas. Et moi non plus, plus empêtrée des empêchés. « Il est vrai que nous nous sentions plutôt patraques et cela ne manquait pas de nous inquiéter », aurions-nous pu dire comme dans *Trois Hommes et un bateau* (sans compter le chien). Allions-nous jamais partir sur la Tamise ? Comme souvent, Raoul laisse passer un silence. Il ne se jette pas sur les mots. C'est ce qui fait son charme, cette intelligence impassible, ce côté cancre façon Jacques Prévert qui dit non avec la tête et oui avec le cœur. Son verre d'Americano encore plein, il prononce : « Écoute, ça me fait penser à une anecdote. » À un moment de sa carrière, William Faulkner était tellement fauché qu'il avait décidé de travailler pour Hollywood car ça payait grassement. Il devait écrire le scénario d'un film en costumes dans lequel le pharaon Khéops entreprend la construction d'une pyramide vouée à devenir son tombeau pour l'éternité. Mais Faulkner avait une sacrée flemme. Ça l'emmerdait royalement, les pyramides. Au lieu d'écrire, il picolait. Au bout de plusieurs semaines, la production lui a signifié qu'il était temps de présenter le fruit de son labeur. L'écrivain a alors tendu une page blanche sur laquelle figuraient ces quelques lignes : « Les travaux de la pyramide durent depuis quinze ans. Le pharaon se rend sur les lieux et il appelle un contremaître. Le pharaon : "Alors, les gars, ça avance ?" »

Sur le moment, je n'ai pas bien vu où Raoul voulait en venir parce que j'étais certes fauchée, mais je ne tenais pas l'alcool. Peut-être étais-je plutôt le pharaon ? Je me suis représenté ma pyramide construite de bric et de broc, d'un cahier bleu, de menus de chez Lipp, de serviettes du Flore, de cravates coccinelles et de sacs Uniprix. Elle ressemblait à une tour de Pise qui, comme sur le tableau de Magritte, ne tenait dans les airs que par la magie d'une petite cuillère. D'ailleurs, je venais de lire un article du *National Geographic* démontrant le rôle essentiel de cette petite cuillère. J'ai répondu à Raoul : « Sais-tu que la tour de Pise ne cesse de se redresser ? Depuis 1993, elle a récupéré 45 centimètres par rapport à son axe vertical. »

16

Quatre saisons

Hiver 2005. Dans la boîte aux lettres beige de la rue Saint-Benoît, une fois par mois, Yann ramasse les courriers échoués. Il les attrape d'un coup comme un chasseur de papillons, les lit à toute allure avant que sa pensée ne s'envole ailleurs : un cryptique « avis à tiers détenteur » n'augure rien de bon, un petit mot de Caroline du Crédit A l'informe qu'elle a pris le relais de Patricia – dommage, il aimait bien Patricia – et un collectionneur aixois lui envoie un chèque de 250 euros pour l'achat de ses lettres de Roland Barthes. Sur la dernière enveloppe, il reconnaît le tampon de la juge préférée. À l'intérieur se trouvent douze pages de jugement estampillées « Ministère public contre Lemée ». Certes, il s'est livré à un faux lorsqu'il a ajouté « net de frais et de droit » sur le testament de Marguerite Duras, estiment les juges, mais il l'a fait en toute bonne foi, persuadé qu'elle souhaitait lui léguer quelque chose. « Yann Andréa, n'étant ni juriste, ni médecin mais impliqué dans une relation affective extrêmement forte avec Marguerite Duras, a pu croire en déposant les deux codicilles chez le notaire que Marguerite

Duras les avait rédigés dans un moment de lucidité. » À la fin du document, en gros caractères, ils ont écrit : « non coupable ». Il soupire de soulagement avant de préparer des coquillettes.

Printemps. Chaque matin, dès l'aube, il enfile son pantalon en lin noir pour arpenter la ville. « Paris la magnifique » avec ses lignes parfaites, la géométrie de ses ponts et son ciel gris-bleu. « Les tulipes, les tulipes, les tulipes ! » s'émerveille-t-il en traversant le jardin des Tuileries. Au niveau de l'Assemblée nationale, la glycine, déjà en fleur, pétarade de violet et de rose. Yann marche pour « accepter d'être ici et pas ailleurs, d'être soi et pas un autre », il marche entre les gros nuages et les peupliers verts et luisants, il ne va nulle part et c'est très bien. Souvent, il emprunte le même itinéraire – pont des Arts, cour carrée du Louvre, jardin des Tuileries, Concorde, pont de l'Alma – puis il grimpe dans un bus qui le ramène au Select ou au Flore. Il boit son café en lisant *Libération* et *Le Monde*. L'après-midi, après sa sieste, il part à pied aux Bains du Marais ou au sauna pour hommes vers Victor-Hugo. Ce sont les « va et vain » de l'existence.

Été. Sur le sentier du littoral, Yann s'agrippe au bras de F. qui rit de sa maladresse. S'il ne s'arrêtait pas à chaque bleuet, coquelicot et autres fleurs inconnues peut-être ne trébucherait-il pas autant. Tout est bleu à Saint-Tropez, si bleu qu'entre l'eau et le ciel il n'y a pas de frontière. Ce sont les pins qui choisissent leur camp, haut perchés ou bas penchés. Chaque jour, avec F., ils se lèvent aux aurores, prennent des bains de pieds avec vue sur mer, lisent le journal au Café de Paris et cuisinent des salades très élaborées. Après la sieste, ils aiment aller manger une pizza à Ramatuelle ou dîner au Gorille, la brasserie face au port. Le soir, dans son lit, Yann note sur son petit carnet blanc : « Écrire la fraîcheur du ciel, écrire le silence, écrire un autre jour, encore une révolution du temps. » Puis il se glisse dans la « nuit avec étoiles, calme et silencieuse ». « Je dors. » Pas une fois, lors de ces vacances de bord de mer, il ne mange des huîtres. En dépit de la voix qui lui souffle : « Mais Yann, on mange la mer. »

Automne. Dans le studio de la rue Saint-Benoît, les stores créent des ombres striées sur le mur. « Rien à faire, bain, drink, manger, parler, rire, se taire, dormir and so on. » Harold Pinter reçoit le prix Nobel. Les banlieues brûlent depuis la mort de Zyed et Bouna à Clichy-sous-Bois. Yann mange du foie de veau, des choux de Bruxelles et du gratin dauphinois au Rosebud. Il va à la messe à Saint-Germain-des-Prés. Il fait la conversation avec Daniel, François, Samir, Armand et Mister René, les serveurs du Select. Il marche encore et encore dans les rues de Paris. « Soleil, fraîcheur, cravate ! Les jardins des Champs-Élysées, l'avenue Montaigne, le boulevard des Invalides, Pipi !, le boulevard du Mont-Parnasse, le Select, gruyère, café, journal. Luxembourg. Saint-Germain. Les cloches à toute volée. » Et soupire : « Pas d'argent, pas d'argent, comment faire ? Encore plus seul et encore moins de moyens pour paraître moins seul. »

17
Les nuits elliptiques

À l'époque où elle travaillait à Paris, Iris avait monté un projet artistique avec l'un de ses copains de fac. Ça s'appelait « Les Sans ». Ils avaient envoyé à cent inconnus piochés au hasard dans le Bottin des cassettes dont la bande ne contenait rien. Ils étaient allés à Trouville pour faire les cent pas sur la jetée sans que personne les regarde. Le soir, ils avaient joué au casino et inséré cent pièces dans la machine à sous. Sans actionner le levier. Les « Sans », ce sont ceux qui écrivent des livres qu'ils ne publient pas, qui fixent trop longtemps le ciel gris-bleu depuis leur fenêtre, qui se promènent sans but, vont et viennent en oubliant qu'ils sont déjà passés par ici, par là ou qu'ils ont vieilli. Ils sont paumés, fragiles et perméables dans un monde qui valorise les fiers-à-bras et les pas en sucre. On ne les remarque pas, pourtant si on prenait le temps de les regarder, alors on se rappellerait qu'il est permis de s'allonger un peu. Ce n'est pas si grave d'admettre qu'on ne triomphe de rien. Les « Sans » n'ont pas d'avenir parce qu'ils ne se projettent pas dans d'autre espace-temps que celui de l'instant. Comme Yann Andréa, ils ne font pas de bruit quand ils marchent pieds nus sur la moquette de l'éternité. On se souvient de lui ainsi : « Il m'a toujours donné le sentiment de quelqu'un de perdu. Il avait quelque chose de…, je ne sais pas comment dire, c'est comme s'il avait vécu plusieurs vies mais sans les vivre. » Ou bien : « Est-ce que lui-même savait qui il était ? », « Votre message m'a étonné parce que Yann, c'est le contraire du mec auquel on s'intéresse. Il était très loin d'être aux manettes de lui-même ».

Le jour, Yann compte en francs dans une vie en euros, il poireaute une demi-heure chez France Télécom pour faire rétablir sa ligne jamais payée, il achète d'énormes bouquets de tulipes pour F. et pense : « Au fond, ce sont les autres qui ne savent pas comment m'aimer. Pas moi mais quelque chose de moi, en moi. » Que voulez-vous de plus ? Que voulez-vous de lui ? comme dit le poème. La nuit, il disparaît dans les rues sombres après avoir attaché un nœud de soie autour de son cou. Il se dilue dans les vodkas orange et les sourires de beaux inconnus. De ses périples quasi quotidiens au bar-restaurant Le Vagabond, il ne reste rien dans ses journaux. Ou si peu. Quelques prénoms (Pierre, Nicolas, Catherine, Antoine). Quelques exclamations ravies : « Des gens nus ! » Quelques baisers offerts. Je devine que parfois, au petit matin, en rentrant à pied avenue de l'Opéra, l'homme au nœud de soie titube un peu.

Même la ville, en protectrice du secret, a effacé les traces de son passage. Rue Thérèse – qui, il y a longtemps, s'appelait la rue du Hasard parce qu'elle menait aux maisons de jeu de la butte des Moulins –, la devanture laquée de rouge a disparu. Le Vagabond, premier bar gay de la capitale, symbole de la clandestinité terminée, a fermé ses portes en 2011. À la place se trouve un restaurant coréen. Peu importe, j'imagine Yann, enveloppé dans son manteau Yamamoto couleur de la nuit, sonner à la porte et attendre fébrilement que le timbre éraillé s'épuise. L'œil du portier tournicote dans le judas. Enfin, il accède au paradis de miroirs et de velours, au temple un peu kitsch des minets et des stars du show-biz, des brèves étreintes, de la jouissance qui se compte en secondes et se savoure des heures. Dans cet « endroit répertorié, classé, à la fois out et dans l'histoire », au milieu des âmes damnées qui se dandinent dans les fumées et se drapent de l'illusion de la trêve, il peut enfin croire que tout est possible, que tout va s'arranger, que tout est bien qui finit bien. Les pages nues n'existent plus. Les histoires impossibles non plus. La nuit vient, il se met dedans et commence enfin la vie facile.

18

L'infra-ordinaire

À 20 ans, lorsque je suis arrivée à Paris pour mes études, je détestais tout : la grande école trop grande, les gens trop pressés, l'architecture trop vaste. Je ne parvenais à me déplacer que sous terre, experte en jonction de métro, faux sens interdits et embranchements clandestins. Dès que je mettais le nez dehors, la capitale m'avalait. Les rues se ressemblaient. Les gens aussi. Même mon quartier ne m'évoquait rien de familier. À 20 ans, j'ai vécu, je crois, la plus grande solitude de toute ma vie. Mon studio au quatrième étage d'un vieil immeuble du 12e arrondissement avait des airs de tableau pop-art. Surcompensant la grisaille environnante, j'avais repeint chaque micro-espace d'une couleur tapageuse : salle de bains bleue, cuisine jaune, chambre verte, avec également un rappel de vert dans la petite alcôve à l'entrée. Dans cet îlot préservé des crocodiles, bariolé à en filer la nausée, je passais des heures allongée sur mon lit, entourée de livres. Je ne quittais ma forteresse que pour prendre le métro (ou le bus 86) jusqu'à Saint-Germain-des-Prés où se trouvait la grande école trop grande. Je remontais le boulevard, passais devant la brasserie Lipp avec ses grandes lettres orange sur devanture blanche puis devant La Hune où travaillait encore Hervé Le Masson, le libraire qui a lu le premier le manuscrit de *L'Amant*. En vitrine de la boutique Sonia Rykiel, des mannequins sylphides auréolés de mille spots arboraient des tenues à rayures. Tout autour, des passants tirés à quatre épingles défilaient comme des figurants. Des cours, je n'ai gardé aucun souvenir excepté une pyramide des lois ainsi qu'un célèbre arrêt de droit administratif dans lequel une fillette est blessée par un wagonnet dans une mine. J'apprenais des fiches par cœur avec des dates et des principes de droit international. Il y avait des plans en deux parties et deux sous-parties, des fêtes auxquelles je n'étais pas invitée et tout un monde qui me semblait inaccessible.

J'ignorais que tout près de moi, un homme en cravate escargots buvait des Pimm's champagne en fumant des Benson et que, parfois, il se couchait si longtemps sur son lit perpendiculaire à la fenêtre qu'il oubliait de se réveiller. Pendant que j'étudiais en deux parties et deux sous-parties, Yann Andréa vivait de soles meunières et de rôtis de porc aux morilles. Pour rien au monde, il n'aurait manqué un sauté de veau aux girolles chez Lipp quitte à payer 41 euros avec un chèque en bois en attendant de pouvoir rembourser. « À force d'enrichir les autres, vous vous appauvrissez », lui avait dit un ami charitable. Et puis il rentrait dans son studio de la rue Saint-Benoît où il était aussi seul que moi. Combien de fois avais-je posé les yeux sur sa silhouette en manteau Yamamoto traversant le boulevard ? Peut-être même étais-je passée devant la table où il s'asseyait chaque soir, celle au bout de la terrasse du Flore, tout près de l'entrée du 26, comme s'il s'agissait d'un prolongement de son appartement. Peut-être avais-je entendu « Bonsoir, mon petit Didier » adressé au serveur. Et en écho : « Bonsoir, mon petit Yann. »

J'aime à songer que nous nous sommes croisés, même frôlés au milieu des passants très élégants, et que, de cette poignée de secondes oubliées, a jailli la promesse de se revoir. Je n'aurais fait que chercher, vingt ans plus tard, une ombre évanouie dans les méandres de ma mémoire. Il faudrait noter, comme Yann, les moindres détails de ce que l'on vit, alors on se rendrait compte que ce qui a de l'importance, ce ne sont pas les grands virages et les étapes. Ce ne sont pas les foirades ou les couronnements, mais les toutes petites choses. Lorsque le moment s'est consumé, lorsqu'on l'a tellement rembobiné qu'il a fini par s'effilocher, il reste une légère entaille dans le ronronnement quotidien. Certes, André Gide aurait jugé les vingt cahiers rangés dans des tiroirs en plastique avec un brin de dédain, lui qui avait noté, dans son journal, qu'il n'y avait rien de plus insipide que de tenir le compte rendu de ses repas : « Aucun intérêt. » Au contraire, je les adorais. Yann Andréa relevait la moindre aspérité sur la surface du monde. La provenance des fruits et la marque des crèmes (Neutrogena), la couleur du ciel et le bouton manquant de la chemise, le message anodin sur le répondeur et le livre lu avant de s'endormir. Quand tout s'évapore, qu'il est doux de se souvenir qu'on a, un soir, trouvé un peu de réconfort dans une soupe Liebig 9 légumes achetée au Proxi de la rue de Beaune. Dans un « rien, pluie, pluie », il avait figé un soupir. Dans un « je sors et hop ! », un sourire. Parfois, il surgissait d'entre les nuages ou les haddocks exquis et, de quelques lignes hachées, jamais à la première personne, il déposait un peu de malheur : « Bien seul, très seul, Comme avant ? rue Eugène-Boudin – seul – Musique/ Cinéma / Dîner / Seul/ Drugstore/ lectures et parfois la tentative d'écrire. »

Je les agrège, tous ces petits riens, j'en fais des listes et des fresques. Je les déploie comme une tapisserie, aussi merveilleuse que celles que tissait Andréa. Il y a une machine à écrire Durtez (payée 152 euros), Maria Callas qui chante *Tosca* sur France Musique, la peinture de Memling « jeune homme au col de fourrure », un rôti de veau-pois gourmands du Rosebud, un peignoir gris acheté chez Deschamps, une lune aux trois quarts, F. devant la télévision de son appartement de Montparnasse, une paire de lunettes de soleil égarées, un flacon d'eau de Cologne, les jardins du Luxembourg en été, le poulet-purée chez Lipp, la surprise de voir Xavière et Jean Tibéri à la table voisine, un colis contenant du lapin et des biscuits envoyé par Béatrice, la beauté absolue des vitraux de Notre-Dame, la nuit qui se pare d'une seule étoile, une lessive de caleçons, un dégivrage de frigo, une sieste « good good », l'achat intempestif de Carambar dans une épicerie vers le Luxembourg, une soirée avec trois Pimm's d'affilée, un trajet dans le bus 31 jusqu'au terminus et puis retour, la *Symphonie n° 3* de Franz Schubert, le calendrier du facteur (« 15 euros ! »), des Danettes, Beethoven, une chemise blanche, le Rosebud avec Yannick, Damien et Michel et une nouvelle montre Swatch. Il y a encore tous mes éclats de rire, ceux de ne rien savoir de ce que pense

Yann Andréa mais d'être au courant qu'il se rase les poils sous les bras.

Peut-être étais-je moi aussi dans la foule du Centre Pompidou quand il s'est rendu, le mardi 11 octobre 2005, à l'exposition *Dada* ? Nous avons tous les deux traversé les centaines de collages, découpages et montages, admiré l'avion géant dans le ciel de Beaubourg et, au gré de la déambulation dans des cases blanches, voyagé de Berlin à New York, en passant par Zurich. Si les carnets de Yann Andréa étaient une œuvre d'art, ils seraient un rayogramme comme ceux de Man Ray avec ces objets du quotidien posés entre le papier et la source lumineuse qui créent des formes spectrales et fascinantes. On y distinguerait une main humaine éclipsée par un verre de Pimm's champagne bien net. Après l'exposition, j'étais rentrée dans l'îlot protégé des crocodiles. Seule. Yann était retourné dans le studio. Seul. À l'époque, les employés de France Télécom Luxembourg viennent de lui installer un nouveau « téléphone sans fil !! ». Alors il passe des heures à discuter avec Jean-Marie Banier, Mazarine Pingeot, Pierre Moscovici, Sylvie Testud, Régine Deforges, Bulle Ogier, Isabelle Carré, Christine Angot, Fanny Ardant ou Pierre Bergé en marchant de part et d'autre de la pièce. Avec ses sœurs aussi, et puis avec F. Leurs mots restent quelques instants suspendus puis ils se diluent dans les particules bleues de l'air. Sans jamais atterrir dans les cahiers.

Yann Andréa marche encore. Les quais de Seine. Le pont des Arts. La cour carrée du Louvre. Pendant des heures, pendant des jours, il marche. Et sur les pages défilent les ciels de Paris. Soleil rouge, soleil, ciel bleu, froid sec, ciel clair, soleil, ciel bleu, soleil rouge, soleil, froid, ciel bleu, froid, ciel bleu, neige, froid, nuit, froid, gris, froid, soleil, ciel gris, douceur de l'air, vent doux, pluie, pluie, pluie légère, ciel gris, nuages blancs, coucher de soleil, froid, froid, soleil, ciel bleu, soleil, froid, froid sec, froid, nuit, lumières, froid sec, pleine lune, nuit noire, ciel bleu, pluie, froid, froid, neige, froid, gris, blanc, froid, neige, moins froid, redoux, pluie !, pluie !, pluie !, douceur, gris, soleil, ciel bleu, gris, froid relatif, pluie, douceur, neige à peine, froid, gris, froid, soleil, ciel bleu, ciel bleu, lever du jour, lune (presque pleine), couverture nuageuse, pluie légère, pleine lune, ciel bleu, soleil rouge, soleil, ciel bleu, froid étincelant, pluie, douceur 13°, pluie, soleil, ciel bleu, nuage blanc, ciel bleu, nuages blancs, froid, ciel bleu, soleil, froid, froid, clarté, froid, soleil, ciel bleu, froid.

Peut-être l'ai-je aperçu en mars 2006 au bar du Ritz, écoutant le pianiste, la tête penchée au-dessus d'un cocktail orné d'une montagne de concombres et de fruits frais. Le jour de mes 20 ans, ma famille était venue me rejoindre à Paris. Aujourd'hui encore, la célébration de cet anniversaire au Ritz fait partie de nos légendes préférées. Nous regardons les photos à intervalles réguliers, attendant patiemment qu'un détail – comme cette barrette papillon dans les cheveux de ma mère – s'estompe de nos mémoires afin de pouvoir le redécouvrir avec une joie intacte. Nous laissons passer juste ce qu'il faut de temps pour être à nouveau fascinés : comment était-il possible d'être aussi mal attifés ? Chacun était à son pire avec une surenchère d'efforts pour prétendre au meilleur. Nous avions l'air de cocktails décorés de concombres et de fruits frais. J'aime à penser que ce soir-là, lorsque je me suis levée de table, que j'ai traversé le long couloir recouvert de moquette qui menait aux toilettes, j'ai aperçu au bar une cravate escargots. Et que, drapée dans ma robe de plage rouge dos nu, avec un rang de perles assorties, je lui ai souri.

Les cahiers de Yann Andréa, ce sont mes petites cuillères. Des moments pleins ou vides, d'ennui et d'amour, de temps passé à regarder par la fenêtre. Des moments à embrasser des inconnus ou le reste du monde, à croire qu'on va écrire *La Vie facile.* Conquérant. Peur de rien. D'autres à errer seul dans les rues de Paris, à manger des tartines de Boursin et boire du Yop vanille. Les cahiers semblent légers comme des bulles de savon mais ils portent en eux une mélancolie du souvenir : « sur les quais du vieux Paris, l'Amour se promène », « je vois mieux Duras, je la vois ». Roland Barthes avait écrit qu'après sa mort, il aurait aimé que sa vie se traduise, par les soins d'un biographe tendre et désinvolte, à quelques détails, à quelques inclinaisons, à quelques goûts. « Une vie trouée en somme. » Parfois, un peu présomptueuse, je tente de savoir ce qui se trame dans les interstices des journaux. Je passe des coups de téléphone. Maren Sell me raconte leur brouille qu'elle ne s'explique pas en 2004 et les rendez-vous manqués jusqu'à la fin. Son amie Stéphanie Murat rigole parce qu'ils ont passé tout un après-midi dans une boutique Bouygues pour lui acheter un téléphone portable. Comme Yann n'avait pas de justificatif de domicile, ni la moindre idée de ce que lui demandait le vendeur, ils étaient ressortis bredouilles. Jean-François Kervéan se souvient qu'une fois, allongé sur son canapé, Yann avait laissé tomber sa cigarette sur le parquet le plus naturellement du monde. « Quand même, vous exagérez, Yann. » Et tous sans exception, comme le chœur d'une pièce grecque, ce chœur qui assiste impuissant à la tragédie, finissent par chanter à l'unisson : « Vous savez, il ne portait jamais de chaussettes. » Ils ont gardé le souvenir de l'absence.

Je raccroche et je reviens à la vie trouée, aux cahiers des milles petits riens. « Alors ça avance, les gars ? » répète la petite voix dans ma tête. Oui, ça va mieux. Les hésitations ont fini par passer comme une mauvaise grippe quand j'ai compris qu'il ne fallait pas s'évertuer à le traquer où il n'était pas. Il fallait écrire l'histoire du fantôme tel qu'il se présentait à moi : pieds nus, en cravate coccinelles ou escargots. Un fantôme légèrement presbyte, selon son ophtalmo – qui lui a donné des gouttes à mettre chaque soir pour apaiser son glaucome – mais avec un taux de cholestérol dans les clous, ce qui relève du miracle, selon son médecin. Et des dents bien entretenues, selon son dentiste, Jean-Pierre I., qui soignait aussi Marguerite Duras et des nuits durant arpentait avec elle le quartier d'Austerlitz pour traquer le jeune errant (mais ça, c'est « secret professionnel »). Je l'ai compris grâce à Georges Perec, en tombant par hasard sur ce passage de *L'Infra-ordinaire* où il invite le lecteur à s'interroger sur tout, sur la brique, le béton et le verre, sur ses manières à table, sur son emploi du temps, ses ustensiles de cuisine et tout ce qui a déjà cessé de l'étonner. Comme la porte qu'il ouvre, le rythme de ses pas et celui de sa respiration, la stature de la table à manger et la position du lit. Georges Perec écrit : « Comment ? Où ? Quand ? Pourquoi ? Décrivez votre rue. Décrivez-en une autre. Comparez. Faites l'inventaire de vos poches, de votre sac. Interrogez-vous sur la provenance, l'usage et le devenir de chacun des objets que vous en retirez. Questionnez vos petites cuillères. »

19

Le Chat du Flore

Depuis un an, je prends des trains qui m'emmènent jusqu'à la chambre rose en traversant des paysages de campagne éclairés d'un ciel de plus en plus bleu. Je retrouve Joséphine, Iris, la fleur nouvelle et le papier Zig-Zag. Ce sont des moments tellement joyeux que parfois je ne sais plus à qui je rends visite, à la gardienne des brother and sister ou bien à eux, dans leur sarcophage en plastique, deux colonnes, trois tiroirs. Tout est décor de fête, escale dans un monde aux contours imaginaires. Iris me prépare des pots de confiture, de brandade de morue et des croquants aux amandes. Sur les étiquettes, elle dessine des poissons colorés et des fruits bombés. Tous les vendredis, avec Jean-Philippe qui a lu tous les livres de la terre et Loulou aux grands yeux curieux, c'est soirée pizza-bière sur la place d'en bas, bordée de micocouliers. Sauf la fois où Jean-Philippe et Joséphine, qui respirent au diapason, sont tombés malades. Exceptionnellement, ils ont dû rester couchés.

Dans la chambre rose, nous sommes si bien que je ne vois pas pourquoi Yann Andréa devrait mourir. Je connais désormais le contenu de chaque tiroir, j'ai serré chaque feuille avec frisson ou émerveillement. Je peux naviguer sans boussole entre les fragments de *Douleurs exquises* entreposés dans leur couverture en carton élimée – « immobilité de l'éternité effondrée », « l'intelligence dans un verre de whisky frappe les aubes de glace, se cogne contre la transparence peu à peu évanouie » –, les documents d'identité avec la moustache Marcel Proust ou les lettres que Yann n'enverra jamais à Jeanne Moreau. Pourtant, il aurait aimé qu'elle sache à quel point le film *Cet amour-là* l'avait bouleversé, avec la beauté de son visage et cette vérité qui surgit « au détour d'un mot, d'un sourire, d'un ciel blanc, de Capri qui n'est pas fini justement ». J'ai serré chaque feuille sauf celles qui se trouvent dans la chemise bleue. Maudite chemise bleue estampillée « décès Yann ». Je n'ai pas envie de finir l'histoire alors je joue les prolongations, je relis les mêmes carnets, les mêmes lettres. *« And so on »*, dirait-il.

En juin 2005, il a essayé une dernière fois d'écrire un livre. Il avait enfin trouvé une histoire, dramatique et aventureuse, pleine de sentiments et de rebondissements : celle d'un père dévorant qui a régné pendant cinquante ans sur les Éditions de Minuit et de son fils qui a grandi dans son ombre. Un soir, il a posé un magnétophone en face de son ami André. « Qui donc est Jérôme Lindon pour vous, André Lindon ? » a-t-il demandé très sérieusement. Après tout, la famille Lindon, c'était un peu la sienne, les repas tous ensemble, les séjours en Bretagne, les deux enfants qui le ravissaient. La famille Lindon, c'était aussi celle de Marguerite Duras qui avait publié *L'Amant* et la plupart des livres du « cycle atlantique » aux Éditions de Minuit avant de claquer la porte, fâchée, pour retourner chez Gallimard. Mais face au magnétophone, André Lindon n'a pas eu envie d'évoquer son père. Alors Yann est resté face à sa feuille préparatoire.

J'aimerais ne jamais avoir à terminer l'histoire de l'homme qui se croyait sans histoire mais, tandis qu'une pluie battante frappe contre les carreaux de la chambre rose, j'attrape, résignée, le premier des documents qui se trouve dans la chemise bleue. Il s'agit du registre de condoléances posé au cœur de l'église de Saint-Germain-des-Prés, le 22 juillet 2014. Le jour de l'enterrement de Yann Andréa, beaucoup de chaises étaient inoccupées. Sous la nef étoilée, Pascale titubait de tristesse au bras d'Iris. Andréa, hospitalisée pour son cancer, n'avait pas pu se déplacer. F. non plus, mais il avait fait envoyer un somptueux bouquet de roses blanches. Dans son discours, Maren Sell racontait la genèse de *Cet amour-là*, les nuits au Bedford, les Pimm's champagne qui allongeaient l'addition au Flore et cet éclat de rire de Yann en observant les serveurs : « Ils m'adorent. » Le registre de condoléances avait été signé par une vingtaine de personnes remontant la grande allée tandis que sur leurs chaussures dansaient les reflets des vitraux, un kaléidoscope de rose, de bleu et de jaune irradiant le sol d'une aura magique. « Après si peu de mots, un si grand silence », avait écrit l'une d'elles. Je pose un peu plus loin sur l'édredon le document avec l'en-tête du ministère de la Justice.

Pascale a également conservé dans la chemise bleue des actes notariés, des feuilles avec des actifs et des passifs, des débits et des crédits, des colonnes et des tiroirs. Tous ces tracas administratifs que les morts laissent aux vivants pour les divertir, ne serait-ce que quelques jours, de leur chagrin. Le Service catholique des funérailles était chargé de préparer le bon de gravure pour la tombe du cimetière du Montparnasse. Conformément au testament figure simplement : « Yann Andréa 1952-2014. » En revanche, je ne suis pas sûre que ses proches aient tenu compte de sa dernière prescription. Citant saint Augustin, Yann Andréa leur rappelait que « la tristesse est une défaillance de l'esprit ». Il faut les excuser, quand on a mal au cœur, il est compliqué de se préoccuper de sa tête. La gentille dame de l'état civil de la mairie de Paris trouverait certainement cela tout à fait normal que je sois désormais dans cette chambre en train de lire le même certificat de décès que celui qu'elle m'a remis quelques mois plus tôt. Elle ne serait pas plus perplexe que je le fasse avec un chat enroulé autour de mon cou. Quand elle était petite, dans toutes ses dissertations, ma sœur écrivait le mot « perplexe », c'était son mot préféré. Son friselis. Il y avait toujours quelqu'un pour ouvrir de grands yeux perplexes ou arborer une moue perplexe. Maintenant, je ne peux plus l'utiliser sans penser à elle, petite fille que je n'ai jamais vue perplexe devant rien, devenue une grande fille encore plus décidée à ne pas s'en laisser conter.

D'entre deux pages tombe un bristol recouvert d'une jolie écriture avec des formules polies. Après la mort de Yann, le Chat transmet ses affectueuses pensées à Pascale et lui retourne les clés de la boîte aux lettres de la rue Saint-Benoît. Je l'ai rencontré quelques semaines plus tôt dans les bureaux du Flore, une grande pièce au sol recouvert de moquette où trônait une vitrine avec des spécimens de vaisselle. Le Chat, 71 ans, lunettes rondes, manières délicieuses et allure soignée dans son costume trois-pièces bleu nuit, gère aujourd'hui encore la boutique en ligne du café. Cela fait plus de trente ans qu'il travaille pour l'établissement. Prendre sa retraite ? Mais qu'est-ce qu'il ferait ? Quand il s'en ira, ce sera les pieds devant, affirmait-il. Même pendant le Covid, le set petit déjeuner permettant de reproduire « l'ambiance du Café de Flore chez vous », le couteau à tartiner, le limonadier ou le calendrier continuaient de s'arracher. Exceptionnellement, parce qu'il n'y avait aucun témoin, le Chat portait alors un jean (son « look baba cool »). En préparant les colis, il écoutait de la musique et, tous les soirs, il buvait son « petit whisky ».

Ce n'est pas un hasard s'il est devenu spécialiste de la porcelaine, il sait prendre soin de ce qui est fragile. Pour autant qu'il s'en souvienne, il s'est toujours occupé des autres. Il y eut d'abord Lucienne, cette vieille dame qui passait devant la boutique de décoration à côté du parc Monceau où il travaillait avant d'être embauché au Flore : « Dites donc, mon petit, vos fleurs sont jolies mais elles sont chères. » Il s'était mis à lui fabriquer des bouquets de fleurs cassées, un peu comme ceux sur la table de la cuisine d'Iris, puis à lui rendre visite pour l'apéritif, dans son appartement avec un piano à queue dont personne n'avait le droit de jouer depuis que son mari Léon était mort. Pendant quatre ans, jusqu'à ce qu'elle ferme définitivement ses grands yeux bleus à 102 ans, ils ont bu du porto tous les soirs. Dans sa grande famille des abandonnés, il y eut encore deux vieux messieurs, absolument charmants, rencontrés lors d'un dîner à Montmartre. Et puis l'amateur de Pimm's champagne devenu ermite qui toquait parfois à la porte de l'arrière-boutique : « Félix, c'est Yann, tu pourrais me dépanner ? »

Lors de notre rencontre, le Chat s'était absenté quelques instants du bureau avant de reparaître avec un exemplaire de *Cet amour-là*. Édition originale dédicacée « avec beaucoup de sympathie ». À l'intérieur était rangé un article jauni, découpé il y a plus de vingt ans dans *Le Figaro* du 31 octobre 2000, au moment où Yann Andréa venait de se coucher dans le Trou. C'est ainsi que j'ai découvert cette interview intitulée « J'essaie de me maintenir en vie », la seule où Yann Andréa ne parle que de lui. Quelques jours après la sortie d'*Ainsi*, contrairement aux autres critiques littéraires, le journaliste et écrivain Jean-Claude Lamy se réjouit de la naissance d'un « ton Yann Andréa ». Avant de lui poser la plus formidable de toutes les questions : « Êtes-vous un aventurier immobile qui rêve dans sa chambre à des histoires (des vraies de vraies) qu'il ne raconte pas ? » Ce serait plutôt une immobilité sans rêve, lui répond Yann Andréa. Il n'a pas d'histoire, il voit bien que tout le monde en a. « C'est peut-être cela vivre, c'est peut-être cela écrire des romans. J'en suis incapable, j'essaie simplement de me maintenir en vie. » A-t-il une ambition littéraire ? Oh non, pas la moindre. Aucune ambition, ni littéraire, ni sociale, ni rien du tout. Il ne sait pas quoi faire de sa vie, explique-t-il. Chaque matin, il se demande s'il est nécessaire de commencer la journée et la finir, de « voir des gens, d'être vu ». Mais quand il s'assoit à sa table pour écrire, il se sent « assez » heureux. Il aime cette discipline matinale, cette occupation pendant une heure ou deux alors que d'habitude il ne fait rien. « Je suis là comme un enfant perdu dans ce monde. » Mais après la parution d'*Ainsi*, tout s'est arrêté. « Le texte s'est comme refermé sur moi et, de tous les hivers, celui qui vient sera peut-être le plus terrible », présage-t-il.

J'attrape la dernière feuille dans la chemise bleue. Dans mon métier, j'ai déjà lu beaucoup de rapports d'autopsie, mais celui de l'enfant perdu dans ce monde, établi sur un document avec l'en-tête du ministère de la Justice, ne leur ressemble pas. Il est très bref. Le dénouement tient sur six lignes. Je vais enfin savoir ce qui s'est passé ce jour non établi de juillet 2014 mais je n'en ressens ni gloire ni excitation. Je revois le studio de la rue Saint-Benoît et les balcons en fer forgé, les poutres toutes blanches, l'escalier en tomettes. Je lis en deux secondes comme on arrache un sparadrap. « L'examen autopsique effectué sur le corps le 16 juillet 2014 permet les conclusions suivantes : absence de lésions traumatiques permettant d'expliquer le décès. Absence de cause de mort immédiate décelable, dans un contexte d'athérosclérose généralisée évoluée et de mauvais état général rapporté. Absence de lésions de prise, de défense et de maintien. » Sous un drap bleu de l'Institut médico-légal de Paris, il a encore réussi à disparaître. Se jouant des causes, des explications et de tout ce charivari, Yann Andréa est mort d'absence.

Testament de Yann Andréa
Tiroir 1, colonne de gauche

Yann Lemée
Dit Yann Andréa
26 rue Saint-Benoît
Paris, 75006

Le 28 juin 2005,

Ceci est mon testament, écrit ce jour de juin 2005, sain de corps et d'esprit – et en toute liberté.

Je veux une messe ordinaire en l'église de Saint-Germain-des-Prés.

Je veux être enterré au cimetière du Mont-Parnasse dans le caveau de Marguerite Duras – dont je suis le propriétaire – avec la mention Yann Andréa 1952 – ? – (avec les mêmes lettres que celles déjà écrites pour Duras).

Si de l'argent ou tout autre avantage (droits d'auteur) devait exister, je lègue l'ensemble à ma sœur Pascale.

Voilà.

« La tristesse est une défaillance de l'intelligence », saint Augustin.

Yann Andréa

20

Le dernier cahier

Le dernier cahier est un cahier bleu nuit. Couverture souple. Pages veloutées et épaisses. Son odeur un peu âcre provient sûrement de la cave d'Iris mais j'aime à penser que des particules de la rue Saint-Benoît ont traversé le temps, un peu comme la petite fleur offerte par Marguerite Duras à Michèle Manceaux qui se trouve à l'IMEC. Dans les replis de la couverture sont blotties l'une contre l'autre une invitation à participer à un enregistrement consacré à Marguerite Duras qui aura lieu le 20 mars 2006, de 9 h 30 à 11 heures et une lettre de l'émission *Café Picouly* qui le remercie « pour cette tendre et émouvante évocation ». Il y a aussi une facture France Télécom datée du 30 janvier 2006 pour un montant de 150 euros et réglée le 14 février dans le bureau de la Poste de la rue des Saints-Pères. Yann Andréa avait un abonnement principal de 27,99 euros TTC, ce qui lui a permis de passer 204 appels dans le cadre de l'« illimité 24/24 » pour une durée totale 16 heures 48 min et 21 secondes. Et 52 appels hors forfait dont 7 vers des mobiles internationaux. Selon le relevé bancaire du Crédit A, du 3 janvier 2006 au

31 janvier 2006, tous ses comptes, le Livret A, le Codevi et le PEA, étaient à 0. À l'exception de son compte chèques qui creusait à –140 euros.

Pendant des soirées entières, j'ai retranscrit le contenu du cahier bleu. Avec une rigueur scientifique, avec une opiniâtreté policière, avec le désespoir d'une amoureuse éconduite qui cherche les signes avant-coureurs, j'ai passé au crible ces quatre mois de janvier à avril 2006, espérant trouver un indice. Pourquoi Yann Andréa s'allonge-t-il pour l'éternité sous la reproduction de Rembrandt Vieux ? Y a-t-il un déclic à l'absence ? Des prémices à une disparition ? Pendant près de dix ans, il a consigné ces infimes détails qui font le sel de la banalité, les ploum ploum tralala de l'ordinaire, il a archivé des nuances du ciel, il a collectionné des traversées de Paris, il a essayé de ne plus avoir peur. Pendant près de dix ans, il a tenu ses carnets, vouant fidélité au jeune homme de l'ambassade de France à Lisbonne. « Qu'est-ce que vous faites dans la vie ? — Rien. » Pourquoi tout s'arrête-t-il d'un coup ? Une dernière fois, je m'assois près de lui, sur le rebord de son lit, et je lui murmure : « L'hiver va arriver et de tous les hivers, ce sera certainement le plus terrible mais restez encore un peu, Yann. Buvez du Yop vanille et promenez-vous avec vos chaussures cirées dans le jardin des Tuileries. Asseyez-vous à votre table du Flore et essayez d'écrire. Vous n'êtes pas défait, pas encore. Racontez le brouillard au petit matin, les hommes qui taillent les marronniers du boulevard Saint-Germain et la lumière du ciel. Le livre reste le chemin le plus sûr pour ceux qui ne savent pas où ils vont. » J'ignore s'il m'entend, il a les yeux fermés sur son lit. Sur le fauteuil, sa chemise blanche est roulée en boule comme un vieux matou fatigué.

À la date du 14 juillet 1789, Louis XVI avait noté dans son journal : « 14 juillet : Rien. » Laissant à la postérité un bon fou rire. Néanmoins, des historiens un peu rabat-joie ont rectifié : le roi consignait uniquement ce qui l'intéressait personnellement, en l'occurrence, la chasse aux grosses bêtes, plutôt chevreuil ou sanglier. « Rien », ça ne veut pas dire « rien du tout ». Ça ne veut pas dire qu'il était sourd au tumulte et aveugle à la révolution. Simplement que ce jour-là, Louis XVI, à cause du tumulte et de la révolution, n'avait pas pu se rendre à la chasse. Dans le cahier bleu comme dans les autres, Yann Andréa ne note que ce qui l'intéresse. Sur la page de droite, le programme du jour. Sur celle de gauche, les numéros de téléphone de ceux qui appellent. Les gestes et les gens. Pour ne pas avoir l'air d'un petit garçon trop seul dans une cour de récréation, il faut accorder autant d'attention aux uns qu'aux autres. Je retrouve ses rituels familiers, les « bain-cravate-veste-chaussures », les soirées au Vagabond, les courses au Proxi de la rue de Beaune, les dîners avec F., les bières avec Pascale et les bains avec France Musique, ce « trémolo qui n'en finit pas de s'éteindre ». Sous un ciel gris-bleu, Yann traverse le pont des Arts, les Tuileries et la place de la Concorde, émerveillé par le soleil qui éclaire les pierres. Il monte dans le bus 82 qui le dépose au Select. Parfois, il passe par la cour des Invalides où les cloches sonnent à 8 heures. Je ne décèle rien de suspect. Enfin si, une légère entorse à la routine : en ce début d'année 2006, la facture France Télécom explose parce que cela va faire dix ans que Marguerite Duras a disparu dans une tempête de grêle. Les journalistes se bousculent pour entendre, une fois encore, l'histoire du jeune homme qui ne faisait rien et de la vieille dame très seule. Yann Andréa s'exécute. Il s'avance face à Aliette Armel du *Magazine littéraire* et, avec ses « mots qui se jettent vers les silences », raconte la grande Duras qui avait réussi à atteindre par l'écriture quelque chose d'archaïque et de primordial, à triturer des vérités qu'elle restituait sans artifices. L'infatigable Marguerite qui dans son gilet de cuir lui lançait dès qu'il menaçait de la quitter : « Mais Yann, on revient toujours à Duras. »

Pour l'émission de télévision *Café Picouly*, une caméra le suit dans les allées du cimetière du Montparnasse. Emmitouflé dans son long manteau noir Yamamoto, il marche entre les tombes, cigarette à la bouche. Ralenti. Musique de *Capri c'est fini*. D'une voix pénétrée, il déclame des extraits de *C'est tout*. Et relève la tête, ému de lire ces mots qu'elle a prononcés juste avant de mourir, ses derniers mots qu'il a consignés. Les volutes de fumée passent devant ses joues rosies de froid. Je n'arrive pas à savoir s'il a vieilli. Son visage a quelque chose d'enfantin, une douce ingénuité qui semble faire barrage au temps. Ses pattes d'oie se plissent quand il rit en se souvenant que Duras a toujours aimé les automobiles depuis celle de *L'Amant*, la Morris Léon Bollée. Désormais, il peut se promener dans ce cimetière, il peut relire les textes de Marguerite Duras et ce n'est pas triste, sourit-il. Pour que l'on ne s'y trompe pas, le réalisateur a inséré un petit carton qui précise : « Retour à la vie. » À la fin de la séquence, pensant que c'est terminé, Yann Andréa s'enquiert : « Ça va, c'est pas trop triste là ? Parce que ce n'est pas du tout le cas. » Tandis que la caméra se rapproche encore de son visage, tandis qu'un éclat de rire s'éteint doucement, je remarque ce détail qui m'avait échappé sans doute parce que les photos de lui sont généralement nimbées de mélancolie : Yann Andréa a les dents du bonheur.

Comme on en revient toujours à Duras, dans le cahier bleu, je guette la date fatidique. À croire que le chagrin, en embuscade entre les tombes, va se pointer à heure fixe, qu'il va surgir très précisément le 3 mars 2006. Mais Yann Andréa note seulement « 1996 », suivi d'une croix. Avant de vivre cette journée comme n'importe laquelle, arrimé à ses habitudes : « 8 heures, pluie, chapeau ! Tuileries, Concorde, Alma, 63. » À midi, il retrouve F. à la Closerie des Lilas pour un cassoulet suivi d'un millefeuille. Après le « Luxembourg, sieste ! froid ! », ils vont dîner au Select, boire un verre au Rosebud et un autre au Vagabond. Lorsque Yann se couche, pour seul témoin de sa peine, ne reste qu'un tout petit excès : « Je dors. Trop bu ? Oui. » Désormais, je sais grâce à l'histoire de France que « rien », ça ne signifie pas un jour sans larmes. Simplement que ce cahier bleu nuit, à la reliure légèrement décollée, n'est pas et n'a jamais été le lieu des larmes. Ici comme ailleurs, la première personne est absente. « Je » ne nous regarde pas en surplomb pour dispenser quelques vérités existentielles. « Je » ne crie ni de solitude ni d'impuissance. D'ailleurs, « je » n'exprime pas de sentiment. Yann marche, mange et téléphone. Il se chasse, il se repousse, il s'oublie. Diariste caché sous un bouquet de jonquilles, il aspire davantage à se déprendre de lui-même qu'à se trouver.

Dans son Trou submergé par les déchets, il ne restera bientôt plus qu'un maigre espace préservé du chaos : cette couchette perpendiculaire à la fenêtre. Dans son journal envahi par les petites actions, saturé de ploum ploum tralala, c'est la même chose. Il s'allonge à l'endroit, le seul endroit où il y a encore suffisamment de place pour prononcer : « Je dors. » Le lendemain, le 4 mars 2006, après avoir mangé une queue de lotte et une tarte aux poires au Select, il se rend sur la tombe du cimetière du Montparnasse. Le 7 mars, à 18 heures, il écrit « rien » qu'il souligne deux fois. Traduction : pas d'appel, pas de lettres. « Nobody. » Il dépose 150 euros au Crédit A. Il va au Rosebud, au Flore et au Vagabond. J'ai bien compris qu'il est inutile de traquer l'élément déclencheur, qu'il n'y a pas de détonateur au malheur. L'hiver arrive lentement. Le paysage se recouvre peu à peu de gel. Sur son lit, Yann Andréa attend sans bouger d'être à son tour saisi par le froid. Pour le moment, son pouls bat encore la même cadence : brandade de morue, salade, millefeuille, filet de daurade, croque Poilâne, foie de veau, purée, pintade aux choux, joues de bœuf avec des pâtes (« exquis »), quiche lorraine, petits pois, soupe à l'oseille avec du pain de mie, jambon, gruyère, biscuits, dattes, coquilles Saint-Jacques, purée, glace aux marrons, ciel bleu, ciel gris-bleu, ciel « rouge avec des reflets roses », pluie, vent, Pimm's champagne « dans la lumière encore claire ».

À partir du mois d'avril, les journées se font plus courtes. Les notes se raréfient. Le mercredi 12, à peine le menu du dîner « petits pois et riz ». Le vendredi 14, moins de dix mots sur une page : « vendredi saint », « les Tuileries et déjeuner ici », « bain, bain », « le Rosebud, le Flore ». Le lundi 17 : « 8 heures Tuileries, aller-retour, déjeuner ici, fromage, sieste. 15 heures, Monoprix, un pantalon 20 euros. » Le samedi 22, presque plus rien : « 8 heures, le Luxembourg et ici. » Je n'entends plus Nino Ferrer sur le tourne-disque. On ne danse plus le rock dans le salon. Une dernière fois, le 10 mai, Yann consigne la date. C'est terminé. Rien, cette fois-ci, cela signifie qu'il a abandonné. Il n'y aura plus de Pimm's champagne dans la lumière encore claire. Plus de coups de fil à F. dès le matin. Plus de siestes, de bains et de toasts au miel. Plus de soirées au Vagabond. Plus de filets de dorade au Rosebud. Plus de points d'exclamation qui tombent comme à Gravelotte. Il s'est à nouveau allongé dans le Trou entre ses murailles de papiers. Le Trou avec sa collection de silences. Le Trou immuable en 1998, en 2000 ou en 2006. Je pense à cette œuvre d'Anish Kapoor sur le sol d'un musée d'art contemporain en Espagne : une immense flaque noire, sans contour ni relief. Le noir absolu. Le noir le plus noir du monde. Le cahier cesse et je sais que l'hiver est là.

Lettre de F., dactylographiée sur feuille blanche
Tiroir 1, colonne de droite

Le 3 avril 2012,

Chers Pierre et Andréa,

Je vous envoie cette lettre parce que je voudrais faire brièvement le point sur la situation de Yann. Ces dernières années j'ai essayé de l'aider financièrement et surtout avec l'aide indispensable d'un avocat, Me *Bern, j'ai réussi à rétablir son rapport avec le fisc qui avait bloqué tous ses revenus en appliquant des pénalités très lourdes. Yann n'avait jamais déclaré quoi que ce soit. M*[e] *Bern a obtenu une importante diminution des pénalités et a payé tout ce que Yann devait au fisc. Ce qui a permis, après plusieurs années, que Yann puisse maintenant recevoir régulièrement le 10 % des droits d'auteur de Mme Duras. Le problème, c'est que Yann devrait payer des taxes d'habitation et faire sa déclaration d'impôt chaque année comme tout le monde. Mais c'est précisément ce qu'il ne fait pas car il n'y a pas moyen de lui faire lire son courrier. Ce qui fait que, ces deux dernières années, j'ai dû à chaque fois lui demander de me montrer son courrier, envoyer à M*[e] *Bern les avis du fisc et autres frais pour qu'il les paye en prenant sur les droits d'auteur. Ces droits sont en effet directement envoyés par le fils de Duras, M. Mascolo, à M*[e] *Bern qui les envoie à Yann après avoir payé les dettes. M*[e] *Bern a accepté gentiment de s'occuper de tout ça, jusqu'à aller au Flore pour faire signer à Yann sa déclaration de revenus !*

Conclusion : il faudrait que quelqu'un au moins une fois par mois aille chez Yann (qui n'a plus de téléphone) pour voir son courrier et prendre soin de lui et payer ses dettes (EDF, fisc, etc). Sans ça, on court le risque que le fisc bloque à nouveau ses revenus. Je regrette mais moi je ne peux plus continuer à suivre tout ça car à cause de mon âge avancé (82 ans), je me rends à Paris beaucoup plus rarement et je finirai par ne plus pouvoir y aller du tout. En plus, la crise financière a gravement réduit mes ressources et, ayant ma femme et quatre enfants, je ne suis plus en état d'aider Yann comme je l'ai fait dans le passé.

À part ça, Yann garde tout son esprit, sauf qu'il reste enfermé toute la journée chez lui et qu'il n'a aucun sens de l'argent. Il a tendance à le dépenser, à part sa nourriture, pour quelques verres au Flore et pour ses cigarettes. Quand il n'a plus d'argent, il reste couché sans demander d'aide à personne. Il m'est arrivé deux ou trois fois de le trouver presque mourant de faim… Sans parler de l'état affreux de son studio car il ne fait pas le ménage, ne descend pas ses poubelles, etc. Je suis navré d'ajouter à vos soucis mais la situation est telle que je ne vois pas d'autre solution que la présence à Paris de quelqu'un qui, au moins en partie, puisse s'occuper de ses affaires tout en tenant les rapports avec Mᵉ Bern.

Croyez en mes sentiments de sincères amitiés,

F.

21

Le dormeur de la rue Saint-Benoît

Un soir de janvier 2004, au téléphone, Jeanne Moreau lui avait lancé avant de raccrocher : « Les temps ont changé, Yann, au revoir mon chéri. » Les temps ont changé mais dehors ceux qui l'aiment voudraient le sauver. Il est trop tard. Ils essaient quand même. F., inquiet, téléphone au Chat : « Vous l'avez vu dernièrement ? Il ne me répond pas. » « Yann, tout va bien ? » demande le Chat en toquant doucement à la porte. « Yann, tu es là ? » s'enquiert à son tour Pascale après avoir déposé un sac de commissions. « Oui, merci d'être passée », glisse-t-il, en laissant apparaître ses cheveux sales dans l'entrebâillement. Il referme vite. Immobile sur son lit, le corps engoncé dans de vieux vêtements qu'il ne change plus, Yann se délite en même temps que Saint-Germain-des-Prés. Il tombe en poussière, en désuétude. Les livres ont perdu la bataille. En 2010, Le Seuil, racheté par La Martinière, a quitté son siège historique de la rue Jacob. La maison d'édition s'est installée près du périphérique. Hachette a déménagé. Même La Hune n'a pas résisté. La librairie a cédé sa place à l'enseigne Louis Vuitton avant de fermer définitivement ses portes. En 2013, les patrons du Flore ont annoncé au Chat qu'il faudrait baisser le rideau de fer pour la dernière fois. Désormais la boutique serait en ligne. Le Chat a fait des soldes comme on dit au revoir et il a rendu les clés.

Sous le tableau de Rembrandt Vieux, Yann s'effrite. Les piles de bouteilles grimpent comme du lierre sur les meubles. L'abonnement téléphonique a été coupé. La sonnette ne marche plus. Dans la chambre noire et silencieuse, il observe, impavide, la fin de son monde. Les temps ont changé. C'est la fin de ces années où l'on pouvait croire à tout, ces années libres et cruelles où rien n'était plus sacré que la littérature. Sa peau est recouverte de plaques rouges. Son ventre est boursouflé. Même les chevilles nues qui dépassent de ses chaussures semblent avoir grossi. Devant lui, sur les murs blancs, l'enfant aux yeux gris et l'amant chinois dansent, ils agitent leurs corps de vaincus puis repartent au loin.

Dehors, ceux qui l'aiment luttent encore. Ils imaginent qu'il est possible de s'en sortir. Le 24 décembre 2013, pour son anniversaire, le Chat lui offre un micro-ondes et chaque jour il ramasse son courrier dans la boîte aux lettres. Pascale le récupère et l'envoie à Me Philippe Bern. L'avocat, spécialiste en droit fiscal, s'acquitte des impôts et gère les comptes. Et puis au Flore, Didier prépare le Pimm's champagne du soir pour son petit Yann vêtu de guenilles. Bientôt, le café, épicentre des messages envoyés sur des serviettes en papier avec humeur du jour et couleur du ciel, des persiflages, des grandes résolutions – « Je vais me mettre à ma table, enlever le capuchon du stylo et je vais écrire » – et des petites phrases catégoriques – « Je n'ai pas d'amis » –, deviendra une enceinte touristique délimitée par des vitres aux airs de barricades.

La nuit vient et Yann sommeille. Dans le Trou, à l'abri des regards, il est l'aventurier immobile qui rêve à des histoires (des vraies de vraies) qu'il ne raconte pas. J'ignore ce qu'il y a au cœur du vide. Peut-être seulement ce passage des *Petits Chevaux de Tarquinia* où le personnage qui, pendant toute sa vie, s'est appliqué à faire comme tout le monde, à faire le mieux possible, tout à coup n'a plus envie. « C'est son droit ou c'est pas son droit ? Dites-le une fois. » Yann n'a plus envie. C'est son droit. Devant le kiosque à journaux, entre le Flore et Les Deux Magots, la chaise est vide. Jean-Marc Restoux, sexagénaire à la barbe en bataille qui, pendant dix-sept ans, a fait la manche, la conversation et l'animation politique du quartier, est mort. Saint-Germain-des-Prés est devenu un musée dans lequel se perdent les curieux. *Where is the table of Jean-Paul Sartre, please ?* Le luxe a accaparé les racines du mythe, il a grignoté des bouts de trottoir, récupéré les enseignes.

Les montagnes de déchets ont cerné Yann, elles projettent sur son corps bouffi leur ombre menaçante. Le jeudi 10 avril 2014, quand Pascale frappe à sa porte, il se lève péniblement et traverse les débris. Debout sur le seuil, il ne dit rien. Ses traits sont tirés. Sa peau n'a plus de couleur. Ses dents ne montrent plus le bonheur. Il est devenu une créature que personne ne pourrait inventer, un personnage de désespoir. « Comment ça s'est fait ? » lui demande-t-elle. « Petit à petit. » Oui, petit à petit, le désastre a fait son nid. Et plus rien ne s'écrit. Pas même un cri. « Yann, état déplorable. N'a plus d'argent. N'a plus mangé depuis quelques jours. Lui achète de la nourriture : deux grandes bouteilles d'Orangina, des biscuits (c'est ce qu'il demande), chocolat, jambon, fromage, pain », note Pascale, effarée, dans son cahier. Elle dépose devant sa porte des cartouches de cigarettes, des piles pour sa radio et un peu d'argent. « A perdu une autre dent. »

Dans le Trou si noir, la Callas chante *Norma* comme à Buenos Aires, à Venise ou à Londres. De sa voix magistrale, elle recouvre celle du médecin de l'équipe mobile d'intervention qui, le 17 avril 2014, vient le chercher pour qu'il passe un bilan de santé à l'hôpital Cochin. Elle recouvre ses protestations : « Je ne veux pas, laissez-moi. » Elle recouvre l'appel désolé du docteur à Pascale : « Je ne peux rien faire, je n'ai pas d'arguments médicaux pour l'emmener ou faire intervenir les pompiers. » Quand la Callas se tait, épuisée, ne restent que deux sacs de courses sur le palier. Allongé sur son lit, Yann contemple les traînées rouges dans le ciel, les balcons en fer forgé et les grands arbres aux feuilles agitées. Il attend comme il a toujours attendu. Le 11 juillet 2014, le jour de ses 80 ans, Andréa passe une IRM pour son cancer. Pascale est chez elle, elle lit *Voyage au bout de la nuit*. Elle sursaute quand son téléphone sonne. La brigadière de police au commissariat du 6e arrondissement l'informe qu'on a retrouvé son frère, âgé de 61 ans, au 26, rue Saint-Benoît, troisième étage, porte de gauche. Ce sont des voisins qui ont donné l'alerte mais nul ne sait depuis combien de temps le cœur avait cessé de battre. On l'a retrouvé dans la position du dormeur, les bras croisés sur sa poitrine, précise-t-elle.

Notes d'une main inconnue retrouvées dans les affaires de Pascale après sa mort Tiroir 3, colonne de gauche

Le 10 juillet 2014, Yann Andréa a été trouvé dans son appartement au 26, rue Saint-Benoît. Pascale, sa sœur, a été convoquée le 11 juillet au commissariat du 6e arrondissement de Paris. « De quoi est-il mort ? » demande-t-elle.

« Il est mort d'amour », lui dit l'une des deux policières chargées de l'enquête.

Et l'autre : « Oui, il est mort de son chagrin d'amour. »

22

« Mais Yann, vous avez honte, vous trouvez que le livre n'est pas bien ? »

La cassette commence par un bruit confus de métal, comme une chaise qui racle le plancher. Une voix féminine, légèrement essoufflée, prononce : « Premier entretien, 2 octobre 1982. » À l'étage de la maison de Neauphle, sur une méridienne ou peut-être un fauteuil – je n'ai jamais voulu vérifier –, Yann Andréa se lance, hésitant : « Alors je voudrais bien parler de Duras… Et en même temps c'est tellement énorme, tellement quelque chose de fou que je ne sais pas comment l'aborder. » Michèle Manceaux lui suggère de commencer par sa « fascination ». Le roulis lancinant de la bande se fait de plus en plus fort, il étouffe certains mots. Peu importe, je n'écoute pas l'histoire du jeune étudiant breton qui débarque aux Roches noires avec son parapluie en toile vernissée alors qu'il fait beau et de la grande écrivaine, si seule dans un été grand comme l'Europe. Je ne veux plus l'entendre. Dans la chambre rose, suspendue aux intonations de Yann Andréa, je m'imprègne de la cadence de ses mots. Telle une collectionneuse sur le point d'assouvir une nouvelle lubie, je repère ses tics de langage, la scansion de ses phrases, ses pauses. Je guette les « exquis », assurément son mot préféré. Lorsque Michèle Manceaux l'exhorte à aller plus loin encore, à « être au plus sincère de lui-même », il n'a pas besoin de fouiller dans sa mémoire. Tout est là, à disposition. Cœur sur le billard et scalpel à main tel que je l'ai connu, Yann Andréa analyse ce qui le touche tant dans les textes de Duras, la dimension du temps et de la mort. Avec des intonations un peu graves, il évoque le « ratage total » chez les personnages durassiens, « le ratage essentiel de la vie ».

Joséphine colle ses pattes, dont les extrémités sont revêtues de chaussettes blanches, contre sa tête pendant que Yann Andréa parle de Duras. Il en parlera jusqu'à l'anéantissement, jusqu'à ne plus être capable de raconter d'autres histoires. Pascale avait fait numériser les entretiens et les avait conservés sur son ordinateur, un Macbook qu'elle a refermé pour la dernière fois le jour de sa mort, le 1er juillet 2021, à l'hôpital Bichat. Elle avait raison : la bande magnétique enregistre tout, le souffle épuisé et heureux de son frère, son rire, le cliquetis de son briquet. Dans l'appartement silencieux, je suis seule avec les brother and sister dans leur écrin en plastique. Avec la voix du jeune Yann qui rêve de vivre dans les livres. Sa lucidité implacable. Ses silences aussi beaux que ses soupirs tandis qu'il affirme que personne ne l'a jamais aimé comme ça, d'une attention si forte, si puissante, jusqu'à vouloir qu'il n'existe plus. Je reviens au début pour entendre à nouveau le grésillement comme un incipit, la première phrase comme une incantation : « Alors je voudrais bien parler de Duras. »

Je sors une feuille du deuxième tiroir colonne de gauche. Et c'est comme si la vieille dame répondait au jeune étudiant : « Je veux parler de quelqu'un, dit-elle. D'un homme de 25 ans tout au plus. C'est un homme très beau qui veut mourir avant d'être repéré par la mort. » Qu'importent la maladie et les hallucinations, le 21 novembre 1994, Marguerite Duras fait ce qu'elle a toujours fait, elle invente Yann Andréa. Sur cette feuille rose, elle précise comme à l'aube d'un nouveau roman : « Première partie », « Page 1 ». Sur une autre, elle lui souhaite une bonne année 1995 et ajoute : « Yann Andréa, je m'ennuie de tes lettres courtes. » Et puis ailleurs encore : « Pour Yann, mon amant de la nuit. Signé : Marguerite, l'aimante de cet amant adoré. » Dans la chambre rose, ils sont comme sur cette photo de *Paris Match*, de part et d'autre de la fenêtre ou du tiroir, à se regarder. Lui, très jeune avec sa moustache et ses lunettes rondes. Elle, avec son chapeau en feutre, son foulard léopard et son visage creusé de mille rides.

Les derniers mots de la reine Margot ne sommeillent pas dans le sous-sol de l'abbaye d'Ardenne avec tous ses manuscrits. Ils ne sont pas estampillés DRS et bien classés dans des boîtes grises résistant au froid, au feu, à l'eau et à la poussière. Ils n'ont pas été passés au crible par des chercheurs et des biographes. Ils sont ici, parmi les cahiers, les photos, les factures et les souvenirs de son amant de la nuit. Au milieu du fourbi de toute une vie. Pas plus sacrés que le reste. Inédits et émouvants sur leurs feuilles de rien du tout. Le 3 janvier 1995, elle s'affole : « Yann, je suis là, avec Yamina. Je la dérange, il faut que je parte. Je ne sais plus où me mettre, je vous écris comme si je vous appelais. Marguerite. Peut-être pouvez-vous me voir. Je sais que ça ne servira à rien. » Le 6 janvier 1995, sur un papier à en-tête, telle une jeune amoureuse, elle lui donne rendez-vous : « Yann, j'espère te voir l'après-midi, de tout mon cœur, de tout mon cœur. » Parfois, les lettres ne tiennent plus droit, elles tombent, ivres de fatigue. Mais Marguerite revient à elle et d'une écriture sans heurt, elle se lance dans une nouvelle histoire : « La pluie des enfants est tombée dans le soleil avec le bonheur. » Les derniers mots n'ont pas été avalés par le Trou, ils n'ont pas été emportés par Aquitroc, ils ont survécu à tout, même au désespoir. Quelques éclats de la grande écrivaine ont dérivé jusqu'à cette chambre rose où elle repose clandestinement au côté de son personnage préféré, du cas désespéré de son dernier amour.

Marguerite aime tant écrire qu'elle en oublierait de mourir. Le 24 février 1995, cinq jours avant la syncope dont elle ne se relèvera pas, portée par un dernier souffle venu d'on ne sait où, elle note d'une traite sur une feuille blanche arrachée d'un calepin : « Vanité des vanités, tout est vanité et poursuite du vent. Ces deux phrases donnent toute la littérature de la terre. Vanité des vanités, oui. Ces deux phrases à elles seules ouvrent le monde. Les choses, les vents, les cris des enfants, le soleil mort pendant ces cris. Que le monde aille à sa perte. Vanité des vanités. Tout est vanité et poursuite du vent. » Fascinée par l'Ecclésiaste comme le petit Ernesto de *La Pluie d'été*, Marguerite-Duras-qui-fait-de-la-littérature-et-qui-s'en-fout corrige une dernière fois son texte. Elle raye une dernière fois un mot pour le remplacer par un autre. Elle signe une dernière fois : « Duras. » Avant de nous laisser en plan avec le malheur de l'homme sans Dieu.

Au cimetière du Montparnasse, sous l'avalanche de cœurs et de stylos, Yann doit être fatigué qu'elle lui dicte sans cesse, qu'elle l'engueule quand il achète des tomates trop chères au marché et qu'elle le réveille à 4 heures du mat' pour aller au Havre la nuit. Mais peut-être que c'est lui qui a gagné, qu'ils ne font rien à part chanter *Blue Moon.* Une fois, au Central à Trouville, le serveur avait apporté à leur table *La Maladie de la mort* pour une dédicace. Marguerite avait lancé : « Vous savez qui est l'homme de mon livre ? Eh bien, il est là, en face de moi. » Et Yann s'était empourpré. « Mais Yann, vous avez honte, vous trouvez que le livre n'est pas bien ? » Dans la chambre rose, l'homme de mon livre est là. J'écoute encore sa voix qui se perd dans le grésillement. « Ma défaillance essentielle, c'est d'avoir le sentiment de ne pas appartenir. D'être capable de rien. D'être sans identité », explique-t-il. Il est là, l'homme aux cent identités qui fait les cent pas sur la jetée de Trouville, l'homme atlantique, l'étudiant en costume de lin blanc marchant dans des décors grandioses et lépreux, le promeneur du pont des Arts au petit matin, l'amateur de haddock exquis, le petit garçon à l'air effarouché, le préféré, l'amoureux du premier venu, l'empoté, le peureux, le poète, le scribe, Yann Andréa Steiner, l'invité de Thierry Ardisson, le dandy sublime des rues de Caen, le dormeur sous ses bouteilles par milliers, l'écrivain qui ne pouvait pas écrire, l'aventurier horizontal, le serviteur de la littérature, le fantôme en cravate coccinelles à la fantaisie inébranlable et aux pas feutrés. L'homme très beau qui, comme elle l'avait prédit, est mort avant d'être repéré par la mort.

Je l'ai rencontré un été de pluie et de vent, dans une vie sens dessus dessous. Il reste beaucoup de questions que je n'ai pas posées ni à moi-même ni aux autres, des ellipses, des trous, des témoins et des pans entiers qui m'ont échappé. J'ai probablement manqué des révolutions parce que j'étais concentrée sur des Pimm's champagne et le tic-tac d'une horloge. Son journal de mille petits riens est en même temps une accumulation de non-dits, renvoyant à des paysages dissimulés et des images manquantes. Dans l'arrière-plan, dans la nuit, il n'y a qu'à deviner ou imaginer. J'aime à penser qu'il a consigné dans cette vingtaine de journaux qu'il traverse avec sa grâce de la débâcle, avec sa préférence pour l'ordinaire et sa passion pour l'infime, une ébauche de *La Vie facile*. Yann Andréa n'est pas devenu un vieil homme comme le portrait de Verlaine posé dans sa chambre d'étudiant avec cette longue barbe et l'aura des grands voyageurs immobiles, mais peut-être l'écriture a-t-elle le pouvoir de recoudre quelques silences, d'adoucir le ratage essentiel de nos vies, d'accompagner nos va-et-vain.

Le gargouillis dans le palais de justice, je l'ai inventé. Le rayon de soleil sur le visage de Yann, je l'ai inventé, tout comme celui sur le lit de l'hôtel Madison. La méridienne sur laquelle s'allonge le voleur de Rome, je l'ai inventée. Les bonbons à la menthe sur le bureau de la juge préférée, les petits pots de lait sur la table du Select, le cerf-volant sur la plage de Trouville et les faux pas sur le chemin du littoral de Saint-Tropez, aussi. Ma vie, je l'ai réinventée. La sienne, je n'y ai pas touché.

Épilogue

Sur ma table de nuit, dans ma boîte de Polaroid, la première photo représente une fenêtre à travers laquelle se découpe un carré de ciel gris-bleu. Il n'y a rien d'autre que cette portion d'infini bordée de Plexiglas. On ne voit pas à l'arrière-plan le lit défait et les deux toiles sur le mur de ma chambre. La pastèque gorgée d'eau posée sur une assiette bleutée et la mouche aux élytres dépliés sur son tissu nid-d'abeilles. Elles veillent sur mes nuits. On ne voit pas Raoul qui cherche son bonnet gris dans la pagaille de nos vêtements mêlés sur le parquet. Il soulève son jean bleu et sa veste en jean bleue, se demande où sont ses cigarettes. On ne voit rien de tout cela mais quand je regarde la première photo, je le sais.

Sources

Œuvres de Yann Andréa

M.D., Éditions de Minuit, 1983
Cet amour-là, Pauvert, 1999
Ainsi, Pauvert, 2000
L'Histoire (avec Maren Sell), Fayard, 2016
Je voudrais parler de Duras (avec Michèle Manceaux), Pauvert, 2022

Œuvres de Marguerite Duras citées

Les Petits Chevaux de Tarquinia, Gallimard, 1953
Le Ravissement de Lol V. Stein, Gallimard, 1964
Le Navire Night, Mercure de France, 1979
L'Homme assis dans le couloir, Éditions de Minuit, 1980
L'Été 80, Éditions de Minuit, 1980
L'Homme atlantique, Éditions de Minuit, 1982
La Maladie de la mort, Éditions de Minuit, 1983
L'Amant, Éditions de Minuit, 1984
Les Yeux bleus cheveux noirs, Éditions de Minuit, 1986

Emily L., Éditions de Minuit, 1987
La Vie matérielle, P.O.L, 1987
La Pluie d'été, P.O.L, 1990
Yann Andréa Steiner, P.O.L, 1992
Écrire, Gallimard, 1993
C'est tout (propos recueillis par Yann Andréa), P.O.L, 1995
Le Bureau de poste de la rue Dupin (avec François Mitterrand), Gallimard, 2006
Les Lieux de Marguerite Duras (avec Michelle Porte), Éditions de Minuit, 2012
Le Livre dit, entretiens de Duras filme, Gallimard, 2014
Lettres retrouvées (1969-1989), Gallimard, 2022

Récits

Pascale Lemée, *À tête reposée*, Le Bruit des Autres, 2001
Michèle Manceaux, *L'Amie*, Albin Michel, 1997
Thierry Soulard, *Qui es-tu, Yann Andréa ?*, Éditions des Busclats, 2017

Essais et documents

Laure Adler, *Marguerite Duras*, Gallimard, 1998
Aliette Armel, *Marguerite Duras et l'autobiographie*, Le Castor Astral, 2003
En compagnie de Marguerite Duras, Le Passeur, 2018
Duras, l'œuvre matérielle, textes et documents réunis par Sophie Bogaert, IMEC éditeur, 2006
Duras, dirigé par Bernard Alazet et Christiane Blot-Labarrère assistés d'André Z. Labarrère, Éditions de l'Herne, « Cahier de L'Herne », 2005

Éric Marty, *Roland Barthes, le métier d'écrire*, Seuil, 2006
Dominique Noguez, *Duras, Marguerite*, Flammarion 2001
Joëlle Pagès-Pindon, *Marguerite Duras, l'écriture illimitée*, Ellipses, 2012
Jean Vallier, *C'était Marguerite Duras, 1946-1996*, tome 2, Fayard, 2010
Alain Vircondelet, *Duras, la traversée d'un siècle*, Plon, 2013
Le Dernier Secret de Marguerite Duras, Écriture, 2024

Articles de presse écrite et archives télévisées

Marianne Alphant, « La vie Duras », entretien avec Marguerite Duras, *Libération*, 11 juillet 1990
Aliette Armel, « Une solitude essentielle », entretien avec Yann Andréa, *Magazine littéraire*, n° 452, avril 2006
Claire Devarrieux, « L'Amant de la côte normande », *Libération*, 25 mai 1992
« C'est tout Duras. Plus durassien que jamais », *Libération*, 12 octobre 1995
« Marguerite Duras “Morte, je peux encore écrire” », *Libération*, 4 mars 1996
Jean-Luc Douin, « Passe d'armes entre Jean Mascolo et Yann Andréa, le fils et l'exécuteur littéraire de Marguerite Duras », *Le Monde*, 26 septembre 1999
Anna Dubosc, « L'Homme atlantique », entretien avec Yann André, *Purple Fashion*, printemps-été 2005
Danièle Georget, « Jeunes amants, Marguerite Duras et Yann Andréa », *Paris Match*
Béatrice Gurrey, « La triste fin de Marguerite Duras et Yann Andréa », *Le Monde*, 31 août 2024

Jean-François Josselin, « Elle était d'une jalousie atroce », entretien avec Yann Andréa, *Le Nouvel Observateur*, 26 août au 1er septembre 1999

Jean-François Kervéan, entretien avec Yann Andréa, *L'Événement du jeudi*, 7 au 13 janvier 1999

« Duras par Sollers », entretien avec Philippe Sollers, *L'Événement du jeudi*, 3 au 9 septembre 1998

Jean-Claude Lamy, « Yann Andréa : "J'essaie de me maintenir en vie" », entretien avec Yann Andréa, *Le Figaro*, 31 octobre 2000

Philippe Lançon, « Le survivant », *Libération*, 18 mars 1996

« Yann Andréa : "Je ne suis pas le veuf" », entretien avec Yann Andréa, *Libération*, 2 septembre 1999

« Yann Andréa, cet amant-là », *Libération*, 11 juillet 2014

Stewart Lindh, « La "deadline" franchie par Roland Barthes un 25 février… », *Libération*, 29 avril 2015

Jean Mascolo, « Pourquoi Yann Andréa veut-il interdire *Duras : la cuisine de Marguerite*, écrit par le fils de celle-ci ? Le nom de la mère, du fils et le non de l'exécuteur littéraire » (Tribune), *Libération*, 23 septembre 1999

Norine Raja, « Le destin tourmenté de Yann Andréa, le dernier amant de Marguerite Duras », *Vanity Fair*, 17 février 2022

Françoise-Marie Santucci, « La recette Duras qui brouille fils et amant », *Libération*, 11 octobre 1999

Josyane Savigneau, « L'impossible deuil de Duras », *Le Monde*, 10 septembre 1999

« Mort de Yann Andréa, dernier compagnon de Marguerite Duras », *Le Monde*, 11 juillet 2014

Thomas Vincy et l'AFP, « Yann Andréa est mort », *Livres Hebdo*, 11 juillet 2014

Agnès Violeau et Christian Alandete, entretien avec Yann Andréa, *J'aime beaucoup ce que vous faites*, janvier 2002
« Duras l'impossible vérité », dossier du magazine *Lire*, juin 1998
« Marguerite Duras », numéro intégral du *Magazine littéraire*, n° 278, juin 1990
« Marguerite Duras : la fiancée du cinéma », numéro intégral des *Cahiers du Cinéma*, n° 501, avril 1996
Apostrophes, émission animée par Bernard Pivot et consacrée à Marguerite Duras, diffusée le 28 septembre 1984 sur Antenne 2
Café Picouly, émission animée par Daniel Picouly, journal intime de Yann Andréa et Marguerite Duras, extrait sur le site de l'INA, 3 mars 2006
Tout le monde en parle, émission animée par Thierry Ardisson diffusée sur France 2, interview de Yann Andréa pour la sortie de *Cet amour-là*, extrait sur le site de l'INA, 18 décembre 1999

Films et documentaires

India Song, film de Marguerite Duras, France, 1975
Son nom de Venise dans Calcutta désert, film de Marguerite Duras, France, 1976
L'Homme atlantique, film de Marguerite Duras, France, 1981
Cet amour-là, film de Josée Dayan, France, 2001
Vous ne désirez que moi, film de Claire Simon, France, 2021
Duras filme, documentaire produit et réalisé par Jean Mascolo et Jérôme Beaujour, France, 1981

Crédits

Œuvres de Marguerite Duras

Yann Andréa Steiner © P.O.L Éditeur, 1992 (p. 26, 48, 199)
La Vie matérielle © P.O.L Éditeur, 1987 (p. 81)
La Pluie d'été © P.O.L Éditeur, 1990 (p. 63)
C'est tout © P.O.L Éditeur, 1999 (p. 142)
Les Petits Chevaux de Tarquinia © Éditions Gallimard (p. 301)
Écrire © Éditions Gallimard (p. 55, 107)
Le Ravissement de Lol V. Stein © Éditions Gallimard (p. 100, 104, 147, 198)
L'Amant © Éditions de Minuit (p. 98)
L'Été 1980 © Éditions de Minuit (p. 49)
Les Yeux bleus cheveux noirs © Éditions de Minuit (p. 56, 199)
Emily L. © Éditions de Minuit (p. 189)
Marguerite Duras et Carlos d'Alessio, *India Song* © Wise Music France (p. 212)

Œuvres de Yann Andréa

M.D. © Éditions de Minuit (p. 48)
Cet amour-là © Pauvert département des éditions Fayard 1999, 2016 (p. 132)

Remerciements

Je tiens d'abord à remercier Iris, merveilleuse Iris, qui m'a immédiatement ouvert la porte de son appartement et accordé sa confiance. Ce livre a été porté par sa tendresse, son intelligence, ses éclats de rire, ses « Julie Julie », ses « Je t'embrasse brasse brasse ». Il a été nourri par nos rendez-vous au petit matin en terrasse face à l'Opéra et nos conversations autour des tasses du café de Flore dans sa cuisine. Je remercie également son compagnon, Jean-Philippe, pour sa bienveillance et ses encouragements, sa fille, Lucia, et évidemment Joséphine qui m'a tenu bien chaud au cou pendant les heures passées dans la chambre rose. Ils sont ma si grande chance.

Que tous ceux qui ont accepté d'évoquer leurs souvenirs de Yann Andréa soient profondément remerciés. J'espère qu'André Guéret, Christine Barbe, Élisabeth Tréhard, Patrick Lepetit, Charles Moulin, Hughes Labrusse, Gauthier Labrusse, Thierry Soulard, Daniel Besnehard, Pierre Charpy, Albert Dichy, Hervé Vilard, Stéphanie Murat, Philippe Bern, Frédéric Boyer, Orly

Rezlan, Maren Sell, Jean-François Kervéan, André Lindon, Jean-Pierre Ceton, Michel Giniès, Laure Adler, Éric Marty, Jérôme Beaujour, Josée Dayan, Didier ainsi que Félix, le Chat du Flore retrouveront un peu de leur fantôme en cravate coccinelles, qu'ils l'aimeront encore et encore. Grâce à eux, j'ai pu entendre les voix du passé, les anecdotes délicieuses et les petits riens qui se gravent dans la mémoire. Je remercie également Béatrice Lemée pour sa joie si touchante. Je pense à Pascale Lemée qui aimait tant son *Dearest brother*.

Je remercie Tommaso pour m'avoir accompagnée de tant de douceur.

Je remercie la direction de *Libération* et Christian Losson, chef du service Enquêtes, de m'avoir permis d'explorer l'ailleurs pendant plusieurs mois de congé sans solde.

À l'IMEC, dans cette magnifique abbaye au milieu des champs, je remercie Paul Ruellan pour sa bienveillance. Que François Manceaux qui m'a autorisée à citer les archives de sa mère, Michèle Manceaux, soit chaleureusement remercié.

Je remercie Alix Penent d'Izarn à qui j'ai, un jour, envoyé ce manuscrit. Elle l'a aussitôt aimé avant de le couver de son enthousiasme, de son talent et de son humour. Je n'aurais pu rêver meilleure éditrice. Je remercie aussi Tatiana Seniavine et toutes les équipes de Flammarion qui ont participé à l'élaboration et à la diffusion de ce livre.

Tout au long de ce projet, j'ai été encouragée par ma sœur Raphaëlle Brafman (ou « Raphounette la cadette des

Danettes »), ma première lectrice et meilleure conseillère. Je ne serais rien sans ses billes bleues malines et son intelligence à toute épreuve. Je remercie aussi mes parents (« Anne La Banane » et « Olivier L'Olive ») et mon beau-père, Madou, qui m'a offert la meilleure résidence d'écriture au monde dans son Académie de billard. Mon amie Sophie Rey-Gascon a été ma seconde relectrice, je la remercie d'avoir déposé une pluie de cœurs dans la marge de ce texte.

Je remercie Guillaume, mon amoureux, pour son soutien sans faille. Il est mon souffle et mes rires, mon énergie et mon réconfort. Pas une seule fois pendant l'écriture de ce livre, je ne suis revenue d'un voyage sans qu'il ne m'attende au bout du quai de la gare avec son jean bleu et sa veste en jean bleue. Enfin, je remercie notre enfant à venir, je le remercie d'exister et de susciter tant de joie. À l'heure où j'écris ces lignes, au creux de mon ventre, c'est la salle des fêtes, la salle des fêtes, la salle des fêtes.

Table des matières

Prologue. La chambre rose 9

PREMIÈRE PARTIE

1. Le Départ 15
2. Un fantôme en cravate coccinelles 19
3. Les petits cailloux blancs 25
4. Douleurs exquises 35
5. L'été de pluie et de vent 41
6. Les garnements des Roches noires 44
7. À la folie 51
8. Rien 53
9. Takotsubo 59
10. L'errant moderne 67
11. De spleen et de nuages 74
12. Les sacs Uniprix 85
13. La famille d'inconnus 92
14. L'Amant, les rillettes
et le porte-jarretelles 98
15. Le camélia 109

16. « Je suis sûre de ce que je dis parce que je le pense » ... 116
17. La phrase disparue ... 121
18. « Ah bon, vous le trouvez intéressant ? » ... 129
19. Capri c'est fini ... 136
20. La mélancolie des paquebots ... 140
21. Le Trou ... 151
22. Troisième étage, porte vert d'eau ... 156

DEUXIÈME PARTIE

1. Petite petite cuillère ... 167
2. La chambre rose ... 173
3. Conquérant ... 181
4. Sainte Marguerite ... 186
5. L'échange ... 195
6. Sans chaussettes ... 203
7. Rutabaga ... 205
8. L'invité ... 213
9. Juste une blague ... 218
10. La juge préférée ... 228
11. 40 biscottes braisées ... 233
12. Le petit garçon effarouché ... 240
13. Today, 51 ans ... 247
14. Un écrivain qui n'écrit pas ... 253
15. Raoul ... 265
16. Quatre saisons ... 267
17. Les nuits elliptiques ... 270
18. L'infra-ordinaire ... 273
19. Le Chat du Flore ... 282
20. Le dernier cahier ... 290

21. Le dormeur de la rue Saint-Benoît 299
22. « Mais Yann, vous avez honte,
vous trouvez que le livre n'est pas bien ? » 304

Épilogue 311
Sources 313
Crédits 319
Remerciements 321

NORD COMPO
multimédia

Composition et mise en pages
Nord Compo à Villeneuve-d'Ascq

CET OUVRAGE
A ÉTÉ ACHEVÉ D'IMPRIMER
SUR ROTO-PAGE
PAR L'IMPRIMERIE FLOCH
À MAYENNE EN MAI 2025

N° d'édition : 660005-0. N° d'impression : 107121
Dépôt légal : août 2025
Imprimé en France